Jobst Schlennstedt, 1976 in Herford geboren und dort aufgewachsen, studierte Geographie an der Universität Bayreuth. Seit Anfang 2004 lebt er in Lübeck und arbeitet hauptberuflich als Projektmanager in einem Hamburger Beratungsunternehmen. Nach »Tödliche Stimmen« ist mit »Der Teufel von St. Marien« mittlerweile der zweite Band um den Lübecker Kommissar Birger Andresen im Emons Verlag erschienen.
www.jobst-schlennstedt.de

JOBST SCHLENNSTEDT

Der Teufel von St. Marien

KÜSTEN KRIMI

emons:

Bibliografische Information der Deutschen Nationalbibliothek
Die Deutsche Nationalbibliothek verzeichnet diese Publikation
in der Deutschen Nationalbibliografie; detaillierte bibliografische
Daten sind im Internet über http://dnb.d-nb.de abrufbar.

© Emons Verlag GmbH
Cäcilienstraße 48, 50667 Köln
info@emons-verlag.de
Alle Rechte vorbehalten
Umschlagzeichnung: Heribert Stragholz
Druck und Bindung: Books on Demand GmbH, Norderstedt
Printed in Germany
ISBN 978-3-89705-624-4
Küsten Krimi 3
Originalausgabe

Unser Newsletter informiert Sie
regelmäßig über Neues von emons:
Kostenlos bestellen unter
www.emons-verlag.de

Die automatisierte Analyse des Werkes, um daraus Informationen insbesondere über Muster, Trends und Korrelationen gemäß § 44b UrhG
(»Text und Data Mining«) zu gewinnen, ist untersagt.

*»Bei keiner Sache hat man so sehr
den Kern von der Schale zu unterscheiden
wie beim Christentum.«*
Arthur Schopenhauer

1

Sein Atem hallte durch das feuchte Gemäuer, ebenso wie die Schritte auf der ausgetretenen Steintreppe. Das war es, was ihn noch mehr verängstigte. Womöglich war es aber auch die Tatsache, dass er das Gefühl hatte, die kalte, modrige Luft schnüre ihm die Lunge zu.

Wenn er doch bloß schon oben wäre und die Sache hinter sich gebracht hätte, vielleicht würde er dann etwas ruhiger werden. Auf dem Weg zurück nach unten würde ihm bestimmt nichts mehr zustoßen.

Was dachte er da bloß für einen Schwachsinn? Wer sollte ihn denn hier oben erwischen? Und vor allem, wer konnte überhaupt wissen, dass er hier war? Niemand. Sie hatten die ganzen letzten Wochen nichts gemerkt, wieso sollten sie also ausgerechnet jetzt Wind von der Sache bekommen haben? Und doch verfolgte ihn eine unbestimmte Angst, seitdem er die Kirche betreten hatte. Verzweifelt versuchte er die absurden Gedanken beiseitezuschieben.

Einen kurzen Augenblick hielt er inne und sah durch einen der schmalen Schlitze hinaus auf die Stadt. Er befand sich bereits in einer Höhe, in der er seinen Blick nicht mehr allzu lange senken konnte, ohne dass er ein mulmiges Gefühl in der Magengegend empfand. Zur anderen Seite musste der Südturm der St. Marien zu Lübeck liegen, versuchte er sich vorzustellen.

Ein schneidender Windstoß blies durch die kleine Öffnung und ließ ihn für einen Moment erschauern. Hastig nahm er die nächsten Stufen und lief weiter. Immer schneller, immer höher. Die Stelle, an der er die Bombe platzieren wollte, lag noch ein gutes Stück weiter oben.

Erneut überkam ihn ein Angstgefühl. Es trieb ihn noch schneller voran. Die Schmerzen, die durch seine Kniescheiben und Handflächen jagten, als er wegrutschte und auf allen vieren auf die steinernen Treppenstufen fiel, versuchte er zu verdrängen. Er hatte keine Zeit, darüber nachzudenken.

Jetzt erinnerte er sich wieder. Die größeren Fenster, die flacher werdende Wendeltreppe, gleich da vorne musste die Plattform mit den schweren Glocken kommen. Wie eine Lichtung im finsteren Wald erwartete sie ihn. Von dort ging es steil, beinahe senkrecht, noch tiefer in den Kirchturm hinein. Das spielte für ihn jedoch keine Rolle mehr. Er hatte sein Ziel erreicht. Nur noch wenige Meter, dann war es geschafft.

Als er seinen schweren Rucksack abnahm und sich am hölzernen Geländer der Glockenstube festhielt, spürte er, dass sich sein Puls allmählich beruhigte. Hatte er etwa nur Angst gehabt, weil er außer Atem gewesen war?

Er beschloss, nicht weiter darüber nachzudenken und sich stattdessen auf das zu konzentrieren, weswegen er hergekommen war. Vorsichtig befühlte er das zusammengeschnürte Paket in seinem Rucksack, ehe er es schließlich hervorzog und beiseitelegte. Er griff erneut in seinen Rucksack, holte ein Stück Seil hervor und legte es sich um den Hals. Er bemerkte, dass er plötzlich wieder am ganzen Körper zitterte. Der kalte Wind pfiff durch die Mauern des Kirchturms. Hier oben war es noch einmal gefühlte zehn Grad kälter. Aber egal, lange würde es ohnehin nicht dauern.

Er nahm das Paket und ging einige Schritte auf das hölzerne Gestell der größten der sieben Glocken zu. Pulsglocke war ihr Name, erinnerte er sich. Alles sah noch immer so aus wie bei seinem ersten Ausflug nach hier oben, als er an einer der öffentlichen Führungen teilgenommen hatte. Auch die Zeichnungen, die er sich besorgt hatte, hatten ihm geholfen. Jeder einzelne Zentimeter der Glockenstube war ihm vertraut, so als wäre er schon unzählige Male hier gewesen.

Jetzt stand jedoch der schwierigste Moment an. Er musste die Bombe so am Glockenstuhl befestigen, dass sich die volle Wirkung des Sprengstoffs entfalten konnte. Dass sich die tragische Geschichte der Zerstörung der Marienkirche auf diese Weise wiederholte, würde die größtmögliche Aufmerksamkeit sichern.

Ein Geräusch unterbrach seine Gedanken. Es war ihm, als hätte er etwas rasseln hören. Augenblicklich stieg wieder die Angst in ihm hoch. Was, wenn sie ihn und seine Absichten doch durchschaut hatten? Wozu sie imstande waren, wusste er. Vielleicht würde es ihm ergehen wie der armen Krankenschwester.

Der verdammte Wind war einfach zu laut, als dass er seine Ohren spitzen konnte. Einen Moment lang hielt er inne. Er musste dringend weg von hier, egal ob sie ihm auf den Fersen waren oder nicht. Doch bevor er den Kirchturm verlassen und in den Gassen Lübecks verschwinden konnte, musste er seinen Plan ausführen.

Vorsichtig kletterte er auf den frisch renovierten Holzabsatz. Er blieb stehen und sah sich um. Unter ihm hingen die wuchtigen Glocken der größten Lübecker Kirche. Rasch knotete er das Seil samt dem Paket am oberen Ende des Glockenstuhls fest.

Plötzlich war etwas anders. Er spürte es, ohne im ersten Moment sagen zu können, was es war. Dann jedoch war er sich sicher. Der Wind, der bis eben noch durch die Glockenstube geweht war, hatte mit einem Mal nachgelassen. Er hatte das Gefühl, als hätte jemand den Stecker aus einem unsichtbaren Ventilator gezogen.

Die plötzliche Stille verunsicherte ihn. Gespannt lauschte er in die Richtung, aus der er vorhin das Geräusch gehört zu haben glaubte.

Nichts.

Er war unschlüssig. Waren sie etwa doch hier?

Mit einer schnellen Handbewegung stellte er sicher, dass das Paket mit der Bombe fest an den Streben des Glockenstuhls befestigt war. Dann kletterte er den hölzernen Absatz hinunter, bis er wieder den alten Steinboden der Marienkirche unter seinen Füßen spürte.

Dennoch gelang es ihm nicht, seine Gedanken zu ordnen. Was war es bloß, das ihn hier noch hielt? Konnte es sein, dass ihm dieser zugige, ungemütliche Ort ein Gefühl der Sicherheit gab, weil er wusste, was ihn erwartete, wenn er sich erst einmal wieder in den Straßen der Stadt befand? Oder war es so, dass ihn etwas lähmte? Etwas, das sich ganz in seiner Nähe befand? Nur ein paar Schritte von ihm entfernt?

Sein Atem bebte mit einem Mal. Er spürte, dass der Wind zurückkam. Was um alles in der Welt ...?

Sein Blick erfror. Er hatte das Gefühl, der Teufel höchstpersönlich habe sich Zutritt zu den heiligen Hallen verschafft und sehe ihm mit stechenden Augen aus dunklen, knöchernen Höhlen direkt in die Seele. Er war hier, um ihn sich zu holen.

Es war zu spät. Eine Gänsehaut legte sich über seinen Körper.

Der Anblick seines Gegenübers versetzte ihn in Panik. Gleichzeitig verspürte er unendliche Machtlosigkeit.

Flieh!, durchzuckte es ihn. Die Chance dazu bestand noch immer. Einfach nur weglaufen, sich dem Bann des anderen entziehen. Weg von hier!

Dann sah er, dass der andere etwas unter seinem Gewand hervorzog. Er taumelte nach hinten und wurde von kräftigen Armen, die wie aus dem Nichts erschienen, aufgefangen. Er ließ sich fallen und schloss die Augen, weil er wusste, dass es vorbei war. Sein Tod war unausweichlich.

Das Letzte, das er durch seine blinzelnden Augenlider sah, war etwas metallisch Glitzerndes, das sich auf ihn zu bewegte. Dann wurde ihm warm.

2

Der Anruf am Freitagmorgen kam um kurz vor sieben. Fast im selben Moment schrillte Wiebkes Wecker los. Andresen saß kerzengerade in seinem Bett und versuchte die unterschiedlichen Geräusche zuzuordnen. Dann sprang er auf, trat Wiebke bei seinem ungelenken Versuch, vom Bett zu klettern, versehentlich gegen den Oberschenkel und stürzte in die Küche, wo er das Mobilteil des Telefons gestern Abend liegen gelassen hatte.

Andresen erkannte die Nummer auf dem Display. Einen Moment lang überlegte er, ob er es einfach klingeln lassen und wieder unter die warme Daunendecke kriechen sollte, um sich an Wiebkes weichen Körper zu schmiegen. Noch bevor er den Gedanken zu Ende gedacht hatte, wusste er, dass er sich anders entscheiden würde. Er nahm ab.

»Sechs Uhr achtundfünfzig.«

»Hier auch«, kam die Antwort zurück. »Birger, du musst so schnell wie möglich kommen. Zum Portal der Marienkirche, sofort.«

»Könntest du mir bitte sagen, was ... Ach egal, ich bin gleich da.«

Andresen legte auf, ließ den Hörer zurück auf den Küchentisch gleiten und ärgerte sich sofort, das Telefonat einfach so abgebrochen zu haben. Aber wahrscheinlich hätte ihm Kregel ohnehin keine Details am Telefon verraten. Dass etwas Ernstes geschehen sein musste, hatte er bereits am Tonfall seines Kollegen gehört.

Er ging zurück ins Schlafzimmer und schlüpfte rasch in seine Jeans, die über einem Stuhl hing. Wiebke saß müde auf der Bettkante und fuhr sich durch ihre blonden langen Haare. Mit fragendem Blick sah sie ihn an.

»Ben hat angerufen. Es ist etwas passiert.«

»Was denn?«

Andresen zuckte mit den Schultern und griff nach einem dicken Pullover. »St. Marien«, murmelte er nur.

»Soll ich mitkommen?«

»Du weißt doch, wozu das führt.«

»Jaja, schon gut. Ich frage nicht noch einmal, auch wenn ich es ehrlich gesagt nicht verstehe.«

Andresen verzog den Mund, schluckte die Worte, die ihm auf der Zunge lagen, jedoch hinunter. Es war längst alles gesagt zu diesem Thema. Sibius, sein Chef, hatte ein kategorisches »Nein« ausgesprochen. Und wenn Andresen ehrlich war, legte auch er keinen allzu großen Wert darauf, dass Wiebke ausgerechnet in den Fällen ihrer Arbeit als Journalistin nachging, in denen er ermittelte.

»Ich melde mich bei dir. Es wird wohl später werden.« Er beugte sich zu ihr hinunter, gab ihr einen Kuss auf die Stirn und flüsterte ihr rasch etwas ins Ohr. Sie musste lächeln und zog ihn so heftig an sich, dass Andresen neben ihr auf dem Bett landete. Für einen kurzen Moment übermannte die beiden die Leidenschaft, ehe sich Andresen endgültig aufraffte und von Wiebke verabschiedete.

Um zehn nach sieben verließ er sein Altstadthaus in der Großen Gröpelgrube, in dem er seit mittlerweile fast zehn Jahren lebte. Am Koberg bog er ab auf die Breite Straße und ging vorbei an der alt-ehrwürdigen Schiffergesellschaft, internationalen Fast-Food-Geschäften und den zahlreichen Filialen großer Modeketten. Schließlich schlüpfte er unter einem der Torbögen des Kanzleigebäudes hindurch und trat auf den Kirchenvorplatz.

Augenblicklich hielt er inne und starrte auf das, was sich vor seinen Augen abspielte. Obwohl er damit gerechnet hatte, dass Kregels besorgter Anruf nicht ohne Grund erfolgt war und etwas Schlimmes geschehen sein musste, war er derart überrascht, mit welchem Aufgebot seine Kollegen bereits vor Ort waren, dass er nicht bemerkte, wie sich ihm sein Kollege Kai Lorenz von der Seite näherte.

»Was für 'ne Scheiße! Und das gerade jetzt. Eigentlich wollte ich Urlaub nehmen, hätte ich es bloß gemacht.«

Andresen sah Lorenz irritiert an. Seine Aufmerksamkeit war zu stark von den anderen Kriminalpolizisten, Technikern und der Spurensicherung gefangen, als dass er dessen Worten hatte folgen können.

»Hörst du mir eigentlich zu? Hier ist das totale Chaos ausgebrochen. Wir schaffen es nicht einmal, den Tatort abzusperren. Wir können schließlich kaum die halbe Innenstadt lahmlegen.«

»Kannst du bitte mal der Reihe nach erzählen? Ich würde gerne erst mal verstehen, was überhaupt passiert ist. Ben hat mir am Telefon nichts weiter gesagt.« Andresen fiel wieder ein, dass er es selbst gewesen war, der das Telefonat beendet hatte.

Lorenz schüttelte den Kopf und unterdrückte ein verständnisloses Grummeln. »Dann schau mal nach oben. Vielleicht wird dir dann klarer, wovon ich spreche.«

Langsam hob Andresen den Kopf und blickte am Nordturm der St. Marien zu Lübeck hinauf. Augenblicklich hatte er das Gefühl, als bliebe ihm der Atem weg. Mit der linken Hand zupfte er am Kragen seines Pullovers, um mehr Luft zu bekommen. Er spürte, dass das Blut in seinen Adern pulsierte und gleichzeitig ein Kälteschauer durch seine Gliedmaßen fuhr. Am Nordturm der Marienkirche baumelte der leblose Körper eines Menschen. Soweit Andresen es von unten erkennen konnte, fehlte dem Toten der Kopf.

»Was zur Hölle …?«, stieß er aus. Andresen wollte tausend Fragen auf einmal stellen, schaffte es jedoch nicht einmal, eine einzige zu formulieren.

»Komm mit, ich erzähle dir, was wir wissen«, sagte Lorenz.

»Wie lange hängt der denn schon da oben? Warum kümmert sich keiner darum?«

Lorenz reagierte nicht auf Andresens Fragen und ging stattdessen weiter in Richtung Kirchenportal. Andresen sah Frank Sibius, den Leiter der Mordkommission. Er stand windgeschützt im Eingangsbereich und hantierte hektisch mit seinem Handy herum. Neben ihm sprach Kriminalmeisterin Barbara Kracht mit einem Kollegen der Schutzpolizei.

»Was ist hier los?«, rief Andresen schon von Weitem.

Jetzt registrierte auch Sibius Andresens Ankunft.

»Na endlich, wo hast du denn so lange gesteckt? Wir halten gleich eine kurze Teambesprechung ab. Der Küster hat uns einen kleinen Raum im Innern der Kirche aufgeschlossen.«

»Frank, ich weiß noch nicht einmal, was überhaupt geschehen ist. Ich habe gerade eben erst das Opfer gesehen. Sollten wir die

Leiche nicht so schnell wie möglich von dort oben runterholen?
Wenn die Leute diesen Anblick sehen müssen.«
»Erst müssen die Techniker ihre Arbeit erledigen. Außerdem ist
die Bergung nicht ganz unkompliziert.«
»Warst du schon oben?«
Sibius nickte. Im selben Moment rief er aufgeregt etwas in sein
Telefon, in der Hoffnung, die Leitung, die er aufzubauen versuchte,
würde endlich stehen.
Andresen ging auf seine Kollegin Barbara zu und zog sie ein Stück
zur Seite.
»Was ist passiert?«, flüsterte er beinahe.
»Viel weiß ich auch nicht. Aber der Mann ist offenbar erstochen
worden. Angeblich mit einem Schwert oder zumindest einer gewaltigen Klinge. Anschließend hat man ihn dann wohl geköpft und
mit einem Seil in die Position gebracht, in der er jetzt da oben hängt.«
Barbara seufzte als Ausdruck ihrer Fassungslosigkeit über den Anblick des Toten rund fünfzig Meter über ihr.
»Wissen wir schon, wer er ist?«
»Nein, wir können …«
»Birger, kommst du bitte mal!« Barbara wurde von Sibius unterbrochen. Andresen war überrascht, welchen Tonfall sein Chef an-
schlug. Üblicherweise hielt er sich gerne bedeckt und überließ Andresen die Ermittlungsleitung.
»Wie es aussieht, handelt es sich um so etwas wie einen Ritualmord.« Sein ohnehin schon ernstes Gesicht wirkte steinern. »Ich
hatte Siederdissen von der Technik gerade dran. Sie haben einen
grauenhaften Fund gemacht. Auf dem Altar im Mittelschiff der
Kirche liegt offenbar der Kopf des Toten. Er ist mit einem glatten
Schnitt vom Rumpf abgetrennt worden.«
Einen Augenblick lang zögerte Andresen, dann wurde er hektisch. »Ich gehe rein. Ich will es mit eigenen Augen sehen.«
»Pass aber auf, Birger! Das Areal ist noch nicht vollständig abgesperrt. Ich will nicht, dass sich irgendein Unbefugter Zutritt verschafft und Wind von den Einzelheiten des Mordes bekommt. Du
weißt ja selbst, wohin das führen kann.«
Noch bevor Andresen sich gegen den Seitenhieb wehren konnte, klingelte Sibius' Handy. Er verschwand und ließ einen aufge-

brachten Andresen zurück. Die Anspielung seines Chefs war nicht die erste dieser Art gewesen. Die Recherchen seiner Freundin Wiebke im Fall des zweifachen Frauenmörders, der die Lübecker Kripo im letzten Sommer beschäftigt hatte, und Wiebkes anschließende Entführung hatten ihre Spuren hinterlassen.

Andresen drängelte sich an zwei Technikern, die er nicht kannte, vorbei, glitt unter dem Absperrband vor dem Kircheneingang hindurch und stemmte sich gegen das große hölzerne Portal.

Als er das Innere der Kirche betrat, verharrte er für einen Augenblick. Das gewaltige Mittelschiff der St. Marien zu Lübeck war überwältigend. Der Innenraum war nach dem Krieg größtenteils puristisch konzipiert worden, was der baumeisterlichen Leistung jedoch keinen Abbruch tat. Der Gigantismus, mit dem das Gotteshaus vor mehr als siebenhundert Jahren erbaut worden war, beeindruckte noch heute.

Ein Geräusch durchbrach seine Gedanken. Das schnelle Klicken einer Fotokamera hallte durch das riesige Kirchenschiff. Andresens Blick fiel in Richtung des Altars, wo mehrere Techniker in weißen Schutzanzügen ihrer Arbeit nachgingen.

Er ging die sieben Treppenstufen, die zum Altar führten, hinauf und begrüßte sie mit einem kurzen Nicken. Erst jetzt bemerkte er die Blutspur, die sich quer über den Altar und den Steinboden erstreckte. Ein junger Techniker, der neben ihm stand, sah seinen fragenden Blick und hielt mit unerschrockener Miene eine große Klarsichttüte hoch. Andresen versuchte nicht hinzuschauen, hatte im Augenwinkel jedoch bereits den dunkelrot verschmierten Kopf in der Tüte erkannt. In seinem jetzigen Zustand hatte der Kopf jeden menschlichen Bezug verloren. Er wirkte wie ein präpariertes Körperteil aus einem Gruselkabinett.

»Gibt es Spuren?«, fragte er.

Der Techniker, den Andresen nicht älter als fünfundzwanzig schätzte, sah ihn an und lächelte. »Spuren gibt es immer. Die Frage ist, was wir damit anfangen können.«

Für ihn war es anscheinend noch ein Spiel, dachte Andresen. Jugendliche Abenteuerlust und der Gedanke daran, in einem spektakulären Mordfall ermitteln zu dürfen. Er wusste, dass diese Phase schon bald einer Ernüchterung und im Einzelfall auch den Zweifeln, ob man sich tatsächlich für den richtigen Job entschieden hatte, weichen würde.

Andresen beschloss, den Kommentar des Technikers zu ignorieren und zu den Kollegen zurückzukehren, die noch immer draußen vor der Kirche standen. Er nahm den Umweg durch die Sitzreihen. Plötzlich blieb sein Blick an etwas hängen. Ein cremefarbener Stofffetzen, der an einer Ecke einer Holzbank hing, hatte seine Aufmerksamkeit erregt. Er rief den jungen Techniker herbei und bat ihn, den Stofffetzen sicherzustellen.

Andresen drehte sich um, als er Stimmen hörte, die aus Richtung des Eingangs kamen. Sibius kam entschlossenen Schrittes herein. Ohne Unterlass redete er auf Barbara ein, die entnervt von den hektischen Anweisungen neben ihm herlief.

Andresen folgte ihnen in einen kleinen Raum gleich neben dem wuchtigen Portal. In der Mitte des Raums standen ein abgegriffener Eichentisch und einige Klappstühle.

Jetzt kam auch Lorenz herein. Er trug eine überdimensionale Kaffeekanne in der Hand und ließ sich auf einen der Stühle fallen. Sibius nickte stumm in die Runde und nahm ebenfalls Platz.

»Die anderen werden hoffentlich gleich kommen, wir legen schon mal los.«

Ein lautes Poltern unterbrach ihn. Jemand hatte das Portal kräftig zufallen lassen und stapfte mit schwerem Tritt über den Steinboden der Kirche. Im nächsten Augenblick stand Kriminalkommissar Ben Kregel in der Tür. Obwohl die Außentemperatur um die null Grad pendelte und sein hochgewachsener Körper einen durchtrainierten Eindruck machte, hatten sich Schweißperlen auf seinem kurz rasierten Kopf gesammelt. Sein gehetzter Blick verriet, dass er schlechte Nachrichten zu verkünden hatte.

»So eine verdammte Scheiße!«, stieß er wütend aus. »Nichts bleibt uns heute Morgen erspart.«

Andresen spürte, dass sich sein Magen zusammenzog. Auf eine weitere Hiobsbotschaft zu so früher Stunde konnte er gut und gerne verzichten. Ungläubig hörte er Kregels Worten zu.

»Am Mühlenteich hat es gerade eine Explosion gegeben. Einer von uns sollte schleunigst hinfahren. Allem Anschein nach war es kein Unfall.«

3

Der Privatsteg der imposanten weißen Villa existierte nicht mehr. Die Holzplanken trieben im dunkelgrünen Wasser des Mühlenteichs; einige lagen wild durcheinander auf dem fein geschnittenen englischen Rasen.

Unter Andresens Füßen knirschte es. Die Splitter der zerborstenen Terrassentür bohrten sich in seine Schuhsohlen. Der kleine Garten und die Rückseite des Hauses sahen aus wie nach einem Frontalangriff mit schwerem Geschütz.

Andresen und Kregel standen nahe am Wasser und ließen ihre Blicke schweifen. Gleich nachdem Kregel in den kleinen Raum der Marienkirche gestürmt war und von der Explosion berichtet hatte, waren sie mit Blaulicht und Martinshorn zu dem Haus in der Musterbahn, das direkt am Mühlenteich lag, gefahren.

Auch wenn sie vereinbart hatten, schnellstmöglich zurückzukehren, war Andresen der plötzliche Aufbruch vom Tatort recht gewesen. Die Atmosphäre in der Kirche, der abgetrennte Kopf in der Plastiktüte und das hektische Durcheinander auf dem Kirchenvorplatz, all dem war er nicht ungern entflohen.

Der Mühlenteich begrenzte zusammen mit dem nahe gelegenen Krähenteich die südliche Altstadt. Das idyllische Fleckchen lag mitten im Zentrum Lübecks und war eine der begehrtesten Immobilienlagen. Die Villen wohlhabender Lübecker reihten sich hier zwischen Mühlenteich und Dom aneinander und beherbergten neben Anwaltskanzleien und Arztpraxen auch die schicksten Wohnungen der Stadt.

Nachdem die Kollegen von der Streife, die zuerst herbeigerufen worden waren, ihnen in aller Kürze berichtet hatten, was offenbar geschehen war, trat der Besitzer der Villa auf die beiden zu. Andresen erkannte den Mann sofort. Es war Norman Winkler, einer der einflussreichsten Jungunternehmer der Hansestadt. In Zeiten der New Economy war es ihm gelungen, eine Software für Hochschulen zu programmieren und diese weltweit erfolgreich zu verkaufen. Im Gegensatz zu vielen seiner Konkurrenten hatte Winklers Unternehmen den Niedergang der Dotcom-Blase überlebt und schien heute gestärkter denn je. In dem teuren anthrazitfarbenen Anzug wirkte er älter, als er mit seinen knapp vierzig Jahren tatsächlich war. Andresen bemerkte, dass Winklers Blick besorgt war.

»Hauptkommissar Birger Andresen, guten Tag, Herr Winkler. Das ist Kriminalkommissar Ben Kregel. Ist Ihnen in den letzten Stunden irgendetwas Ungewöhnliches aufgefallen?«, kam Andresen direkt zur Sache. »Ein Geräusch? Vielleicht ein Boot auf dem See?«

»Glauben Sie tatsächlich, dass ein Anschlag auf mich verübt wurde? Ich meine ... weshalb denn?« Winkler fuhr sich durch seine halblangen, nach hinten gekämmten Haare.

Andresen zögerte. Er wusste, was explodierter Sprengstoff anrichten konnte. Die Planken, die zu seinen Füßen lagen, wiesen die typischen Spuren einer Detonation auf. Auf den ersten Blick sah es tatsächlich danach aus, als wäre die Explosion durch einen Anschlag hervorgerufen worden.

»Wir werden genauestens überprüfen, was vorgefallen ist. Die Kollegen von der Spurensicherung und die Taucher werden gleich hier sein. Bitte erzählen Sie uns jetzt, was Sie mitbekommen haben.«

Andresen versuchte sich zu konzentrieren, doch immer wieder huschten die Bilder des toten Mannes, der am Nordturm der Marienkirche hing, vor seinem inneren Auge vorbei. Dessen grauenhafte Darstellung und der abgetrennte Kopf ließen ihm keine Ruhe mehr. Bei dem Gedanken daran, was in den nächsten Tagen auf sie zukam, zog sich sein leerer Magen zusammen. Und jetzt kam auch noch ein Anschlag auf das Haus eines bekannten Lübecker Unternehmers hinzu. Er zwang sich, den Ausführungen Winklers zu folgen, der bereits damit begonnen hatte, von den Ereignissen des noch jungen Morgens zu berichten.

»... und bin dann mit meiner Zeitung zurück in die Küche. Im Radio hörte ich etwas von einem Mord in der Marienkirche.«

Winkler hielt kurz inne. Andresen tauschte einen raschen Blick mit Kregel. Wieder hatten sie es nicht vermeiden können, dass die Medien frühzeitig Wind von einem Mordfall bekommen hatten.

»Als dann das Wetter lief, geschah es. Das gesamte Haus wurde von einem heftigen Knall und einer fürchterlichen Druckwelle erschüttert. Ich habe mich instinktiv auf den Küchenboden geworfen und versucht, mein Gesicht zu schützen. Wie lange ich so da lag, kann ich nicht mehr sagen, aber es waren mit Sicherheit ein paar Minuten.«

Andresen hatte das Gefühl, dass es Winkler genoss, den beiden Kriminalpolizisten seine Geschichte zu erzählen und Stück für Stück, wie in einem großen Epos, zum Höhepunkt zu kommen. Was fehlte, waren nur noch die Liebesgeschichte und der große Held der Erzählung.

»Irgendwann habe ich mich dann getraut und bin in Richtung Terrassentür gegangen. Vor lauter Schreck über das, was ich sah, hätte ich beinahe eine teure Vase umgeworfen. Es brannten sogar noch einige Planken des Stegs. Es sah aus wie im Krieg. Wer zum Teufel macht denn so etwas?«

»Was haben Sie dann gemacht?«, fragte Kregel.

»Ich bin sofort zurück in den Flur gerannt und habe die Polizei angerufen. Was sonst?«

»Und Sie haben heute Morgen niemanden auf dem See gesehen? Kein Boot, keinen Schwimmer oder jemanden am anderen Ufer?«

»Nein, ich glaube nicht.« Die Antwort kam zögerlich.

»Waren Sie allein zu Haus?«, fragte Kregel weiter.

»Ja, meine Haushälterin kommt nur montags und donnerstags.«

»Sind Sie verheiratet oder leben Sie in einer festen Partnerschaft?«

Winkler lachte kurz auf. »Ist das eine Grundvoraussetzung, um als Zeuge glaubwürdig zu sein? Um ehrlich zu sein, ich halte nicht viel von Beziehungen. Mit einer einzigen Frau werde ich auf Dauer nicht glücklich.«

Andresen sah ihn irritiert an. »Kennen Sie Menschen, die nicht gut auf Sie zu sprechen sind? Beruflich oder privat? Vielleicht Neider?«

»Natürlich gibt es immer wieder den ein oder anderen, der mir die Pest an den Hals wünscht. Irgendjemand fühlt sich immer ungerecht behandelt. Das bleibt nicht aus, wenn man Chef von zweihundert Mitarbeitern ist. Aber es kann doch nicht so weit gehen, dass man mir Schaden zufügen will.« Winklers Stimme schien für einen Moment zu entgleisen, fing sich dann jedoch wieder. »Ich hoffe, Sie finden heraus, wer das hier war.«

»Bestimmt«, antwortete Andresen. »Wir werden Ihre Aussage allerdings noch einmal offiziell zu Protokoll nehmen müssen.« Er wurde durch das Klingeln der Haustürglocke unterbrochen.

Winkler verschwand im Haus und kam wenig später mit Harald Seelhoff, dem Leiter der Kriminaltechnik, und zwei weiteren Kollegen des Kommissariats 6 der Lübecker Kriminalpolizei zurück. Andresen erklärte Seelhoff kurz, was passiert war, und setzte bereits zur Verabschiedung an, als Norman Winkler noch einmal auf ihn zukam.

»Darf ich noch einmal kurz mit Ihnen unter vier Augen sprechen?«, fragte er leise. Andresen nickte stumm und folgte Winkler in die geräumige Küche, die wie die lübsche Variante einer amerikanischen Küche aussah, in der es alles gab und nichts benutzt wurde.

»Ist Ihnen noch etwas eingefallen?«

»Nichts, das mit der Explosion zu tun hat«, antwortete Winkler geheimnisvoll. »Es geht um etwas anderes.«

Andresen verzog den Mund als Zeichen dafür, dass er keine Lust auf eine Rätselstunde hatte.

»Ich habe Ihnen vorhin erzählt, dass ich allein zu Haus gewesen wäre, als es passiert ist. Das entspricht nicht ganz der Wahrheit.«

Andresen spürte, dass Winkler mit den Worten kämpfte. Er verschränkte die Arme und lehnte sich demonstrativ wartend an die massive Marmorarbeitsplatte.

»Es ist so ... Ich meine, Sie verstehen das wahrscheinlich nicht, aber ...«

»Ja?«

»Ich habe mit einer meiner Projektleiterinnen ein Verhältnis. Sie war heute Nacht bei mir. Es wäre allerdings gut, wenn die Affäre keine Wellen schlagen würde.«

»Gut für Sie oder für Ihre Mitarbeiterin?«

»Das tut hier nichts zur Sache«, antwortete Winkler gereizt. »Ich habe es Ihnen gesagt, weil Sie es vielleicht irgendwann selbst herausgefunden hätten.«

»Gibt es Leute, die davon wissen?«

Winkler schüttelte den Kopf.

»Wie ist der Name Ihrer Mitarbeiterin?«, fragte Andresen weiter.

»Ist das wirklich notwendig?« In Winklers Stimme schwang etwas Flehendes mit.

»Sie können davon ausgehen, dass wir diskret vorgehen. Dennoch müssen wir natürlich mit ihr reden. Immerhin ist auch sie Zeugin der Explosion geworden.«

»Sie heißt Kristina Lufft. Wenn Sie unbedingt mit ihr sprechen müssen, dann bitte nicht in der Firma. Ich gebe Ihnen ihre Handynummer.« Winkler verschwand ins Wohnzimmer.

»Glaubst du, er verschweigt etwas?«, fragte Kregel, der inzwischen wieder zu Andresen getreten war.

»Möglich. Ob es mit dem Anschlag auf ihn zu tun hat, ist allerdings eine ganz andere Frage.«

Winkler kam zurück und drückte Andresen einen gelben Zettel in die Hand. »Seien Sie bitte rücksichtsvoll. Kristina ist verheiratet, ihr wird das Ganze überaus unangenehm sein.«

»Selbstredend«, antwortete Andresen. »Wir melden uns bei Ihnen wegen der offiziellen Vernehmung. Rufen Sie uns an, falls Ihnen noch etwas einfällt.«

»Ich habe Ihnen alles gesagt, was ich weiß«, grummelte Winkler hinter den beiden Kriminalpolizisten her.

***

Der Kirchvorplatz und große Teile der angrenzenden Straßenzüge waren mittlerweile vollständig abgesperrt, als Andresen und Kregel sich ihren Weg durch die Fußgängerzone bahnten. Schon von Weitem konnten sie erkennen, dass die Kollegen den Leichnam des unbekannten Mannes mittlerweile von seiner exponierten Stelle am Kirchturm entfernt hatten.

Andresens Magen machte sich wieder bemerkbar. Es war mittlerweile kurz vor halb zwölf, und noch immer hatte er nichts gegessen. Er wollte sich gerade von Kregel verabschieden, um sich in einer nahe gelegenen Bäckerei ein belegtes Brötchen zu kaufen, als sein Handy klingelte. Auf dem Display sah er, dass es seine Kollegin Barbara war. Bevor er sich melden konnte, fing sie bereits an zu reden.

»Wo steckt ihr gerade? Könnt ihr schnell kommen?« Sie wartete die Antwort nicht ab. »Wir wissen jetzt, wer der Tote ist. Du wirst nicht glauben, um wen es sich handelt.«

»Sagst du es mir?«

»Ohne seinen Führerschein, den er bei sich trug, wären wir wohl nicht so schnell drauf gekommen. Sein Name ist Roloff.«

»Boris Roloff?«, fragte Andresen erstaunt.

»Eben nicht.« Barbara wartete einen kurzen Augenblick, ehe sie weitersprach. »Es ist sein Zwillingsbruder.«

»Roloff hatte einen Zwillingsbruder?«

»Sandro Roloff. Wir haben die Daten abgeglichen, sie sind am selben Tag geboren.«

»In Ordnung, ich bin auf dem Weg.« Andresen legte auf und beschleunigte seinen Schritt. Er hatte es plötzlich eilig. Wenn es sich bei dem Toten tatsächlich um den Bruder von Boris Roloff handelte, dann befürchtete er das Schlimmste.

»Wer ist dieser Roloff?«, fragte Kregel, während er hinter Andresen her eilte.

Unter den Kollegen der Kripo war Boris Roloff bekannter als der eigene Polizeipräsident, wurde gelegentlich gewitzelt. Dass Kregel nicht wusste, wer er war, lag einzig daran, dass er erst seit einem Dreivierteljahr der Lübecker Mordkommission angehörte. Doch der »Herr der Gänge«, wie Roloff von manchem Lübecker in Anspielung auf die kleinen Gassen der Altstadt genannt wurde, tauchte nur selten aus den düsteren Gefilden von Lübecks Unterwelt auf. Um seinen schmutzigen Geschäften und kriminellen Machenschaften nachzugehen, bewegte er sich meistens im Verborgenen. Drogendelikte, Diebstahl, Hehlerei, schwere Körperverletzung waren noch das Harmloseste, was auf sein Konto ging.

Der letzte Vorfall lag gerade einmal drei Monate zurück. Roloff war bei einer Verkehrskontrolle mit einer beträchtlichen Menge Marihuana erwischt worden und hatte anschließend sämtliche Schuld von sich gewiesen. Da es sich nicht um seinen Wagen, sondern um den eines Bekannten gehandelt hatte, und die Drogen im Polsterbezug eingenäht waren, hatte man von einer Anklage gegen

Roloff abgesehen und stattdessen den Halter des Fahrzeugs verurteilt. Obwohl sie sich sicher gewesen waren, dass Roloff in den Deal eingeweiht gewesen war, hatten sie keine Beweise gegen ihn gehabt. Wie so oft in den vergangenen Jahren. Immer wieder hatte Roloff seinen Kopf aus der sich bedrohlich zuschnürenden Schlinge der Justiz ziehen können, unter anderem auch, weil sein Kontaktnetzwerk so weit verzweigt war, dass es in viele Bereiche des öffentlichen Lebens reichte.

Nur ein einziges Mal war es ihnen gelungen, Roloff für kurze Zeit hinter Gitter zu bringen. Damals, es musste mehr als drei Jahre zurückliegen, hatte Andresen ihn zufällig beim Aufbrechen eines Autos erwischt. Roloff hatte Marihuana und Kokain im Wert von zehntausend Euro bei sich gehabt. Auf sechs Monate Freiheitsentzug hatten die Richter entschieden, weil er sich bei seiner Festnahme zur Wehr gesetzt und in den anschließenden Verhandlungen keinerlei Kooperationsbereitschaft gezeigt hatte. Seither verband Roloff und Andresen eine besonders intensive »Freundschaft«.

»Ich erkläre es dir später«, antwortete Andresen. »Das ist eine längere Geschichte.«

Die Kollegen der Mordkommission saßen noch immer in dem kleinen Raum in St. Marien, als Andresen und Kregel zurückkehrten.

Kriminalrat Sibius schien die Besprechung gerade beenden zu wollen. Aus dem Augenwinkel sah Andresen, dass auch Julia mittlerweile eingetroffen war. Obwohl die Jüngste im Team, war sie bereits eine der scharfsinnigsten und besten Kräfte. Selbst ihren schweren Unfall bei einem Einsatz im vergangenen Jahr, als sie bei der Festnahme eines mutmaßlichen Mörders verletzt worden war, hatte sie ohne physische und psychische Spätfolgen weggesteckt.

»Haben wir eine zweite Baustelle?«, hörte Andresen seinen Chef aus dem Hintergrund fragen. Er zuckte zusammen, weil er für einen Moment mit seinen Gedanken an den Geschehnissen des letzten Sommers hängen geblieben war.

»Es sieht verdammt noch mal danach aus«, kam ihm Kregel in seiner unnachahmlich direkten Art zuvor. »Es ist zwar nur Sachschaden entstanden, aber die Detonation der Bombe hatte eine Wirkung, die Opfer gefordert hätte, wenn sie woanders hochgegangen wäre.«

»Gibt es denn keine andere Erklärung für die Explosion?«, hakte ein sichtlich verstimmter Sibius nach.

»Ich befürchte nicht«, mischte sich jetzt auch Andresen ein. »Der Sprengsatz ist direkt am Ufer des Mühlenteichs explodiert. Wir müssen klären, ob es ein gezielter Anschlag auf den Besitzer des angrenzenden Hauses war. Die Villa gehört übrigens Norman Winkler.«

»Wie dem auch sei, wir müssen uns so aufteilen, dass wir die Ermittlungen in beiden Fällen koordiniert bekommen. Birger, du stellst die Teams zusammen. Solange noch kein Ersatz für Willi da ist, müssen wir so effizient wie möglich arbeiten.«

Andresen sah Sibius nachdenklich an. Die ungeklärte Nachfolge des krankheitsbedingt ausgeschiedenen Kriminaloberkommissars Willi Wibel schwebte noch immer wie ein Damoklesschwert über ihnen. Es war ein offenes Geheimnis, dass der Polizeipräsident Franz Zeichner eine Frau auf dem zweithöchsten Posten der Mordkommission installieren wollte, eines Tages vielleicht sogar als potenzielle Nachfolgerin von Frank Sibius, dem Kommissariatsleiter. Andresen war nicht wohl bei dem Gedanken, dass das Hierarchiegefüge, in dem er sich mühsam seinen Platz erkämpft hatte, möglicherweise schon bald auf den Kopf gestellt werden würde.

»Was wissen wir über den Toten?« Andresen lenkte das Thema zurück auf den Mord. »Außer dass es sich um Roloffs Bruder handelt.«

»Nicht viel«, musste Sibius zugeben. »Die einzige Spur ist derzeit sein Führerschein, er ist vor zehn Jahren in Berlin ausgestellt worden. Bislang ist es uns noch nicht gelungen, seinen Wohnort ausfindig zu machen.«

»Schon seltsam«, entgegnete Andresen. »Boris Roloff hatte einen Zwillingsbruder, und wir wussten es nicht. Welche Erkenntnisse haben wir denn sonst bislang noch?«

»Die Jungs von der Spurensicherung haben einige Anhaltspunkte, unter anderem den Stofffetzen, der vom Täter stammen könnte.

Es wird allerdings ein paar Tage dauern, ehe wir brauchbare Ergebnisse aus dem Labor vorliegen haben.«

»Was ist mit dem abgetrennten Kopf?«, fragte Andresen. »Und warum diese Zurschaustellung am Kirchturm? Glaubt ihr, dass der Mord einen religiösen Hintergrund haben könnte?«

»Es liegt auf der Hand, keine Frage, aber du kennst meine Einstellung«, antwortete Sibius. »Solange wir keine Spuren haben, will ich keine Spekulationen hören. Genauso gut kann es sich auch um einen missglückten Deal gehandelt haben oder um irgendeine offene Rechnung. Wundern würde es mich nicht, immerhin heißt der Tote Roloff.«

»Ein gescheiterter Deal, bei dem anschließend der Kopf des Toten abgetrennt und auf einen Altar gelegt wird?«, warf Kregel ein. »Nicht sehr wahrscheinlich, wenn ihr mich fragt. Was ist überhaupt mit der Tatwaffe? Ist sie gefunden worden? Was war es noch gleich?«

»Möglicherweise ein Schwert. Es muss eine sehr lange Klinge gewesen sein«, antwortete Julia. »Am Tatort lag jedoch keine Waffe.«

»Gibt es Zeugen, die irgendetwas gesehen haben?«, fragte Andresen nach einigen Sekunden des Schweigens.

»Bislang Fehlanzeige«, murrte Sibius. »Momentan stochern wir vollkommen im Nebel. Gerade deshalb dürfen wir keine Option ausschließen.«

Er klatschte in die Hände und stand auf. Als er sich an Andresen vorbeidrängte, gab er ihm ein Zeichen, dass er ihn unter vier Augen sprechen wollte. Andresen folgte ihm nach draußen auf den Kirchvorplatz, über den ein eisiger Wind hinwegzog.

»Dieser Mord bereitet mir große Sorgen«, sagte Sibius mit leiser Stimme. »Im Grunde sind es sogar zwei Dinge, die mich beunruhigen.«

»Die Art und Weise?«

»Ja, das ist das eine. Wir hatten noch nie einen vergleichbaren Fall.«

»Woran denkst du noch? Ist es Roloff?« Andresen sah das Unbehagen in Sibius' Augen.

»Was immer Sandro Roloff auch getan hat, dass er sterben musste, sein Bruder wird versuchen, ihn zu rächen«, fuhr Sibius nachdenklich fort. »Das bereitet mir mindestens ebenso großes Kopfzerbrechen.«

»Vielleicht hat Sandro Roloff aber auch auf eigene Faust gehandelt, ohne dass Boris etwas davon wusste.«

»Mag sein, aber die Familienbande werden stark genug sein, dass Boris Roloff den Mörder seines Bruders zur Strecke bringen will.«

Andresen ahnte, wovon sein Chef sprach. Roloff würde alle ihm verfügbaren Hebel in Bewegung setzen, um die Verantwortlichen der Bluttat zu finden. Egal, mit welchen Mitteln.

»Ich will, dass du ihn findest.«

Sibius' Stimme war jetzt noch leiser und klang beinahe verschwörerisch. Andresen dachte einen Moment lang, Sibius hätte den Mörder gemeint, den er ausfindig machen sollte. Dann verstand er jedoch, worauf sein Chef tatsächlich hinauswollte.

»Boris Roloff?«, fragte er ungläubig. »Das ist nicht dein Ernst?«

»Du musst versuchen, mit ihm zu sprechen. Vielleicht kann er uns helfen, Licht ins Dunkel zu bringen. Er weiß bestimmt, warum sein Bruder sterben musste.«

»Ausgerechnet ich. Du weißt genau, wie sehr ich ihn hasse. Statt dass wir ihn endlich einbuchten, soll er uns jetzt auch noch helfen?«

Sibius' Antwort blieb aus. Eine aufgeregte Stimme drang zu ihnen herüber. Andresen sah, dass sich eine laut schimpfende, dunkel gekleidete Person unter dem Absperrband hindurchzwängte. Als sie sich wieder aufrichtete, erkannte Andresen den leicht untersetzten Mann, den alle nur Bruder Tuck nannten. Mit energischen Schritten kam er auf sie zu.

»Was in hoffentlich Gottes Namen tun Sie denn hier? Sie können doch nicht ganz St. Marien absperren, selbst wenn …« Der Mann stockte.

Andresen sah ihm in die Augen und nickte ihm zu.

»Ich habe gewusst, dass eines Tages etwas passieren wird«, sagte der Propst der St. Marien-Gemeinde schließlich.

»Was meinen Sie?«, fragte Andresen erstaunt.

»Seit Wochen geschehen seltsame Dinge in unserer Gemeinde«, antwortete Radbruch.

Andresen und Sibius sahen den kleinen, kräftigen Mann fragend an.

»Propst Radbruch, bitte klären Sie uns auf! Was meinen Sie mit seltsamen Dingen?«

»Tut mir leid, Sie können es nicht wissen«, wiegelte Radbruch ab. »Vielleicht war es mein Fehler, dass ich nicht mit der Polizei gesprochen habe. Jetzt ist es zu spät.« Propst Hinnerk Radbruch alias Bruder Tuck räusperte sich. Dann sprach er weiter. »Es begann vor ein paar Wochen, als einige Zeichnungen unseres neuen Glockenstuhls aus meinem Büro im Marienwerkhaus verschwanden. Auch Pastor Boyen und der Kirchenvorstand hatten das Gefühl, als hätte jemand in ihren Unterlagen geschnüffelt. Ein paar Tage später war mein Kirchenschlüssel unauffindbar, jemand muss ihn mir gestohlen haben. Und schließlich habe ich jemanden dabei erwischt, wie er sich Zutritt zum Nordturm verschaffen wollte. Außerhalb unserer Gewölbeführungen ist dies strengstens untersagt.«

»Wie sah die Person in der Kirche aus? Konnten Sie sie erkennen?«, hakte Andresen ein.

»Nein, es ging alles sehr schnell. Es war ein Mann, da bin ich mir sicher. Nicht älter als dreißig, dunkle Haare, schlank.«

»Warum haben Sie sich denn nicht an die Polizei gewandt?«, fragte Sibius verärgert.

»Ich bin manchmal etwas schusselig«, antwortete Radbruch. »Da habe ich nicht gleich an etwas Schlimmes gedacht, als die Dinge verschwanden. Nur das mit dem Mann im Nordturm ... das war dann wirklich komisch. Wissen Sie denn, um wen es sich bei dem Toten handelt?«

»Sein Name ist Sandro Roloff«, klärte Andresen den Propst auf. »Er ist der Bruder von Boris Roloff. Vielleicht haben Sie diesen Namen schon einmal gehört?«

Andresen wartete vergebens auf eine Antwort. Radbruchs Gesicht zuckte kurz, dann setzte der Propst eine unwissende Miene auf.

4

Wie er es auch drehte und wendete, richtig zufrieden war Andresen nicht mit der Zuteilung der Ermittlungsteams. Und das, obwohl er sie selbst vorgenommen hatte. Das größte Problem bestand in der dünnen Personaldecke, die für zwei Fälle kaum ausreichend war. Den Gedanken, Verstärkung vom Landeskriminalamt aus Kiel anzufordern, hatte er jedoch schnell verworfen. Stattdessen wollte er mit Sibius über die Möglichkeit sprechen, einen Kollegen aus einem anderen Kommissariat abzuziehen.

Er hatte Kregel und Barbara für den Fall »Norman Winkler« eingeteilt. Sie sollten herausfinden, was es mit der Explosion auf dessen Grundstück auf sich hatte. Hatte der Anschlag tatsächlich Winkler gegolten, oder war er nur zufällig Opfer geworden? Und welche Spuren fanden die Kollegen von der Technik an den Sprengstoffresten?

Er selbst würde sich auf die Ermittlungen im Mordfall Roloff konzentrieren. Julia Winter und Kai Lorenz sollten ihn unterstützen. Die exakte Aufgabenverteilung wollte er seinen Kollegen um vierzehn Uhr mitteilen. Noch blieb ihm also eine Viertelstunde Zeit. Fünfzehn Minuten, die er dringend benötigte, um sich einen Plan zu machen, wie sie vorgehen wollten.

Doch das trübe Winterwetter, das schon seit Wochen unverändert über der Stadt hing, vernebelte sein Gehirn. Beim Anblick der grauen Wolkenmasse vor seinem Fenster im dritten Stockwerk des Polizeihochhauses in der Possehlstraße gelang es ihm kaum, einen klaren Gedanken zu fassen.

Auf dem Monitor seines Computers blinkte ein Fenster auf, eine E-Mail war gerade eingegangen. Sie war von Harald Seelhoff aus der Kriminaltechnik. Schnell überflog Andresen den Text und griff zum Hörer.

»Was heißt das, ein Konstruktionsfehler?«, fragte er, nachdem Seelhoff abgehoben hatte.

»Was verstehst du denn daran nicht? Die Bombe ist schlampig zusammengebaut worden. Der Sprengstoff hätte normalerweise ausgereicht, das komplette Haus von diesem Winkler in Schutt und Asche zu legen.«

»Lag es am Bau oder gab es einen Defekt?«

»Ganz exakt werden wir das natürlich erst sagen können, wenn wir die Untersuchungen abgeschlossen haben, aber es sieht ganz nach einer laienhaften Verarbeitung aus.«

»Habt ihr sonst noch etwas entdeckt?«

»Weder im Garten noch im Haus. Da brauchen wir uns keine großen Hoffnungen zu machen. Wir haben keine frischen Fingerabdrücke gefunden, die nicht Winkler oder seiner Freundin zuzuordnen sind. Ich habe allerdings eine Vermutung, was die Herkunft des Sprengstoffes angeht. Wenn mich nicht alles täuscht, müsste es sich um ein osteuropäisches Fabrikat handeln. Vielleicht kommen wir über diesen Weg weiter.«

Andresen bedankte sich bei Seelhoff und wollte bereits auflegen, als ihm noch etwas einfiel. »Wie weit seid ihr mit der Auswertung der Spuren, die ihr in der Kirche sichergestellt habt? Könnt ihr schon etwas zu dem Stofffetzen sagen?«

»Schwieriges Thema«, antwortete Seelhoff nachdenklich. »Bei dem Stoff handelt es sich um Nutzhanf. Wir versuchen gerade, einzelne Partikel und Hautschuppen zu separieren. Das dürfte allerdings nicht ganz einfach werden.«

»Wo liegt das Problem?«

»Der Stoff ist so alt und verwittert, dass wir genauso viele Spuren finden werden wie Flöhe, die darauf herumhüpfen. Man könnte fast meinen, es handelt sich um einen Fetzen einer dieser Kutten, wie man sie auf diesen Mittelalterfesten ...« Seelhoff nieste laut in den Hörer, sodass Andresen die letzten Worte des Satzes nicht mehr verstand. »Wir arbeiten aber auf Hochtouren«, fügte Seelhoff an.

»Gib mir bitte Bescheid, sobald du etwas Neues weißt. Für die Ermittlungen im Fall Winkler ist übrigens ab sofort Kregel der Ansprechpartner.«

Andresen legte auf und sah auf die große Uhr über der Tür. Noch fünf Minuten. Schnell rief er das Suchprogramm seines Rechners auf und gab einen Begriff ein. Es dauerte nicht lange, und er wurde fündig. Er stand auf und verließ sein Büro. Bewaffnet mit einem doppelten Espresso in der rechten und einem Ausdruck in der linken Hand betrat er das nach altem Aktenpapier und Pressspanmöbeln riechende Sitzungszimmer. Noch war keiner der anderen da. Andresen ging an das Flipchart und zog nachdenklich die Kappe eines dicken roten Filzstifts ab. Mit einigen schnellen Bewegungen zeichnete er den Tatort des Mordes auf das leere Blatt Papier: die Fußgängerzone, das Rathaus und den Marktplatz und schließlich das Areal der Marienkirche, das nach Süden hin an die Arkaden des Rathausgebäudes angrenzte. Den Nordturm positionierte er überproportional in der Mitte des Kirchplatzes. Er nahm einen schwarzen Stift und notierte die wenigen Fakten, die bislang vorlagen. Dann trat er einen Schritt zurück.

»Ein echter Andresen? Ich biete fünf Euro.«

Andresen fuhr herum und blickte der schmunzelnden Julia in die Augen. Er war so vertieft in seine Zeichnung gewesen, dass er ihr Kommen nicht gehört hatte. Doch bevor er etwas erwidern konnte, füllte sich der Raum mit Stimmengewirr und Kaffeegeruch.

»Was ihr hier seht, soll den Tatort rund um St. Marien darstellen«, begann Andresen, nachdem sich alle gesetzt hatten. »Eine Sache fällt hier besonders ins Auge: Einen exponierteren Standort gibt es in Lübeck wohl kaum. Was gleichzeitig auch bedeutet, dass es der oder die Mörder nicht einfach gehabt haben, ungesehen zu bleiben. Es besteht also durchaus die Möglichkeit, dass es Zeugen gibt, auch wenn die Tat nach unseren bisherigen Erkenntnissen in den frühen Morgenstunden passiert ist.«

Andresen machte eine Pause und sah in die konzentrierten Gesichter seiner Kollegen.

»Unstrittig dürfte auch die Tatsache sein, dass der oder die Täter mit dem Mord eine Botschaft übermitteln wollten. Auch wenn wir noch nicht wissen, was dahintersteckt und wem diese Botschaft gelten soll, lässt die Zurschaustellung des Toten meiner Meinung nach kaum einen anderen Schluss zu.«

Andresen drehte sich zur Tafel und zeigte mit dem Stift auf den Kirchturm. »Roloff hing in fünfzig Metern Höhe, befestigt mit einem dicken Tau an zwei Fensterstreben. Es sind exakt zweihundertzweiunddreißig Treppenstufen, bis man diese Stelle im Kirchturm erreicht. Außerdem haben wir Roloffs abgetrennten Kopf auf dem Altar im Kirchenschiff gefunden. Bei der Tatwaffe handelt es sich höchstwahrscheinlich um ein Schwert. Ein weiteres Zeichen dafür, wie ungewöhnlich dieser Mord ist.«

Andresen wandte sich wieder seinen Kollegen zu. »Ich kann mir beim besten Willen nicht vorstellen, dass eine einzelne Person dazu in der Lage ist, den Körper des Toten derart am Kirchturm zu befestigen. Vielleicht müssen wir davon ausgehen, dass wir es mit mehreren Tätern zu tun haben.«

»Seit wann legst du dich so schnell fest?«, warf Kai Lorenz ein. »Du predigst doch sonst immer, nichts auszuschließen, solange wir keine stichhaltigen Beweise haben.«

Andresen sah seinen Kollegen scharf an. Da war sie wieder, die alte Rivalität zwischen ihnen. Vor etlichen Jahren hatten sie etwa zur gleichen Zeit bei der Mordkommission angefangen. Anfangs noch im Gleichschritt, war Andresen im Laufe der Zeit jedoch schneller die Karriereleiter emporgestiegen. Bei Kollegen und Vorgesetzten genoss er ein höheres Ansehen. Seine Berufung zum Hauptkommissar im letzten Jahr hatte Lorenz wahrscheinlich den Rest gegeben. Andresen fiel wieder ein, dass er vorhatte, Lorenz in seine Ermittlungsgruppe einzuteilen. Er bereute es sofort. Eine Zusammenarbeit mit ihm in diesem Fall konnte er sich kaum vorstellen. Dennoch versuchte er, Lorenz' Kommentar fürs Erste zu ignorieren.

»Grundsätzlich stellt sich die Frage nach dem Motiv«, fuhr er stattdessen fort. »Warum wurde die Marienkirche als Tatort gewählt? Warum dieses Ritual? Der Mord kann einen religiösen Hintergrund haben. Die zentrale Frage lautet also: War Sandro Roloff zur falschen Zeit am falschen Platz, oder haben wir es mit einem gezielten Mord zu tun? Deshalb müssen wir mehr über Sandro Roloff herausfinden. Bislang wussten wir ja nicht einmal, dass Boris Roloff überhaupt einen Bruder hatte.«

Andresen hielt inne. Er hatte so ziemlich alles gesagt, was für den Moment wichtig war. Nur eine Sache gab es noch. Etwas, das den anderen noch nicht bekannt war. Er räusperte sich und setzte erneut an.

»Es gibt eine erste Spur, der wir nachgehen können«, begann er. »Wir haben vorhin den Propst der Kirche, Hinnerk Radbruch, getroffen. Er sprach davon, dass in der Mariengemeinde in letzter Zeit einige seltsame Dinge vorgefallen sind.«

In den Gesichtern seiner Kollegen sah Andresen, dass sie nicht verstanden, wovon er sprach. In aller Kürze berichtete er von dem Gespräch mit Radbruch und dessen Vermutung, jemand hätte sich Zutritt zum Marienwerkhaus und dem Nordturm der Kirche verschafft.

»Und was sagt uns das jetzt?« Kregel war der Erste, der auf Andresens Ausführungen reagierte. »Suchen wir ab sofort nach einem schlanken Dreißigjährigen mit dunklen Haaren?«

Andresens Mund verzog sich zu einem müden Lächeln. Gleichzeitig schüttelte er den Kopf.

»Ich glaube, du hast mich etwas falsch verstanden. Ich habe lediglich berichtet, was Propst Radbruch Frank und mir erzählt hat. Wir ermitteln in alle Richtungen, aber wenn wir ehrlich sind, ist das momentan unsere einzige halbwegs brauchbare Spur. Oder wisst ihr mehr als ich?«

»Glaubst du denn, dass es Sandro Roloff war, den Radbruch gesehen hat?«

»Genau das ist der Punkt, Julia. Wir wissen momentan einfach noch viel zu wenig. Wir haben drei Anhaltspunkte. Erstens: einen brutalen Ritualmord, zweitens: einen Toten, der den Namen Roloff trägt, und drittens: die Beobachtungen von Radbruch.«

Andresen sah in die Runde, als warte er auf eine Reaktion. Als sie ausblieb, sprach er weiter.

»Bevor wir über die Aufgabenverteilung reden, möchte ich noch einmal kurz auf Norman Winkler zu sprechen kommen. Wir müssen diese Angelegenheit ernst nehmen, auch wenn niemand zu Schaden gekommen ist.« Er berichtete rasch von Seelhoffs Vermutungen hinsichtlich der tatsächlichen Detonationsstärke der Bombe und der offenbar fehlerhaften Konstruktion.

»Wir werden uns in zwei Teams aufteilen«, sagte er schließlich, stand auf und erläuterte seine Überlegungen. Wie er nicht anders erwartet hatte, vernahm er Unmutsäußerungen seiner Kollegen, ignorierte sie jedoch.

»Die Gespräche mit Radbruch, Winkler und Kristina Lufft haben Priorität. Ich hoffe, wir wissen mehr, wenn uns das K6 seine Ergebnisse geschickt hat.«

»Was ist mit Sandro Roloffs Bru…?« Lorenz' Worte wurden abgewürgt, als Sibius die Tür des Besprechungszimmers aufriss und Andresen mit einer hektischen Armbewegung bedeutete, dass er mit ihm reden wolle.

»Also, ihr wisst, was zu tun ist. Die Presse haben wir bereits am Hals. Wir dürfen keine Zeit mehr verlieren.«

Mit diesen Worten wandte sich Andresen ab und folgte seinem Chef auf den Flur der Mordkommission. Vor dem Kaffeeautomaten blieben sie stehen.

»Radbruch hat gerade angerufen«, kam Sibius sofort zur Sache. »Er hat eine Entdeckung gemacht und war völlig außer sich.«

Andresen sah Sibius gespannt an.

»Hast du gesehen, dass auf dem Tisch in dem kleinen Raum in der Marienkirche eine aufgeklappte Bibel lag?«, fragte Sibius.

Andresen zuckte mit den Schultern. Auf dem Eichentisch hatte ein Wust an Papieren, Büchern und Kerzen gelegen. Es war durchaus möglich, dass auch eine Bibel dabei gewesen war. Nichts Ungewöhnliches für das Arbeitszimmer eines Propstes.

»Worauf willst du hinaus?«

»Es war nicht irgendeine Bibel, sondern eine Berleburger Bibel.«

»Muss ich die kennen?«, fragte Andresen.

»Es handelt sich um eine besondere Übersetzung der Bibel aus dem 18. Jahrhundert. Laut Radbruch besitzt die Mariengemeinde aber keinen der acht Bände der Berleburger Bibel. Ein einziger Band ist mehrere hundert Euro wert.« Sibius hob die Augenbrauen.

»Glaubst du, die Bibel ist ein Indiz dafür, dass es sich um einen Mord mit religiösem Hintergrund handelt?« Andresen spürte, dass sein Puls stieg. Die Tatsache, dass sie eine erste Spur aufgetan hatten, setzte mit einem Mal Energie frei. Sibius bat ihn, so schnell wie möglich mit Radbruch zu sprechen und mehr über dessen Entdeckung und die Berleburger Bibel in Erfahrung zu bringen.

»Ich habe den Technikern Bescheid gegeben. Sie stellen die Bibel sicher und untersuchen sie auf Spuren. Anschließend geht sie direkt an uns.«

Andresen kratzte sich nachdenklich am Kopf und murmelte Radbruchs Namen vor sich hin.

»Vielleicht weiß Radbruch mehr«, fuhr Sibius fort. »Sprich aber auch mit Boris Roloff. Er könnte wissen, warum sein Bruder sterben musste. Nutze deine Kontakte!«

»Ich muss sehen, was ich machen kann. Du weißt, dass es nicht einfach ist, mit Roloff in Kontakt zu treten. Außerdem dauert es seine Zeit, ehe ich an die richtigen Kontaktmänner rankomme.«

Sibius' Handy klingelte. Andresen sah seinem Chef dabei zu, wie er ungeschickt das Telefon aus seiner Gürteltasche zog und sich meldete.

»Was heißt gestohlen?«, fragte Sibius nach einigen Sekunden. »Abgebrochen? Das kann doch nicht sein.« Ungläubig schüttelte er den Kopf. »In Ordnung, bleiben Sie, wo Sie sind. Wir sind in ein paar Minuten bei Ihnen.«

Sibius legte auf. »Das war schon wieder Radbruch«, sagte er leise. »Er hat eine weitere Entdeckung gemacht. Offenbar ist sie uns auch nicht aufgefallen.«

»Was denn jetzt schon wieder?«, fragte Andresen nervös.

»Der kleine Teufel vor der Kirche, er ist weg. Man hat ihn abgetrennt und gestohlen.«

5

Von der Bronzefigur, die auf dem Stein neben dem Portal der Marienkirche gesessen hatte, war nichts mehr außer einer glatten Bruchstelle zu sehen. Genau hier hatte die kleine Teufelsstatue seit einigen Jahren ihren Platz gehabt.

Andresen erinnerte sich an die Legende, die sich um den Teufel und den Bau von St. Marien rankte. So wie sie auch auf einem Schild neben dem Kircheneingang geschrieben stand.

»*Als man die Grundmauern der Marienkirche legte, glaubte der Teufel, dass man dabei sei, ein Weinhaus zu errichten. Das gefiel ihm, denn schon manche Seele hatte über einen solchen Ort den Weg zu ihm genommen. Er mischte sich deshalb unter die Arbeiter und half. Kein Wunder, dass der Bau staunenswert schnell in die Höhe wuchs. Doch musste der Teufel eines Tages erkennen, worauf es hinauslief mit dem Bau, und voller Wut schleppte er einen gewaltigen Felsbrocken herbei, die angefangene Kirche damit zu zertrümmern. Schon brauste er durch die Lüfte heran, da rief ihm ein kecker Geselle zu: ›Haltet ein, Herr Teufel! Lasst stehn, was steht! Wir bauen Euch dafür neben der Kirche ein Weinhaus!‹ Das schien dem Teufel geratener; er ließ den Stein hart vor der Mauer der Kirche fallen. Dort liegt er noch und zeigt deutlich die Eindrücke der Teufelskrallen, und gleich neben der Kirche wurde der Ratsweinkeller erbaut.*«

Andresen und Julia waren dem untersetzten Propst in das kleine Zimmer im Innern der Kirche gefolgt. Der am Morgen noch aufgebrachte Geistliche wirkte nun nachdenklich, beinahe ängstlich.

»Erzählen Sie uns alles, was Sie wissen! Wer kann ein Interesse haben, St. Marien zu schaden?«, kam Andresen direkt zur Sache, als sie an dem zerfurchten Eichentisch Platz genommen hatten. Doch sein Tonfall war offenbar eine Spur zu schroff gewesen. Propst Radbruch sah ihn erschrocken an.

»Wird das etwa ein Verhör?«

»Momentan sind Sie die einzige Person, die uns weiterhelfen

kann. Also wäre es gut, wenn Sie uns sagen, was Sie wissen. Auch in Ihrem eigenen Sinne.«

»Was genau wollen Sie denn hören? Ich kenne den Toten doch auch nicht.«

Andresen musste an die Reaktion Radbruchs denken, als er Sandro Roloffs Namen ausgesprochen hatte. Etwas sagte ihm, dass Radbruch den Namen nicht zum ersten Mal gehört hatte.

»Sie sagten, Sie hätten damit gerechnet, dass etwas passiert. Warum? Was gab Ihnen Anlass, so zu denken?«

»Das habe ich doch vorhin schon gesagt«, antwortete Radbruch. »Die Ereignisse der letzten Wochen haben mich beunruhigt.« Seine Mimik verriet, dass er sich wieder gefangen hatte.

»Haben Sie eine Idee, wer dahinterstecken kann?«, bohrte Andresen weiter.

»Wissen Sie, es gibt immer wieder Gläubige in unserer Gemeinde, die querschießen. Man hört gelegentlich von irgendwelchen Verschwörungstheorien gegen unser Gotteshaus. Das hat in den letzten Jahren zugenommen. Aber eine ernsthafte Bedrohung hat es noch nie gegeben. Diese Sache ist anders. Der Mann, den ich gesehen habe, war kein Gemeindemitglied, da bin ich mir sicher.«

Andresen fixierte den Mann, dem nur noch wenige graue Haare am Hinterkopf wuchsen. Etwas an seinem Gesichtsausdruck und der Stimmlage, mit der er sprach, gab ihm das Gefühl, dass der Probst nicht die Wahrheit sagte.

»Sie glauben also nicht, dass es sich um eine Tat mit religiösem Hintergrund handeln kann?«, fragte Andresen.

»Das würde ich so nicht sagen. Die Art und Weise, wie der Mord ausgeführt wurde, zeugt durchaus von einer religiös veranlassten Tat. Es kann allerdings auch sein, dass uns jemand in die Irre führen will und …« Radbruch brach ab.

»Was genau hat es mit dieser Bibel auf sich?«, hakte Andresen nach. »Warum waren Sie so aufgebracht, als Sie sie gefunden haben?«

»Die Mariengemeinde besitzt keinen einzigen Band der Berleburger Bibel«, antwortete Radbruch. »Jemand muss sie heimlich eingeschleust haben. Allerdings bereitet mir nicht nur die Bibel Sorgen, sondern vor allem die Tatsache, dass hier andauernd seltsame Dinge geschehen.«

»Diese Gläubigen in Ihrer Gemeinde, die Sie vorhin erwähnten: Kennen Sie die Leute?«, übernahm Julia das Gespräch.

Radbruch sah Julia erstaunt an, als hätte er nicht damit gerechnet, auch von ihr Fragen gestellt zu bekommen.

»Als Propst dieser Gemeinde ist es meine Pflicht, mich um alle Schäfchen zu kümmern. Auch um die schwarzen. Von daher würde es mir schwerfallen, mit einem derartigen Vorfall umzugehen, wenn es denn tatsächlich jemand aus dem Kirchenumfeld war. Um aber auf Ihre Frage zurückzukommen – nein, ich kenne diese Leute nicht.«

Immer noch hatte Andresen das Gefühl, als würde ihm der Propst etwas verschweigen.

»Und Ihnen sind wirklich keinerlei Namen bekannt?«

»Nein, tut mir Leid.«

»Dann bedanken wir uns fürs Erste bei Ihnen. Wir werden in jedem Fall weitere Gespräche mit Mitarbeitern der Kirchengemeinde führen müssen. Es wäre schön, wenn Sie uns dabei behilflich sein könnten.«

Radbruch nickte rasch und erhob sich von dem alten Holzstuhl, der vor Erleichterung ein leises Geräusch von sich gab. Andresen und Julia verabschiedeten sich und traten wieder ins Freie. Auf dem Kirchvorhof wandte sich Andresen noch einmal zu Radbruch um, der ihnen nach draußen gefolgt war.

»Jetzt haben wir gar nicht mehr über die Teufelsfigur gesprochen. Niemand scheint das Verschwinden heute Morgen bemerkt zu haben.«

Radbruch zuckte mit den Schultern, ohne ihm zu antworten.

»Glauben Sie, dass die Ereignisse zusammenhängen? Die Ereignisse der letzten Wochen, der Mord an Roloff, die Bibel und der verschwundene Teufel?«

Für den Bruchteil einer Sekunde sah Andresen Angst in Radbruchs Augen. Dann nickte der Propst, wandte sich um und verschwand in der Kirche. Der kalte Januarwind pfiff über den Kirchhof und ließ Andresen erschaudern. Die Vorläufer des angekündigten Sturmtiefs wehten ihm Sprühregen ins Gesicht.

Irgendetwas an diesem Fall war faul. Nicht nur dass Propst Radbruch offenbar nicht mit der vollen Wahrheit herausrückte. Er schien auch vor etwas Angst zu haben. Vielleicht war es die Vehemenz, mit der sich der oder die Täter gezeigt hatten. Oder steckte etwas anderes dahinter?

Die beiden gingen zurück zu Andresens Dienstwagen, der in der Mengstraße, direkt gegenüber dem Buddenbrookhaus, abgestellt war. Eine Touristengruppe drängte sich gerade in das Rokokogebäude aus dem 18. Jahrhundert, in dem die Großeltern von Thomas und Heinrich Mann gelebt hatten. Auf der Digitalanzeige im Cockpit des Wagens sah Andresen, dass es bereits nach sechzehn Uhr war. Neun Stunden waren vergangen, seitdem ihn Kregel mit seinem Anruf aus dem Schlaf gerissen und der bislang so unerfreulich verlaufene Tag für ihn begonnen hatte.

**

Als Kregel die Tür zum Büro aufstieß, brütete Andresen gerade über einem der dicken Aktenordner, die auf seinem Schreibtisch lagen.

»Tschechischer Plastiksprengstoff. Mistex.«

Andresen sah seinen Kollegen irritiert an, bis er verstand, wovon Kregel sprach.

»Seelhoff hat sich eben gemeldet. Er meinte, dieser Sprengstoff sei eher ungewöhnlich für Anschläge und würde hauptsächlich zu kommerziellen und militärischen Zwecken verwendet werden. Die Bombe war jedoch fehlkonstruiert. Nur deshalb ist es nicht zu größeren Schäden gekommen.«

Andresen nickte. Seelhoff hatte mit seiner ersten Vermutung tatsächlich richtig gelegen.

»Das K 6 versucht, Kontakt zu der Firma aufzunehmen, in der der Sprengstoff hergestellt wird. An Private wird der Sprengstoff offiziell nicht verkauft. Aber vielleicht ist es in letzter Zeit ja zu Diebstählen gekommen. Glücklicherweise war der Sprengstoff mit Markern versehen, sodass wir alles genauestens zurückverfolgen können.«

»Wir sollten auch überprüfen, ob es in der Vergangenheit zu ähnlichen Vorfällen mit Mistex gekommen ist.« Andresen griff nach seinem Kaffeebecher und nahm einen großen Schluck. »Sprichst du heute noch mit Winklers Geliebter, dieser Frau Lufft?«, fragte er nach einer Weile.

»Wir treffen uns nachher bei ihr zu Hause im Hochschulstadtteil. Sie wollte auf gar keinen Fall, dass wir zu ihr ins Büro kommen.«

»In Ordnung, bleib am Ball. Ich kann nur hoffen, dass sich diese Sache als ein unglücklicher Unfall herausstellt.«

Kregel hob die linke Augenbraue. Es war offensichtlich, dass er Andresens Hoffnung nicht teilte.

»Barbara und ich werden Winkler noch einmal einen Besuch abstatten. Mal sehen, ob sich dieser Krawattenschnösel nicht doch noch an etwas erinnern kann.«

»Frag ihn noch einmal nach möglichen Neidern oder jemandem, der einen Grund haben könnte, ihm zu schaden. Winkler weiß mehr, als er uns gestern verraten hat. Da bin ich mir sicher.«

Kregel verschwand wieder und ließ Andresen allein vor seinem Computer zurück. Sein Kalenderprogramm machte ihn darauf aufmerksam, dass heute der 1. Februar war. Noch vor einigen Jahren war dies einer der wichtigsten Tage in seinem Leben gewesen. Es war der Tag, an dem er Rita geheiratet hatte. Vor genau … Er musste einen Moment lang überlegen und rechnete nach. Es war auf den Tag genau sechzehn Jahre her, dass sie lachend mit ihrem gemeinsamen Sohn Ole auf dem Arm vor die Tür des Standesamts getreten waren. Im nächsten Augenblick hatte ein fürchterlicher Regenschauer dafür gesorgt, dass sie kein einziges Foto ihres wohl glücklichsten gemeinsamen Tages besaßen.

Wie lange war es eigentlich her, dass er Rita das letzte Mal gesehen hatte? Es musste vor mehr als einem Jahr gewesen sein … Welch seltsame Wendungen doch das Leben nahm. Elf Jahre lang hatten sie das große Doppelbett in seinem Schlafzimmer geteilt, und dennoch war ihm seine Exfrau mittlerweile so fremd wie eine entfernte Bekannte. Vielleicht war er mit seinen fünfundzwanzig Jahren damals einfach zu jung für eine feste Bindung gewesen. Ganz bestimmt sogar.

Doch den eigentlichen Grund ihrer Trennung kannten sie beide, auch wenn die Einsicht letztendlich zu spät gekommen war. Seine Entscheidung, zur Kriminalpolizei zu gehen, hatten sie damals zwar gemeinsam getroffen. Im Laufe der Jahre hatte sich Andresen jedoch mehr und mehr von Rita abgekapselt, anstatt die Ängste und Sorgen, die seine Arbeit mit sich brachte, mit ihr zu teilen.

Die Trennung von Rita vor drei Jahren hatte Andresen derart aus der Bahn geworfen, dass er monatelang wie benommen seinen Dienst verrichtet hatte. Verzweifelt hatte er versucht, zu retten, was nicht mehr zu retten war. Zum Glück waren diese Zeiten vorbei. Auch Ole hatte die Scheidung mittlerweile überwunden. Jetzt, wo sein Sohn einen Job als Tischler gefunden hatte und wieder reger Kontakt zwischen ihnen herrschte, schien endlich so etwas wie Normalität in sein Familienleben eingekehrt zu sein. Den größten Anteil daran hatte jedoch Wiebke. Gefühle, die er bei Rita schon lange vor ihrer Trennung nicht mehr gespürt hatte und die auch Meret, mit der er einige Monate zusammen gewesen war, nicht dauerhaft in ihm auslösen konnte, hatte Wiebke in Windeseile in ihm geweckt.

Das Klingeln des Telefons riss ihn aus seinen Gedanken. Auf dem Display blinkte die Nummer der Rechtsmedizin. In Erwartung, die kratzige Stimme von Professor Birnbaum zu hören, nahm Andresen ab und meldete sich mit einem »Hallo«.

»Guten Tag, spreche ich mit Kriminalhauptkommissar Birger Andresen?«

»Am Apparat.«

»Mein Name ist Dr. Klemens von Heideloff. Ich bin der neue Assistent von Professor Birnbaum. Er bat mich, Sie anzurufen und Ihnen mitzuteilen, dass wir das Mordopfer, das gestern gefunden wurde, noch heute obduzieren werden.«

»Schön, wann können wir mit einer ersten Einschätzung von Professor Birnbaum rechnen?«

»Also, es ist so … Sie müssen wissen … Professor Birnbaum wird in der nächsten Zeit nicht in der Lage sein, zu praktizieren.«

Worauf wollte dieser Dr. von Heideloff hinaus?, überlegte Andresen. Er fand, dass der neue Assistent klang, als hätte er einen Besenstiel verschluckt.

»Ich werde Professor Birnbaum vertreten. Wenn Sie also Fragen zur Obduktion haben, wenden Sie sich bitte direkt an mich.«

»Dürfte ich die Gründe für Professor Birnbaums Absenz erfahren?« Andresens Wortwahl hatte sich der seines Gesprächspartners angepasst.

»Er bat mich, nicht darüber zu sprechen. In ein paar Wochen wird er sicherlich wieder einsatzfähig sein.«

»Einsatzfähig?«, wiederholte Andresen. »Heißt das etwa, er fällt aus gesundheitlichen Gründen aus?«

»Ich habe ihm versprochen, nichts zu sagen. Es tut mir leid!«, versuchte Dr. von Heideloff der Situation zu entkommen.

Andresen beschloss, nicht weiter nachzuhaken. Früher oder später würde er schon erfahren, was mit Birnbaum war.

»Ich würde gern am Montagmorgen bei Ihnen vorbeikommen. Haben Sie bis dahin die Obduktionsergebnisse vorliegen?«

»Ich werde mein Bestes tun. Versprechen kann ich allerdings nichts.«

Andresen verabschiedete sich und legte auf. Noch während er darüber grübelte, warum Rechtsmediziner immer so kauzig sein mussten, fiel ihm wieder ein, wen er unbedingt noch anrufen wollte. Rasch blätterte er sein abgewetztes schwarzes Adressbuch durch, bis er den Namen gefunden hatte. Bevor er den Telefonhörer in die Hand nahm, stand er noch einmal auf und schloss die angelehnte Tür. Er war nicht sonderlich scharf darauf, dass ihm bei diesem Telefonat jemand zuhörte.

»Schmitz.«

Einen Augenblick lang war Andresen ob des Namens irritiert. Dann fiel ihm jedoch wieder ein, dass sich Kalle noch nie mit seinem tatsächlichen Namen gemeldet hatte. Den kannten ohnehin nur wenige. Andresen war einer von ihnen.

»Kalle Hansen? Bist du's?«

»Birger Andresen? Mann, das ist ja mal 'ne Überraschung. Wie lange ist es her, dass wir uns das letzte Mal gesprochen haben?«

»Vier Jahre, wenn ich mich richtig erinnere.«

»Kann sein, wie geht's dir denn? Wie läuft's mit deiner Frau? Immer noch dieselben Probleme wie damals?«

Wieherndes Lachen drang durch die Leitung. Kalle Hansen, seines Zeichens Privatdetektiv für Fälle, bei denen – so stand es auf seiner Karte geschrieben – andere dankend ablehnten, hatte schon immer ein Händchen dafür gehabt, das falsche Thema anzuschlagen.

»Schwieriges Thema«, wiegelte er ab. »Ich muss dringend mit dir sprechen. Hast du heute Abend Zeit? Halb neun im ›Buthmanns‹?«

»Moment, ich muss mal gerade …«

Andresen nahm ein Geräusch wahr, das sich wie ein Rascheln oder Blättern von Seiten anhörte.

»Passt, halb neun. Worum geht es denn?«

»Erklär ich dir später. Komm aber bitte allein!«

***

Er war ein paar Minuten zu früh. Wiebke hatte heute Kindertag und war mit ihrer kleinen Tochter Emilie beschäftigt gewesen, als sich Andresen verabschiedet hatte und in die kalte, windige Abendluft getreten war. Er war froh, dass sich das Verhältnis zwischen Wiebke und Jörg, dem Vater von Emilie, mittlerweile normalisiert hatte und ihr Sorgerechtstreit beendet war. Am Ende hatten sie sich darauf geeinigt, dass Emilie an den Wochenenden sowie einem weiteren Tag bei Wiebke und Andresen wohnte, während sich an den anderen Tagen Jörg und seine neue Lebensgefährtin um sie kümmerten.

Im »Buthmanns«, Andresens Stammkneipe, ging es bereits hoch her. Aus jeder Ecke schlug ihm Stimmengewirr entgegen. Rentner, Kartenspieler, Anzugträger und ein paar Halbstarke. Von den Wänden lachten ihn Günter Grass, ehemalige Bürgermeister und bekannte Nachtschwärmer an. Das gemischte Publikum war typisch für die Traditionskneipe in der Glockengießerstraße.

Das dunkle Interieur mit den lederbezogenen Sitzbänken wirkte klassisch lübsch. Die Luft im Innern war rauchgeschwängert. Unter den normalen Zigarettengeruch mischte sich der angenehme Duft von Pfeifentabak. Andresen setzte sich an einen kleinen Tisch direkt neben der Eingangstür. Erst jetzt bemerkte er, dass am Nachbartisch zwei ranghohe Lokalpolitiker in eine intensive Diskussion vertieft waren. Auch wenn ihm die Namen der beiden nicht einfallen wollten, glaubte Andresen herauszuhören, dass sich ihr Gespräch um die bevorstehende Kommunalwahl und mögliche Koalitionskonstellationen drehte.

Er gab der Bedienung hinter der Theke ein Zeichen, bestellte zwei große Biere und griff nach einer Zeitung, die auf dem Tisch lag, als die Kneipentür aufgestoßen wurde und ein großer, beleibter Mann mit schulterlangen blonden Haaren hereingestürmt kam. Obwohl er sich seit ihrer letzten Begegnung optisch stark verändert hatte, erkannte Andresen Kalle sofort. Er stand auf, ging um den Tisch herum und streckte Kalle Hansen etwas steif die Hand entgegen. Hansen zögerte einen Augenblick, lachte dasselbe Lachen, das Andresen bereits bei ihrem Telefonat gehört hatte, und zog ihn dann zu sich heran, um ihn freundschaftlich in den Arm zu nehmen.

»Mensch, Birger, schön, dich zu sehen.« Hansen trat einen Schritt zurück und hob die Lautstärke seiner Stimme noch einmal an. »Du hast dich kein Stück verändert. Respekt!«

Andresen, der nicht so recht wusste, was er entgegnen sollte, setzte sich wieder und bedeutete Hansen, ebenfalls Platz zu nehmen. Aus dem Augenwinkel nahm er die irritierten Blicke der beiden Politiker wahr. Er musste an damals denken, als er noch regelmäßigen Kontakt zu Kalle Hansen gehabt hatte. Ein ums andere Mal war Hansen wegen seiner exzentrischen Art aufgefallen. Wie ausgerechnet dieser laute Kerl, der kein Blatt vor den Mund nahm, Privatdetektiv sein konnte, war ihm schon immer ein Rätsel gewesen.

Die Bedienung brachte die Getränke und begrüßte Hansen mit einem freundschaftlichen Handschlag. Es war noch immer wie früher, dachte Andresen. Kalle Hansen war bekannt wie der sprichwörtlich bunte Hund. Aber deshalb saß er jetzt ja auch hier und trank Bier mit ihm, anstatt den Abend mit seiner kleinen Familie zu verbringen.

Nachdem sie eine Weile lang alte Anekdoten ausgetauscht hatten, wurde Andresen allmählich unruhig. Schließlich war er nicht nur hier, um mit Kalle Hansen einen netten Abend zu verbringen. Was er von Hansen wissen wollte, waren Namen, Adressen und Tipps.

»Kalle, weswegen ich eigentlich …«

»Jetzt warte mal einen Augenblick«, unterbrach ihn Hansen. »Siggi, noch mal zwei Blonde.«

»Also, um auf den Punkt zu kommen: Ich brauche deine Hilfe.«

»So, wie du gerade guckst, muss euch die Scheiße ja bis zum Hals stehen. Ich befürchte, dass ich bereits weiß, was du von mir willst.«

Andresen blickte den übergewichtigen Privatdetektiv überrascht an.

»Roloff, habe ich recht?« Plötzlich flüsterte Hansen.

»Woher weißt du …?« Andresen hielt inne. Obwohl sie den Namen des Toten noch nicht veröffentlicht hatten, wusste Hansen bereits Bescheid.

»Das ist mein Job. Sobald hier irgendwo ein Floh hustet, weiß ich den Namen, die Adresse und wenn nötig auch die Schuhgröße.«

Andresen nickte. »Okay, du bist also im Bilde. Dann brauche ich dir also nicht zu erklären, was der Tod von Sandro Roloff zu bedeuten hat.« Er holte tief Luft, ehe er weitersprach. »Ich muss mit Boris Roloff sprechen. Und zwar so schnell wie möglich.«

»Und ich soll dir sagen, wo er steckt? Das hast du dir ja fein ausgedacht.« Hansens Reaktion wurde von einem verächtlichen Schnauben begleitet.

»Weißt du denn, wo er ist?«

»Hörst du mir nicht zu?«, fragte Hansen verärgert. »Ich weiß, wo sich Roloff aufhält und was er treibt. Ob ich es dir sage, ist allerdings eine andere Sache.«

»Wie viel?«

Hansen lehnte sich zurück und verschränkte die Arme über seinem mächtigen Bauch. Dann griff er nach seinem Bierglas und nahm einen kräftigen Schluck, der mit einem geräuschvollen Grunzen abgerundet wurde.

»Ich glaube, du verstehst nicht, was ich meine. Du kannst dir dein Geld dafür aufsparen, deiner Rita ein paar Blumen zu kaufen. Oder besser noch Reizwäsche«, fügte er mit seinem markanten Lachen hinzu.

Andresen verzichtete darauf, seinem Gegenüber die Wahrheit über seine Ehe zu erzählen, und hakte stattdessen nach. »Wärst du denn so nett, mir zu sagen, was du tatsächlich gemeint hast?«

»Ich bin mir nicht sicher, ob es eine gute Idee ist, dir zu sagen, wo du Roloff finden kannst. Zu meiner eigenen Sicherheit. Du weißt ja selbst, wie Roloff drauf ist. Mein Wissen und meine Loyalität sind mein Kapital. Wenn ich das aufs Spiel setze, kann ich einpacken.«

»Sag mir doch einfach, wo ich ihn treffen kann. Niemand erfährt, dass du es mir gesagt hast. Du weißt, dass du dich auf mich verlassen kannst. Wo finde ich Roloff? In einer Bar vielleicht? Oder in einer Spielhalle? Irgendwo muss er doch rumhängen.«

Hansen dachte nach und sah Andresen tief in die Augen. »Ich sage es dir unter einer Bedingung«, sagte er schließlich.

»Ich höre.«

»Du zahlst einfach die nächste Runde«, antwortete Hansen und lachte wieder. »Dass du deinen Mund hältst und niemandem sagst, vom wem du deine Infos hast, brauche ich ja wohl nicht extra zu erwähnen.«

»Hast du doch gerade getan«, entgegnete Andresen.

»Sehr witzig, Birger. Aber wenn du Roloff wirklich treffen willst, sehe ich nur eine Möglichkeit.«

»Und zwar?«

»Das ›Daddy‹! Roloff ist fast jeden Abend dort.«

»Der Puff?«, fragte Andresen etwas zu laut, sodass die beiden Lokalpolitiker am Tisch nebenan sich erneut zu ihnen umblickten.

»Man munkelt, dass er dort seine Finger mit im Spiel hat. Zuhälterei war bislang allerdings das Einzige, was man ihm noch nicht vorgeworfen hat.«

»Wie sicher bist du dir, dass ich ihn dort finde?«

»Ich würde so etwas nicht sagen, wenn ich es nicht wüsste«, antwortete Hansen. »Lass uns über etwas anderes sprechen.« Er drehte sich zur Theke um und orderte zwei weitere Biere.

»Eine Sache noch«, ließ Andresen nicht locker. »Was mache ich, wenn Roloff nicht dort ist?«

»Der Chef des Ladens heißt Lakis Zorbas. Ich empfehle dir allerdings einen anderen Weg, um im ›Daddy‹ an Informationen zu kommen.«

Die hochgezogene Augenbraue verriet Andresen, wie Hansen die letzte Bemerkung gemeint hatte.

»Sehr witzig«, antwortete er.

»Ich hoffe, du bist ausdauernd«, fügte Hansen mit schelmischem Lächeln hinzu. »Dein Stehvermögen ist gefragt, wenn du die richtigen Antworten auf deine Fragen haben willst.«

Die Bedienung kam an den Tisch und stellte die frisch gezapften Biere auf den Tisch. Andresen und Hansen hoben die Gläser und stießen auf alte Zeiten an. Nicht zum letzten Mal an diesem Abend.

6

Als Wiebke am Samstagmorgen mit dem großen Tablett ins Schlafzimmer kam und Andresen weckte, hatte er das Gefühl, jemand sei in den vergangenen Stunden mehrfach mit einer schweren Planierraupe über seinen Kopf gerollt. Es war nicht einmal mehr ein stechender Schmerz oder ein Pochen, das er verspürte. Vielmehr war es so, dass sich sein Kopf anfühlte wie frisch gestampftes Kartoffelpüree.

Im nächsten Moment hüpfte Emilie auf ihm herum. Sie kannte kein Mitleid mit ihm und wollte beschäftigt werden.

»Rühreier und Kaffee. Vielleicht weckt dich das von den Toten auf. Du warst voll wie eine Haubitze. Ich musste dir sogar die Klamotten ausziehen, weil du in voller Montur ins Bett gefallen bist.«

»Ehrlich?«, fragte Andresen erstaunt. »Wie spät war es denn?«

»Halb drei«, antwortete Wiebke mit einem leicht vorwurfsvollen Unterton.

»Ach herrje. Ich kann mich nur noch daran erinnern, dass wir aus dem ›Buthmanns‹ raus sind und noch in einen anderen Laden …«

Die Erinnerung kam Stück für Stück zurück. Der andere Laden. Er wusste es wieder. Sie waren noch im »Hüx« gewesen. In der Diskothek, in der er als Zwanzigjähriger seine Wochenenden verbracht hatte. Sie war eine feste Institution in Lübecks Nachtleben.

»Ich weiß, dass du im ›Hüx‹ warst. Sandra hat mir vorhin eine SMS geschrieben.«

»Sandra?«

»Die große Dunkelhaarige, mit der ihr euch so angeregt unterhalten habt. Sie ist eine alte Freundin von mir.«

Andresen nickte, sagte aber nichts. Die angeschlagenen Synapsen hatten sich noch nicht vollständig wieder zusammengefügt. An eine Sandra konnte er sich nicht erinnern. Stattdessen fiel ihm etwas anderes ein.

»Mist!«

»Was hast du?«

»Ich hatte mir vorgenommen, heute Morgen in die Kirche zu gehen. Wie spät ist es denn?«

»Viertel vor elf.«

Andresen schlug die Bettdecke vor und schaufelte hastig einige Gabeln Rührei in den Mund. Mit dem Kaffee spülte er nach. Dann sprang er auf und taumelte umgehend wieder zurück. Blut schoss ihm in den Kopf, der sich anfühlte, als würde er jeden Augenblick zerplatzen. Emilie robbte derweil zwischen seinen Beinen herum und zog an seinen Hosenzipfeln.

»Willst du noch einmal mit dem Propst sprechen?«, fragte Wiebke.

»Nein«, murmelte Andresen, während er sich mit beiden Händen die Schläfen massierte. »Ich will mich einfach nur ein bisschen umsehen. Vielleicht auch das ein oder andere Gespräch mit Pastor Boysen und den Mitarbeitern der Gemeinde führen.«

»In deinem Zustand?«

»Ich kann mir auch Schöneres vorstellen. Das Grausamste steht mir allerdings heute Abend noch bevor.«

»Ich hoffe, du triffst dich nicht schon wieder mit diesem seltsamen Privatdetektiv.«

»Schlimmer. Kennst du das ›Daddy‹?«

»Das Bordell? Klar, ich habe vor einiger Zeit einen Artikel über den Laden geschrieben. Genauer gesagt über das allmähliche Verschwinden der roten Meile Lübecks.«

Andresen sah sie verwundert an. Augenblicklich war er hin- und hergerissen. Vielleicht konnte ihm Wiebke bei der Suche nach Boris Roloff eine wichtige Hilfe sein. Andererseits wollte er auf keinen Fall, dass sie schon wieder in Ermittlungen hineingezogen wurde.

»Hast du mit jemandem im ›Daddy‹ gesprochen?«

»Ja, mit dem Geschäftsführer«, antwortete Wiebke. »Ein Grieche, wenn ich mich recht erinnere. Aber sag mal, was willst du denn eigentlich dort?«

Wiebkes Stimme klang nicht ernsthaft besorgt. Dennoch musste sich Andresen eine gute Antwort einfallen lassen, wenn er ihr nicht von Boris Roloff und dem wahren Grund seines Besuchs im »Daddy« erzählen wollte.

»Es ist durchaus möglich, dass dieser Zorbas in den Anschlag auf Norman Winklers Anwesen verwickelt ist«, log er und verfluchte sich im nächsten Moment. Der Anschlag auf Winkler war selbstverständlich auch eine Angelegenheit, in die er weder die Privatperson noch die Journalistin Wiebke hineinziehen wollte.

»Was soll denn dieser griechische Puffvater mit einem der erfolgreichsten Unternehmer der Stadt zu tun haben?«, fragte Wiebke skeptisch.

»Kannst du dich an Zorbas erinnern? Was für ein Typ ist er?«

»Ziemlich klassisch für das Gewerbe. Mit 'ner Matte auf dem Kopf, Klunkern an den Handgelenken, Cowboystiefeln und einem Slang, der wie ein Mischmasch aus Hamburgerisch und Griechisch klang.«

»War er kooperativ?«

»Nicht sonderlich. Aber er war sehr von sich und seinem Club überzeugt. Er war der Meinung, schon in wenigen Jahren zu den erfolgreichsten Szenegrößen Norddeutschlands zu gehören.«

»Kannst du dir vorstellen, dass ihm dafür jedes Mittel recht ist?«

»Ja, so kam er mir vor«, lautete Wiebkes ehrliche Antwort.

Andresen raffte sich erneut auf, diesmal etwas langsamer. Dennoch schmerzte sein Kopf. Das Einzige, was jetzt half, war eine eiskalte Dusche. Hoffte er zumindest.

***

Noch immer war das Portal zur Marienkirche abgesperrt und wurde von zwei Polizeibeamten bewacht. Andresen nickte ihnen im Vorbeigehen zu und ging weiter in Richtung Marienwerkhaus, in dem sich das Zentralbüro der Lübecker Innenstadtkirchen befand. Das historische Gebäude mit seinem charakteristischen Treppengiebel war zu Beginn des 20. Jahrhunderts anstelle des alten Marienwerkhauses errichtet worden.

Der Eingang lag auf der Rückseite des Kirchhofes in den Schüsselbuden. Gerade als Andresen am Knauf der dicken Holztür rütteln wollte, öffnete sie sich, und eine schmächtige Frau mittleren Alters trat aus dem Haus.

»Entschuldigen Sie«, sagte Andresen, »ich bin auf der Suche nach Pastor Boysen.«

»Worum geht es denn?«, fragte die Frau unwirsch.

Andresen stellte sich kurz vor und erklärte den Grund seines Besuches. Noch immer sah ihn das zierliche Persönchen mit den eingefallenen Wangen misstrauisch an.

»Sie haben Glück, dass unser Pastor Boysen gerade eine Unterredung mit Friedbert Kohnke, dem Kirchenvorstand, hat. Ich werde den beiden Bescheid geben.«

»Vielen Dank, Frau ...«

»Kleine-Willmann.« Ihre Stimme klang jetzt viel energischer. »Falls Sie sich im Übrigen fragen sollten, was ich hier mache: Ich bin die Gemeindeassistentin und betreue gleichzeitig das Zentralbüro.« Sie verschwand wieder hinter der Holztür und ließ ihn in der kalten Februarluft stehen. Andresen ließ sich den Wind, der vom Meer kam, um seinen angeschlagenen Kopf wehen, verspürte allerdings noch immer einen stechenden Schmerz hinter der Stirn.

Es dauerte einige Minuten, bis die Frau zurückkam. Sie teilte Andresen mit, dass ihn die beiden Kirchenvertreter erwarteten. Als sie sich von ihm verabschiedete, fiel Andresen noch etwas ein.

»Wie eng arbeiten Sie eigentlich mit dem Propst zusammen?«

»Er ist mein Vorgesetzter. Wir sehen uns täglich. Was soll diese Frage?«

»Ich wundere mich nur, weil ich Sie gestern hier nicht gesehen habe.«

»Falls Sie sich erinnern: Hier war alles abgesperrt. Man hat mich nicht durchgelassen.«

»Natürlich«, antwortete Andresen mit gespieltem Verständnis. »Es kann durchaus sein, dass wir in den nächsten Tagen auch mit Ihnen sprechen müssen. Ich möchte Sie bitten, sich bereitzuhalten und Lübeck nicht zu verlassen.« Er nickte ihr zu und verschwand dann im Inneren des Werkhauses.

Pastor Boysen und Kirchenvorstand Kohnke saßen in einem holzgetäfelten Zimmer im ersten Stockwerk. Andresen war einfach den lauten Stimmen gefolgt, die auf ein hitzig geführtes Gespräch schließen ließen. Er sah durch die nur angelehnte Tür in das Büro und machte mit einem Räuspern auf sich aufmerksam. Die beiden ergrauten Männer blickten auf und unterbrachen abrupt ihre Diskussion.

»Darf ich Sie kurz stören? Mein Name ist Andresen, Kriminalpolizei. Ich möchte mit Ihnen über den gestrigen Tag reden.«

»Eigentlich bereiten wir gerade den Gottesdienst vor, der nicht ganz einfach für uns werden wird, wie Sie sich sicher vorstellen können.« Einer der beiden Männer stand auf, trat auf Andresen zu und stellte sich als Friedbert Kohnke vor. »Ich bin Pastor im Ruhestand und seit zwei Jahren Kirchenvorstand.«

»Ich befürchte, die Kirche wird bis morgen noch nicht wieder freigegeben sein«, antwortete Andresen. »Sie können Ihre Konzentration also voll und ganz auf meine Fragen richten.«

Der andere Mann, den Andresen als Pastor Boysen erkannte, blieb derweil schweigend sitzen und wandte das Gesicht ab. Andresen sah, dass Boysens Blick durch das kleine Fenster auf den Kirchhof fiel. Plötzlich kam ihm wieder der Gedanke, dass jemand den Mörder von Roloff gesehen haben musste. Auch wenn der Mord in den Nachtstunden passiert war, überall in der Nähe der Kirche gab es Gassen, Winkel, Vorsprünge oder Fenster, durch die jemand etwas beobachtet haben konnte.

»Hat der Propst bereits mit Ihnen gesprochen?«, fragte Andresen. »Es gibt erste Hinweise, denen wir nachgehen.«

»Er erwähnte etwas, eine Berleburger Bibel wurde gefunden?«

»Nicht nur das. Wie Sie vielleicht selbst schon festgestellt haben, ist die kleine Teufelsfigur draußen vor der Kirche gestohlen worden.«

Kohnke nickte und bat Andresen, sich zu setzen. »Darf ich Ihnen einen Tee anbieten?«

»Ein Glas Wasser wäre mir lieber«, antwortete Andresen und fühlte augenblicklich wieder das Pochen in seinem Kopf. »Ich möchte von Ihnen wissen, ob Sie irgendeine Ahnung haben, wie …«

»Ich habe die Bibel besorgt«, sagte Friedbert Kohnke unvermittelt. Langsam nahm auch er wieder an dem alten Holztisch Platz. »Ich habe den Band von einem bekannten Archivar erhalten.«

Andresen versuchte seine Überraschung zu überspielen, indem er beiläufig nickte und nach dem Glas griff, das Kohnke ihm hingestellt hatte. War dies tatsächlich eine glaubwürdige Erklärung für den Fund? Seltsam nur, dass Kohnke noch nicht mit dem Propst gesprochen und ihm von der Bibel berichtet hatte.

»Es bleibt der gestohlene Teufel. Was könnte dahinterstecken?«

Andresen versuchte, in Blickkontakt mit Pastor Boysen zu gelangen. Ohne Erfolg. Boysen sah weiterhin stoisch aus dem Fenster.

»Der Propst hat erwähnt, dass es in den letzten Wochen wiederholt zu unerklärlichen Vorfällen in der Gemeinde gekommen ist. Auch Sie sollen das Gefühl gehabt haben, als hätte jemand in Ihren Unterlagen geschnüffelt.« Andresen blickte jetzt wieder den Kirchenvorstand an.

»Der Propst neigt zu Übertreibungen«, antwortete Kohnke mit einem vorsichtigen Lächeln auf den Lippen. »Sie wissen ja vielleicht, wie das ist: Man kann sich auch so lange etwas einreden, bis man es schließlich glaubt. Nur weil ein paar Papiere nicht da lagen, wo sie hingehörten, muss nicht gleich eine Verschwörung im Gange sein.«

»Jemand ist umgebracht worden«, entgegnete Andresen. »Offenbar waren Radbruchs Vermutungen nicht gegenstandslos.«

»Das ist Ihre Aufgabe, das herauszufinden. Wir können Ihnen da wohl kaum helfen.«

Andresen war genervt von der mangelnden Kooperationsbereitschaft der beiden Geistlichen. Trotzdem wollte er noch etwas mehr über die Gemeinde St. Marien in Erfahrung bringen.

»Was können Sie mir über schwarze Schafe innerhalb der Gemeinde sagen? Der Propst hat etwas in diese Richtung angedeutet, wollte aber nicht so recht damit herausrücken.« Andresen war bemüht, sich so vorsichtig wie möglich auszudrücken. Dennoch hatte er das Gefühl, bei Kohnke einen wunden Punkt getroffen zu haben. Auch der Kirchenvorstand wandte nun seinen Blick von ihm ab.

»Also, was meinen Sie zu …«, versuchte er es weiter.

»Radbruch leidet unter Verfolgungswahn«, fiel ihm Kohnke ins Wort. »Dieses ganze Gequatsche ist doch alles nur eine Masche von ihm, um von den schwindenden Mitgliederzahlen der Gemeinde abzulenken. Unsere Probleme liegen ganz woanders.«

Andresen zog die Augenbraue hoch und musterte Kohnke, der ihm noch immer den Rücken zuwandte. »Wie darf ich das verstehen?«

»So, wie ich es gesagt habe. Es gibt niemanden, der unseren Frieden stören will. Wir hatten in den vergangenen Monaten überdurchschnittlich viele Kirchenaustritte zu verzeichnen, sogar unser Kantor hat sich von uns abgewendet.«

»Trotzdem noch einmal meine Frage: Wen genau meint Radbruch mit den schwarzen Schafen?«, hakte Andresen ein. »Kennen Sie Namen?«

»Paul, kennst du Namen?« Kohnkes Frage war so gestellt, dass Andresen sofort klar war, dass er keine Antwort erhalten würde. »Fragen Sie unseren Bruder Tuck doch selbst, er muss Ihnen doch sagen können, wen er meint«, fügte Kohnke noch an.

Genau das konnte oder wollte Radbruch eben nicht, fuhr es Andresen durch den Kopf. Allmählich hatte er genug gehört. Sein Kopf dröhnte, und seine Kehle dürstete nach einem zweiten Glas Wasser. Die beiden alten Männer – der eine mit einem Talar bekleidet, genau genommen einem Lübecker Ornat, der typischen Amtskleidung der Pastorinnen und Pastoren der evangelisch-lutherischen Kirche Lübecks, der andere in einem grauen Flanellanzug und weißem Hemd – schienen weder ein Mindestmaß an Kooperationsbereitschaft zu zeigen, noch machten sie einen Hehl aus ihrer Meinung über Propst Radbruch. Andresen musste ihnen deutlich machen, dass für derlei Spielchen und persönliche Befindlichkeiten nicht der richtige Zeitpunkt war. Immerhin hatten sie einen grausamen Mord aufzuklären, der nur wenige Meter von hier entfernt im Nordturm der Marienkirche begangen worden war.

»Meine Herren, Sie wissen, was gestern geschehen ist«, begann er aufs Neue, diesmal etwas schärfer. »Deshalb kann ich Ihnen nur raten, mir alles zu sagen, was in irgendeiner Form von Bedeutung für unsere Ermittlungen sein kann.« Er holte noch einmal tief Luft. »Haben Sie den Namen Sandro Roloff schon einmal gehört?«

»Der Name sagt mir nichts«, antwortete Kohnke nach einigen Momenten des Überlegens.

»Mir auch nicht«, pflichtete ihm Boysen bei.

»Wie Sie meinen.« Andresen hatte endgültig genug. Offenbar hatten die beiden Geistlichen nicht vor, etwas preiszugeben. »Falls Ihnen doch noch etwas Wissenswertes einfällt, dann seien Sie doch so freundlich und melden sich bei mir.«

Andresen war sich nicht sicher, ob die beiden ihm noch zugehört hatten. Pastor Boysen schaute bereits wieder aus dem Fenster, und Kohnke blätterte in einem Gesangbuch, als er sich langsam in Richtung Tür bewegte und sich noch einmal zu ihm umdrehte. Eine Sache wollte er noch geklärt wissen.

»Finde ich den Propst nebenan?«, fragte er kurz angebunden. Doch statt einer eindeutigen Antwort musste er mit einem lustlosen Schulterzucken Kohnkes leben.

Bei der Suche nach Propst Radbruch hatte Andresen in den heiligen Hallen der Marienkirche keinen Erfolg. Weder in dem kleinen Raum, den sie zu ihrem provisorischen Besprechungszimmer umfunktioniert hatten, noch in dem mächtigen Kirchenschiff traf er den Propst an. Dennoch nutzte Andresen die Chance, sich noch ein wenig umzuschauen.

Sein Blick glitt nach oben, während er sich langsam um seine eigene Achse drehte. Wieder verursachte die Höhe des Hauptschiffs ein leichtes Schwindelgefühl in ihm. Welch unfassbare Leistungen die Menschen beim Bau dieses Gebäudes vollbracht hatten. Hinter ihm erstreckte sich die große Orgel. Andresen fiel ein, dass es der berühmte Organist Dietrich Buxtehude gewesen war, der hier gewirkt hatte und beigesetzt worden war. Buxtehude hatte St. Marien einen bedeutenden Platz in der Orgel- und Musikgeschichte eingebracht. Andresen erinnerte sich, dass er vor einigen Jahren zusammen mit Rita ein abendliches Orgelkonzert besucht hatte und von dem atemberaubenden Klang fasziniert gewesen war.

Andresen stand jetzt zwischen den Holzbänken und sah sich weiter um. Mit einem Mal fiel ihm wieder der Stofffetzen ein. Etwa hier musste es gewesen sein, an einer dieser Bänke hatte der Fetzen gehangen. Ein Hanfstoff wie von einer Mittelalterkutte, hatte Seelhoff gesagt. Vielleicht würde es ihnen ja gelingen, mit der Analyse des Stoffes mehr über den Träger der Kutte in Erfahrung zu bringen.

Am Ende des Gangs, einen knappen Meter erhöht, lag der schlichte Kalksteinaltar, auf dem sie den grausigen Fund gemacht hatten. Noch immer war er mit Absperrbändern umrahmt. Auf dem Tisch konnte Andresen noch die Spuren der Techniker erkennen, die sie bei ihrer Tatortuntersuchung hinterlassen hatten.

Über dem Altar hing ein bronzefarbenes Kruzifix. Bis zum Ende der fünfziger Jahre hatte hier noch ein achtzehn Meter hoher Altar aus Marmor und Porphyr gestanden, der bei den Bombenangriffen auf Lübecks Altstadt im Zweiten Weltkrieg schwer beschädigt worden war.

Andresen suchte nach etwas, das ihnen bislang entgangen war. Vielleicht nur eine Kleinigkeit. Er scannte Wände, Boden und Bänke, ohne dass ihm etwas in die Augen stach. Warum nur hatte der Mörder Roloff auf diese schockierende Art und Weise umgebracht? Die Präsentation des toten Körpers und der abgetrennte Kopf, der wie bei einer satanischen Opferung auf dem Altar gelegen hatte, deuteten auf einen religiös veranlassten Mord hin. Egal, was die Geistlichen behaupteten.

Sie mussten mehr über Sandro Roloff in Erfahrung bringen, aber Andresen ahnte, wie schwer es werden würde. Sie hatten nicht einmal gewusst, dass er überhaupt existierte; den ersten Erkenntnissen nach hatte er auch keinen Wohnsitz in Lübeck. Der Weg musste also über Boris Roloff führen. Heute Abend würde er ihn die Mangel nehmen, wenn sich ihm die Möglichkeit böte.

Andresen ging ein paar Schritte weiter und näherte sich der kleinen Gedenkkappelle unterhalb des Südturms. Hier lagen die im Krieg herabgestürzten Glocken der Marienkirche wie ein Mahnmal am Boden. Andresens Vorstellungskraft reichte nicht aus, um sich die schrecklichen Ereignisse der Brandnacht im März 1942, in der die Marienkirche schwer getroffen worden war, vor Augen zu führen. Eine vergleichbare Tragödie hielt er heutzutage für undenkbar.

Es gab nichts mehr in der Kirche, was seine Aufmerksamkeit noch länger gefangen gehalten hätte. Die bitterkalte Luft, die in dem massiven Gemäuer noch trockener und schneidender zu sein schien, hatte sich bereits durch seine Kleidung und unter seine Haut gefressen.

Als er schließlich vor das große Portal trat, hatte leichter Schneefall eingesetzt. Die Temperatur musste mittlerweile unter den Gefrierpunkt gefallen sein, da der Schnee auch auf dem Kopfsteinpflaster des Kirchvorhofs liegen blieb. Andresen schüttelte sich. Dann zog er seine Jacke fest zu und steuerte das Café Maret am Marktplatz an. Hier wollte er sich aufwärmen und seinen immer noch tobenden Kater mit einem kräftigen Espresso bekämpfen.

7

Der Schneefall hatte den ganzen Tag über angehalten und Lübeck mit einer mehrere Zentimeter dicken weißen Schicht überzogen. Andresen stapfte auf dem Bürgersteig an der Untertrave entlang und musste dem zu allen Seiten spritzenden Matsch ausweichen, durch den sich die Autos auf der versalzten Straße kämpften.

»Irgendwo muss dieser Laden doch sein«, grummelte er zunehmend schlechter gelaunt vor sich hin. Doch ein Haus glich dem anderen. Gerade eben wäre er um ein Haar in ein ähnliches Etablissement gestolpert. Zum Glück hatte er im letzten Augenblick noch die kleine Regenbogenfahne im Fenster hängen sehen.

Da vorne war ja das Schild. »Daddy« leuchtete es ihm in hellroten Lettern entgegen. Er spürte, dass seine Anspannung zunahm. Boris Roloff gegenüberzutreten war selbst für einen erfahrenen Kriminalpolizisten wie ihn etwas Außergewöhnliches. Die Tatsache, dass er wusste, was Roloff auf dem Kerbholz hatte, und er gleichzeitig keine rechtlichen Mittel gegen ihn in der Hand hatte, war furchteinflößend und frustrierend zugleich.

Gleich nachdem er auf den Klingelknopf gedrückt hatte, wurde er von einem jungen Mann eingelassen, der ihn in die Lounge des Bordells führte. Hier war es noch dunkler als draußen.

Eine dunkelhaarige Frau, die lediglich Strapse und billige Spitzenunterwäsche trug, trat auf ihn zu und nahm ihn an die Hand. Sie zog ihn in Richtung Tresen und setzte sich auf einen der Barhocker. Dabei streckte sie ihm ihr prall gefülltes Dekolleté entgegen.

Dass Andresen plötzlich deutlich mehr von seiner Umgebung wahrnahm, lag vor allem an der leuchtenden Filmleinwand hinter der Bar. Irritiert wechselte sein Blick zwischen den kopulierenden Körpern, die zu sehen waren, und der unbekannten Schönen neben ihm hin und her.

»Ich trinke gern Champagner«, säuselte ihm die Frau ins Ohr und gab ihm anschließend einen ausgedehnten Kuss auf die Wange.

»Gibt es etwas zu feiern?«, konterte Andresen, der natürlich wusste, worauf die Frau hinauswollte. »Wie heißt du?«

»Nadja.«

»Ein Wasser für Nadja und ein Bier für mich«, rief Andresen in Richtung der Frau hinter dem Tresen, die im schummrigen Licht wie Mitte vierzig aussah, wahrscheinlich aber bereits um die sechzig war.

Das verächtliche Schnauben Nadjas erstarb unter einer dunklen Männerstimme. Eine kräftige Hand legte sich auf Andresens Schulter.

»Wohl zum ersten Mal hier?«, fragte die Stimme.

Andresen drehte sich nach rechts und sah in das Gesicht eines kurz geschorenen dunkelhaarigen Mannes, dessen Drei-Tage-Bart schon längst die Haltbarkeit überschritten hatte.

»Ja, in der Tat. Mein Problem ist nur, dass ich keinen Champagner mag«, antwortete Andresen mit einem Zwinkern. Obwohl der Mann ganz anders aussah, als ihn Wiebke beschrieben hatte, war sich Andresen sofort sicher, dass es sich um Lakis Zorbas, den Clubbesitzer, handelte. Er beugte sich zu dem Mann vor und flüsterte ihm ein »Ich bevorzuge Blond« ins Ohr.

»Kann es sein, dass Sie gar nicht wegen unserer Mädchen hier sind?«, flüsterte der Mann mit leichtem Akzent zurück.

»Stimmt, obwohl ich zugeben muss, dass die Mädchen wirklich …«

»Was wollen Sie?« Der Tonfall des Mannes hatte plötzlich etwas Scharfes.

»Vielleicht können Sie mir in einer etwas heiklen Sache weiterhelfen, Herr …«, Andresen sah dem Mann in die Augen, »… Zorbas?«

»Wer sind Sie?«, fragte Zorbas zurück.

»Ein alter Freund von Boris Roloff. Mir ist zu Ohren gekommen, dass er gelegentlich hier verkehrt.«

»Ist es das? Wer behauptet denn so etwas?«

»Wissen Sie, bei der Kriminalpolizei verfügen wir über ein dichtes Netz an Informanten, wenn Sie verstehen, was ich meine.« Andresen zückte seine Dienstmarke und blickte sein Gegenüber herausfordernd an. Zorbas erwiderte den Blick und gab Andresen mit einer raschen Handbewegung zu verstehen, ihm zu folgen.

Sie drängten sich an weiteren leicht bekleideten Mädchen vorbei. Eine von ihnen kam Andresen so nah, dass er sie etwas unsanft zur Seite schieben musste. Aus dem Augenwinkel erahnte er, wie hübsch die Frau unter der Maske aus Make-up und Rouge war. Einen winzigen Augenblick lang bereute er es, sie so barsch weggestoßen zu haben.

Am Ende eines langen Gangs öffnete Zorbas eine helle Holztür. Dahinter ging es in ein Zimmer, das offenbar das Büro des Bordellbesitzers war. Zorbas nahm hinter einem schweren schwarzen Tisch Platz, auf dem sich neben einem Fotorahmen und einer altmodischen Tischlampe lediglich die silberne Skulptur einer nackten Frau befand. Ohne dass ihm ein Platz angeboten wurde, setzte sich Andresen auf einen ledernen Stuhl, der vor dem Schreibtisch stand.

»Was genau wollen Sie?«, fragte Zorbas.

Andresen hörte, dass hinter ihm erneut die Tür aufging und jemand in den Raum trat. Obwohl sein Drang, sich umzuschauen, groß war, sah er Zorbas weiterhin in die Augen.

»Sie haben bestimmt von dem Mord an Sandro Roloff gehört. Was sagt sein Bruder dazu? Haben Sie mit ihm gesprochen?«

»Woher wissen Sie, dass Roloff und ich uns kennen? Wer hat Ihnen das gesagt?«

Dass ihm ein Kriminalbeamter gegenübersaß, schien Zorbas nicht im Geringsten zu beeindrucken. Stattdessen wollte er das Gespräch mit Andresen offenbar nach seinen eigenen Vorstellungen führen. Es wurde Zeit, Zorbas' Verhalten einen Riegel vorzuschieben und die Verhältnisse zurechtzurücken.

Gerade als Andresen seine Stimme erheben wollte, nahm er die Schritte auf dem Holzfußboden hinter sich wahr. Aus dem dunklen Hintergrund trat ein schwarz gekleideter Mann, den Andresen sofort als Boris Roloff erkannte. Er sah noch immer genauso aus wie bei ihrem letzten direkten Aufeinandertreffen.

Roloff war knapp über dreißig, doch seine struppigen halblangen Haare und der ungepflegte Bart ließen ihn älter erscheinen. Sein Körper war spindeldürr und wirkte ausgezehrt, so als hätte ihm das jahrelange Abtauchen in Lübecks Unterwelt stark zugesetzt. Dennoch funkelten seine grünen Augen angriffslustig und ließen Andresen einen kurzen Moment erschauern.

Oberhalb Roloffs linker Augenbraue zeichnete sich eine Narbe ab, die bis zum Haaransatz reichte. Andresen erinnerte sich daran, dass er es gewesen war, der Roloff damals bei dessen Festnahme den Kopf gegen die Tür eines Einsatzwagens geschmettert hatte. Roloff hatte sich so sehr zur Wehr gesetzt, dass Andresen die Beherrschung verloren hatte und Roloff kompromisslos ausgeknockt hatte.

»Hatte ich also recht«, sagte Andresen.

»Ganz genau, Andresen!« Roloff ging um den Schreibtisch herum und spuckte die Worte mit einem verächtlichen Lächeln aus. Er ließ einen Gegenstand in seiner linken Hand pendeln, den Andresen als eine Kette zu erkennen glaubte. »Wie lange ist es her, dass wir das letzte Mal das Vergnügen hatten?«, fragte Roloff betont gelassen. »Warum machen Sie jetzt plötzlich wieder Jagd auf mich?«

Seine Stimme klang noch immer so dominant und unbeirrbar wie damals. Andresen wurde schlagartig klar, dass er sich auf ein gefährliches Spiel eingelassen hatte, und ärgerte sich zugleich, allein hierhergekommen zu sein.

»Von einer Jagd auf Sie kann keine Rede sein. Es gibt schließlich überhaupt keinen Grund dafür, oder?«, fragte er mit einer Spur Sarkasmus in der Stimme. »Ich bin hier, weil Ihr Bruder umgebracht wurde. Wir versuchen mit Hochdruck, die Tat aufzuklären. Haben Sie vielleicht irgendeine Idee, wer dahinterstecken könnte?«

»Selbst wenn ich etwas wüsste, glauben Sie allen Ernstes, ich würde Ihnen helfen?«

»Wissen Sie denn etwas?«, hakte Andresen nach.

Roloff schwieg.

»Ich glaube, es ist besser, wenn Sie jetzt verschwinden«, mischte sich Zorbas ein. »Meine Gäste mögen es nicht, wenn die Polizei hier herumschnüffelt. Und ich noch weniger.«

»Einen Moment noch«, sagte Andresen energisch. Sein Blick wechselte zwischen Zorbas und Roloff hin und her. »Ich will erfahren, was Sie über den Mord an Ihrem Bruder wissen. Es kann Ihnen doch nicht egal sein, dass Ihr Zwillingsbruder umgebracht wurde.«

Roloff antwortete noch immer nicht. Andresen versuchte es anders.

»Hatten Sie beide ein gutes Verhältnis zueinander?«

Roloff starrte ihn bloß an, ohne etwas zu sagen.

»Seit wann hielt sich Sandro in Lübeck auf? Er war hier nicht gemeldet.«

Keine Reaktion.

»Ich gehe davon aus, dass Sie wissen, auf welche Weise Ihr Bruder ums Leben gekommen ist und wie er vorgefunden wurde. Wir prüfen derzeit, ob der Mord einen religiösen Hintergrund haben kann. Es gibt Anhaltspunkte, dass …«

»So ein Schwachsinn!«, stieß Roloff plötzlich aus. »Mein Bruder war ein gläubiger Christ, wie jeder in unserer Familie. Warum sollte ihn deshalb jemand getötet haben?«

Er beugte sich zu Andresen vor, stützte sich mit beiden Armen auf dem Schreibtisch ab und blickte ihn aus glühenden Augen an. »Sandro hat nichts Unrechtes getan. Finden Sie einfach seinen Mörder!«, sagte er mit ruhiger Stimme. »Aber hüten Sie sich davor, schlecht über ihn zu reden.«

»Wenn Sie wollen, dass wir ihn finden, wäre es gut, wenn Sie meine Fragen beantworten würden.«

Andresen war aufgestanden und um den Schreibtisch herum auf Roloff zugegangen. Sein Gesicht befand sich nur noch wenige Zentimeter von Roloffs entfernt. Beide verharrten einige Augenblicke, dann trat Roloff einen Schritt zurück. Es war, als hätte Andresen einen kleinen Punktsieg gelandet, ohne allerdings etwas Brauchbares in Erfahrung gebracht zu haben.

Roloff drehte sich weg und wollte den Raum verlassen, doch in der Tür wandte er sich noch einmal um und blickte Andresen finster an.

»Sandro ist das Opfer. Merken Sie sich das!« Mit diesen Worten verschwand Boris Roloff in dem dunklen Flur, der in der Lounge des Bordells mündete.

Andresen sah ihm noch einen Moment hinterher und grübelte über die Worte des »Herrn der Gänge«, ehe seine Gedanken auf rüde Weise von Zorbas unterbrochen wurden.

»So, und jetzt raus hier!«, zischte er. »Sie haben hier lange genug den Verkehr aufgehalten.«

Andresen, der einen Augenblick lang überlegt hatte, einen anzüglichen Witz über Zorbas' Bemerkung zu machen, stand wortlos auf und verließ ebenfalls den Raum. Zorbas folgte ihm und zog die Tür des Büros hinter sich zu.

Als sie wieder im Loungebereich waren, bemerkte Andresen, dass Nadja einem elegant gekleideten Mann mittleren Alters Avancen machte. Von Roloff war nichts mehr zu sehen.

Froh darüber, kein weiteres Mal von den Damen des Hauses angesprochen worden zu sein, verließ Andresen das »Daddy«. Draußen sah er kaum noch die Hand vor Augen. Aus dem Schneefall war ein Gestöber geworden, dessen auch das Salz auf den Straßen nicht länger Herr werden konnte. Die Fußgängerbrücke über die Trave, hin zur MuK, der Musik- und Kongresshalle, das eindrucksvolle Fünf-Sterne-Hotel gleich daneben und das altehrwürdige Holstentor dahinter, all das konnte Andresen durch die dicken weißen Flocken nur noch schemenhaft erkennen. Es schien fast so, als hole der Winter nun das nach, was er in den vergangenen Jahren versäumt hatte.

Plötzlich tanzten Andresens Gedanken im selben Rhythmus wie die Schneeflocken. Einzelne Bilder und Gesichter huschten vor seinem inneren Auge vorbei. Irgendetwas hatte seine Aufmerksamkeit erregt, er wusste nur noch nicht, was es war. Nur langsam reihten sich die Bilder wieder aneinander und wollten einen Sinn ergeben.

Der Mann, mit dem sich Nadja, die dunkelhaarige Schönheit, unterhalten hatte. Andresen kannte ihn. Und es war noch nicht lange her, dass er ihm gegenübergestanden hatte. In dessen Garten, kurz nachdem eine Bombe den Steg und die Rückfront seiner Villa beschädigt hatte.

8

Die Sonne glitzerte auf den weißen Feldern. Der Schnee türmte sich an den Fahrbahnrändern der A 1 auf. Nördlich von Oldenburg musste es noch stärker geschneit haben, dachte Andresen, während er seinen Volvo nur mit Mühe in der vereisten Spur hielt. Offenbar waren die Ostholsteiner Streudienste bei ihren Salzvorräten bereits auf Frühling eingestellt gewesen.

Die Stimmung im Auto glich in etwa der Außentemperatur. Kühl wäre wohl das falsche Wort gewesen. Eisig traf es besser.

Obwohl sich Ole, sein Sohn, eigentlich gut mit Wiebke verstand, hatte er sie am heutigen Tag nicht dabeihaben wollen. Doch Andresen hatte darauf bestanden, immerhin war Wiebke seit einigen Monaten ein wichtiger Teil seines Lebens. Außerdem war er der Meinung, dass sein Sohn den Todestag seiner Großeltern nach all den Jahren endlich akzeptieren musste.

Ole war jetzt zwanzig, der tödliche Unfall seiner Großeltern lag mehr als zwölf Jahre zurück. Damals waren die beiden auf dem Weg nach Österreich gewesen, als der Reisebus aus ungeklärter Ursache von der Fahrbahn abgekommen und eine Schlucht hinuntergestürzt war. Sie waren aus dem Bus herausgeschleudert worden und auf der Stelle tot gewesen.

Dort, wo normalerweise der Schotter unter den Reifen knirschte, quietschte jetzt eine dicke Schneeschicht. Andresen parkte den Volvo vor dem alten Friedhof in Heiligenhafen.

»Ich bleibe hier«, sagte Wiebke leise. »Es ist besser, wenn ihr allein geht.«

»Aber …«

Andresens Einwand wurde mit einer abwehrenden Handbewegung von Wiebke im Keim erstickt. Sie nickte ihm zu und forderte ihn auf, auszusteigen.

»Danke«, flüsterte Ole und kletterte ebenfalls aus dem Wagen. Wiebke drehte sich erstaunt um und sah gerade noch das zufriedene Lächeln auf Oles Lippen. Obwohl er sich durchgesetzt hatte und Andresen alles andere als glücklich darüber war, konnte Wiebke Oles Verhalten offenbar gut nachvollziehen. Nicht nur, dass Ole genau wie sie ein Scheidungskind war, er hatte in der frühen Kindheit eine intensive Beziehung zu seinen Großeltern entwickelt, die mit deren Tod ein tragisches Ende gefunden hatte.

Birger und Ole gingen schweigend zum Familiengrab. Seit fast einem Jahrhundert wurde hier allen Andresens die letzte Ruhe geschenkt. Seine Eltern waren die bislang letzten gewesen.

Die Inschrift des dezenten Grabsteins brachte Andresen den schmerzlichen Todestag mit voller Wucht zurück ins Bewusstsein.

In ewiger Liebe zueinander

Paul und Anna
Andresen

† 3. Februar 1996

Andresen nahm seinen Sohn in den Arm und versuchte erfolglos gegen die Tränen anzukämpfen, die sich schamvoll ihren Weg bahnten. Während sie vor dem Grab standen und ihren Gedanken freien Lauf ließen, redeten sie kein einziges Wort miteinander. Ole zündete schließlich ein Grablicht an und murmelte ein kurzes Gebet. Sie verharrten noch einige Minuten vor dem Grab, dann brachen sie wieder auf und gingen zurück zum Auto.

Die Kälte hatte sich so sehr in ihre Knochen gefressen, dass Andresen Mühe hatte, den Autoschlüssel ins Zündschloss zu stecken. Vielleicht hatte ihn auch einfach nur die beklemmende Stimmung am Grab gelähmt.

»Lasst uns in den Ort fahren. Ich kenne dort ein nettes Café, wo wir uns bei einem heißen Tee aufwärmen können.« Andresen startete den Volvo und schlidderte vom Parkplatz des alten Friedhofs auf die schmale Straße, die ins Zentrum von Heiligenhafen führte. Das kleine Café lag direkt am Markt im Schatten der alten Stadtkirche in einem Backsteinhaus mit Treppengiebeln aus dem 19. Jahrhundert. Hier war Andresen bereits als Jugendlicher mit seinen Freunden ein und aus gegangen, als er noch bei seinen Eltern gleich in der Nähe in einem Haus am Stadtpark gewohnt hatte. Hier, hinter den vorgelagerten Landzungen Steinwarder und Graswarder, war er als behütetes Einzelkind aufgewachsen. Hier war er zur

Schule gegangen, hatte unten am Jachthafen seinen ersten Kuss erlebt und war schließlich im Alter von neunzehn Jahren auf die wahnwitzige Idee gekommen, zur Kriminalpolizei zu gehen.

Nachdem die drei Tee und Kuchen bestellt hatten, versuchte Wiebke die gedrückte Stimmung etwas aufzuheitern. Sie erzählte, dass sie sich als Teenager regelmäßig mit ihrer besten Freundin am FKK-Strand auf Graswarder gesonnt hatte. Andresen rechnete in Gedanken kurz nach und realisierte, dass es gerade einmal zehn Jahre her sein musste. Zu diesem Zeitpunkt hatte er schon längst nicht mehr in Heiligenhafen gelebt, sondern eine vermeintlich glückliche Ehe in einem pittoresken Lübecker Altstadthaus geführt.

»Ihr seid von Lübeck nach Heiligenhafen gefahren, um euch nackt an den Strand zu legen?« Oles Frage klang ungläubig und gleichzeitig verständnislos.

»Nein, natürlich nicht«, antwortete Wiebke, noch immer bemüht, die Stimmung aufzulockern. »Ich bin erst mit zwanzig nach Lübeck gezogen. Groß geworden bin ich in Lensahn.«

»Ostholstein rules!«, schoss es aus Ole etwas verächtlich heraus.

»Vielleicht verstehen sich dein Vater und ich ja auch deshalb so gut, weil wir einen ähnlichen Lebensweg hinter uns haben. Beide sind wir Landeier, die es in die Stadt gezogen hat. Beide haben wir einen Beruf gewählt, der uns rund um die Uhr im Griff hat und nicht immer nur die schönen Seiten des Lebens bereithält. Und beide sind wir zu einem Zeitpunkt in die Verantwortung gegangen, ein Kind großzuziehen, als wir selbst kaum erwachsen waren.«

Andresen blickte Wiebke stumm an. Sie hatte es geschafft, in drei Sätzen sein bisheriges Leben auf den Punkt zu bringen.

»Klar, und dass ihr fünfzehn Jahre auseinander seid und du eigentlich eher meine Freundin sein könntest, ist natürlich auch völlig normal.«

Wiebke und Andresen sahen Ole mit weit aufgerissenen Augen an. Was war in ihn gefahren? Weshalb zeigte er plötzlich ein derartiges Unverständnis für ihre Beziehung? Im nächsten Moment entspannten sich Andresens Gesichtsmuskeln wieder, als er sah, dass sein Sohn ihm zuzwinkerte und ein Lächeln über seine Lippen huschte.

»Nur Spaß«, flachste Ole. »Ich steh nicht auf ältere Frauen.«
Wiebke spielte die Rolle der Empörten, lachte dann jedoch mit.
Andresen wirkte trotz der gelösten Atmosphäre nachdenklich.
Vielleicht war Oles Bemerkung doch kein Scherz gewesen? Was,
wenn er tatsächlich ein Problem mit seiner Beziehung zu Wiebke
hatte?

Seine Gedanken wurden unterbrochen, als sein Blick auf eine
Tageszeitung fiel, die an dem hölzernen Zeitungshalter an der Gar-
derobe des Cafés hing. Es handelte sich um die Ostholsteiner Aus-
gabe der Lübecker Rundschau. Was er sah, irritierte ihn derart, dass
er seinen Teelöffel auf die Untertasse fallen ließ und damit die Blicke einiger Gäste auf sich zog.

Sein Gesicht prangte auf der Titelseite des Lokalteils, inmitten
eines ganzseitigen Artikels über den Mord an Sandro Roloff. Das
Foto war bestimmt schon fünf Jahre alt. Dem Ganzen die Krone
setzte jedoch die riesige Überschrift auf, die sich über zwei Zeilen
erstreckte: »WER HAT DEN TEUFEL VON ST. MARIEN GESE-
HEN?«

Sofort war ihm klar, dass damit nicht nur die verschwundene
Teufelsfigur gemeint war, sondern auch der Mörder von Sandro
Roloff. Andresen griff nach der Zeitung, überflog rasch den Text
und blätterte um auf der Suche nach weiteren Artikeln über den
Mord in der Marienkirche.

Eine aus der Psychiatrie in Heiligenhafen entlaufene Frau, ein
Bericht über den zugefrorenen Hafen und die im Mai bevorstehende Kommunalwahl. Aber keine weiteren Meldungen oder Kom-
mentare zu dem Mord an Sandro Roloff. Er legte die Zeitung beiseite und widmete sich wieder dem Gespräch zwischen Ole und
Wiebke.

An Wiebkes Blick erkannte Andresen, dass ihr die Headline und
sein Foto in der Zeitung nicht entgangen waren. Sie schüttelte vorsichtig den Kopf und blickte ihn entschuldigend an. Sie hatte also
nichts mit dem Artikel zu tun, wollte sie zum Ausdruck bringen.
Dennoch war er erschrocken, wenn auch nicht überrascht, wie sehr
der Mord an Roloff ausgeschlachtet wurde. Warum war eigentlich
ausgerechnet sein Kopf und nicht der von Sibius oder der des Polizeipräsidenten auf der Titelseite abgebildet?

»Ich habe eine Idee«, wechselte er das Thema. »Was haltet ihr davon, wenn wir nach Puttgarden fahren, uns ein wenig die Fähren ansehen und anschließend im Border Shop einkaufen gehen?«

Die Reaktion fiel verhaltener aus, als Andresen erhofft hatte. Die Aussicht, erneut nach draußen in die Kälte zu gehen, löste kaum Begeisterung bei Ole und Wiebke aus. Trotzdem stimmten sie seinem Vorschlag zu.

Die Fahrt dauerte nur ein paar Minuten. Hinter Heiligenhafen bog Andresen wieder auf die B 207. Sie fuhren über die Brücke, die über den Fehmarnsund führte, und gelangten schließlich auf die Insel Fehmarn. Es ging noch einige Kilometer geradeaus, ehe sich die Fahrspuren aufteilten und das Hafenareal von Puttgarden vor ihnen auftauchte. Sie bogen links ab und hielten auf dem Parkplatz vor dem Border Shop, einem auf einem Ponton erbauten, mehrstöckigen Einkaufszentrum, das direkt im Hafen lag und vor allem Anziehungspunkt für dänische und schwedische Tagesausflügler war, die mit der Fähre übersetzten und so viel Alkohol und Tabakwaren in ihre Einkaufswagen luden, wie es die Bestimmungen zuließen. Dass die Preise im Shop in der Regel über dem hiesigen Preisniveau lagen, bemerkte der ein oder andere deutsche Tourist oftmals erst an der Kasse. Zu groß war die Verlockung der reichhaltigen Auswahl an Bier, Wein, Schnaps, Schokolade, Weingummis oder Lakritz, zu groß die Verlockung der überdimensionalen Verpackungen und zu groß die Verlockung des Gefühls, man befinde sich doch schließlich im Urlaub.

Die drei gingen bis zur Spitze der vereisten Hafenmole und warteten auf eins der Fährschiffe der Reederei Scandlines, die zwischen Puttgarden und dem dänischen Rødby im Dreißig-Minuten-Takt hin und her pendelten. Andresen kniff die Augen zusammen und glaubte das zwanzig Kilometer entfernte Dänemark am Horizont erkennen zu können. Der Gedanke, dass irgendwo hier in einigen Jahren eine gewaltige Brücke über den Fehmarnbelt die beiden Länder miteinander verbinden sollte, war abstrus. Bedurfte es tatsächlich eines politisch gewollten Brückenschlags, der mehrere Milliarden Euro fraß und eine Zeitersparnis von vielleicht zwanzig Minuten gegenüber den Fähren einbrachte?

Im nächsten Moment schob sich direkt vor ihren Augen die »MS Schleswig-Holstein« vorbei, die eben von der Hafenrampe abgelegt hatte. Das unverkennbare Wummern und Dröhnen der Schiffsmotoren schallte durch die kalte, klare Winterluft.

Sie warteten noch, bis die nächste Fähre in den Hafen eingelaufen war, ehe sie zurück in Richtung Parkplatz gingen und den Border Shop betraten. Getrennt voneinander steuerten sie einzelne Regale an. Andresen hatte es auf einen Karton spanischen Rotwein abgesehen, Wiebke konzentrierte sich auf einige Tafeln Schokolade mit Überlänge, und Ole bevorzugte die Mischung aus extrem salzigem Lakritz und dänischem Dosenbier.

Als Andresen schließlich den Einkaufswagen durch die Schiebetür des Border Shops hinaus auf den Parkplatz lenkte, hielt er einen Moment lang inne, blickte auf den Inhalt des Wagens und sah die beiden anderen hilfesuchend an. Dann schüttelten alle drei gleichzeitig den Kopf und lachten los. Auch sie hatten sich von den sündigen Leckereien des Konsumtempels verführen lassen. Mit ausreichend Proviant für einen Sonntagabend vor dem Fernseher brachen sie am späten Nachmittag wieder in Richtung Lübeck auf.

Zwei Stunden später wusste Andresen, dass er sich den erhofften Fernsehabend mit Wiebke und dem teuren Wein abschminken konnte. Ein aufgeregter Anruf warf seine Planungen komplett über den Haufen.

9

Den Anruf aus Wismar nahm die Polizeizentrale um kurz nach sieben entgegen. Anschließend hatte man Andresen umgehend informiert. Er hatte nur schnell seine dicke Winterjacke übergeworfen und war sofort ins Präsidium gefahren. Unterwegs hatte er versucht, ein paar seiner Kollegen zusammenzutrommeln, was sich an einem Sonntagabend jedoch als schwieriges Unterfangen herausstellte. Immerhin gelang es ihm, Kregel zu erreichen, der ihm versicherte, in einer halben Stunde im Präsidium zu sein.

Andresen saß im Besprechungszimmer und zog das große weiße Telefon, das auf dem Tisch stand, zu sich heran. Ihm gegenüber saß sein Chef, den er zu seiner Überraschung im Präsidium angetroffen hatte. Sibius' leicht schütteres Haar und der altmodische Schnäuzer wippten im Takt, in dem er seine Worte ausstieß.

»Wenn es stimmt, was du sagst, haben wir womöglich einen konkreten Ansatz. Vielleicht sogar eine Spur. Falls es tatsächlich Hinweise darauf gibt, dass sich Sandro Roloff auch in Wismar herumgetrieben hat, müssen wir schnellstens mit den Kollegen vor Ort sprechen. Entscheidend ist der Fakt mit der Nikolaikirche. Man wollte ihn für Schmierereien am Portal der Nikolaikirche wegen Vandalismus anzeigen.«

»Ja, das ist es«, antwortete Andresen und sah dabei seinen Chef an. »Zwei Städte, zwei Kirchen, jeweils die wichtigsten. Zwei Vorfälle innerhalb weniger Wochen. Und beide Male Sandro Roloff mittendrin. Einmal als mutmaßlicher Täter, einmal als Opfer. Wenn du mich fragst, zu viele Zufälle auf einmal.«

»Die Sache stinkt gewaltig«, entgegnete Sibius. »Der Mord in St. Marien und das, was in Wismar geschehen ist, legen immer mehr die Vermutung nahe, dass es sich tatsächlich um einen religiös gerichteten Hintergrund handelt.«

Andresen nickte nachdenklich. Obwohl die Fakten klar zu sein schienen, versuchte er sich daran zu erinnern, dass sie sich nicht zu früh auf eine Ermittlungsrichtung festlegen durften.

»Fahr nach Wismar, gleich morgen früh!«, redete Sibius weiter.

»Sprich mit dem zuständigen Einsatzleiter und wirf einen Blick in die Kirche. Vielleicht kann dir einer der Pastoren weiterhelfen. Wissen wir eigentlich mittlerweile, wo Sandro Roloff gewohnt hat?«

»Nein, Lorenz wollte sich darum kümmern.«

Sibius nickte, sagte aber nichts.

»Morgen früh um acht setzen wir uns zusammen, danach fahre ich nach Wismar. Ich nehme Julia mit.«

»In Ordnung«, antwortete Sibius. »Irgendwie bin ich mir sicher, dass Boris Roloff da mit drinhängt.«

»Ach ja, da fällt mir etwas ein. Ich habe ihn getroffen.«

»Wie bitte?« Sibius war sofort hellhörig.

»Ich habe mich ein wenig umgehört und herausgefunden, wo er sich gelegentlich herumtreibt. Es war einfacher, als ich gedacht habe.«

»Ein wenig umgehört?«, fragte Sibius skeptisch nach.

»Genau, ein befreundeter Vogel hat gezwitschert.« Andresen machte keine Anstalten, seine Quelle preiszugeben.

»Wo hast du ihn getroffen?«

»Im ›Daddy‹«, antwortete Andresen trocken. »Es war ein seltsames Gespräch. Roloff hat mir mit Sicherheit nicht alles erzählt, was er weiß.«

»Was hat er denn gesagt?«

»Eigentlich gar nichts. Lediglich, dass er davon überzeugt ist, dass Sandro keinen Dreck am Stecken hatte.«

»Natürlich«, sagte Sibius. »Und Boris Roloff will demnächst heilig gesprochen werden.«

»Seltsam war nur, dass er seinen Bruder unaufgefordert verteidigt hat«, sinnierte Andresen.

Im nächsten Moment wurde die Tür zum Besprechungszimmer aufgestoßen, und Kregel kam hereingestolpert. Sibius stand auf, bot ihm seinen Platz an und verließ den Raum.

Andresen berichtete Kregel noch einmal in aller Ausführlichkeit von seinem Abend im »Daddy« und dem Anruf aus Wismar. Als er fast fertig war, fiel ihm etwas ein, wovon er Sibius vorhin nicht berichtet hatte.

»Es dürfte interessant für dich sein, wen ich im ›Daddy‹ gesehen habe. Anfangs war ich mir nicht sicher, der Schneesturm hatte mein Erinnerungsvermögen ein wenig durcheinandergewirbelt.«

»Verrätst du mir denn, von wem du sprichst?«

»Norman Winkler. Er saß an der Bar und unterhielt sich mit einer schönen Unbekannten.«

»Der feine Jungunternehmer!«, sagte Kregel. »Erst die Affäre mit einer seiner besten Mitarbeiterinnen und jetzt das. Hat er dich auch gesehen?«

»Ich glaube nicht. Habt ihr denn schon Neuigkeiten, was den Anschlag auf sein Grundstück angeht?«

»Seit Freitag hat sich nichts Weiteres ergeben. Ich kann mich allerdings auch nicht daran erinnern, dass es hieß, wir sollten das Wochenende durcharbeiten.«

»War doch nur 'ne Frage«, raunzte Andresen zurück, der mit Kregels schroffer Art schon des Öfteren Bekanntschaft gemacht hatte. »Morgen früh um acht.« Er stand auf. »Sag bitte Barbara Bescheid, den anderen habe ich eine Nachricht hinterlassen.«

Er verließ das Sitzungszimmer, holte sich noch schnell seine Jacke aus dem Büro und machte sich gegen halb zehn auf den Weg nach Hause. Unterwegs versuchte er noch einmal erfolglos, Julia zu erreichen. Andresen sprach ihr ein zweites Mal am heutigen Abend aufs Band. Er wollte sie gerne in Wismar dabeihaben, wenn er auf die Kollegen aus Mecklenburg treffen würde.

Als er endlich zu Hause war, lag Wiebke mit einem Glas Rotwein in der Hand auf der Couch. Ihre Augen waren so klein, dass Andresen vermutete, sie habe bereits geschlafen. Er schenkte sich ebenfalls ein Glas ein, setzte sich neben sie und legte ihre Füße auf seinen Oberschenkeln ab. Ihr wohliges Schnurren ging bereits wenige Minuten später in ein sanftes Schnarchen über. Andresen war jedoch weit davon entfernt, müde zu sein. Seine Gedanken kreisten um die aktuellen Entwicklungen im Mordfall Roloff. Irgendetwas Unbestimmtes veranlasste ihn zu glauben, dass sie nicht einmal den Hauch einer Ahnung hatten, was hinter allem steckte.

10

In der frühmorgendlichen Besprechung erfuhr Andresen von Lorenz, dass Sandro Roloff derzeit weder in Wismar und Umgebung noch in Lübeck einen offiziellen Wohnsitz besessen hatte. Wie dies zu den Meldungen aus Wismar und der vermuteten Anzeige gegen ihn passte, konnte keiner der Kollegen beantworten. Seine Existenz blieb weiterhin rätselhaft.

Auch auf die Frage, ob es Zeugen gegeben hatte, denen in der Mordnacht rund um die Marienkirche etwas Ungewöhnliches aufgefallen war, hatten sie noch keine abschließende Antwort. Auffallend war jedoch, dass erst eine Handvoll Hinweise aus der Bevölkerung eingegangen waren, die sich bei näherer Betrachtung allerdings als irrelevant herausgestellt hatten.

Klar war hingegen das Schicksal der Eltern der Roloff-Brüder. Während die Mutter in einem kleinen Dorf nahe Greifswald lebte, war der Vater bereits seit einem Jahrzehnt tot. Lorenz versprach, am Ball zu bleiben und Roloffs Spuren in Lübeck genauer unter die Lupe zu nehmen.

Als Nächstes brachte Harald Seelhoff die Ermittlungsgruppe auf den aktuellen Stand. Andresen hatte den Kommissar aus der Kriminaltechnik hinzugebeten, um die neuesten Erkenntnisse zu der Tatwaffe und dem Stofffetzen, den sie in der Kirche gefunden hatten, zu erfahren. Die Sachlage stellte sich zu Andresens Enttäuschung jedoch als überaus dünn heraus. Ob es sich bei der Tatwaffe tatsächlich um ein Schwert gehandelt hatte, war noch immer nicht abschließend geklärt.

»Eines steht allerdings fest«, schloss Seelhoff. »Egal ob das Tatwerkzeug ein Schwert oder ein Säbel ist, es hat eine gewaltige Klinge und stammt allem Anschein nach nicht aus dem 20. Jahrhundert. Wir haben Rostspuren gefunden, die momentan analysiert werden.«

Diese Information war neu, überlegte Andresen. Was sie zu bedeuten hatte, konnte er nicht abschätzen. Klar war allerdings, dass eine antike Hiebwaffe kein alltägliches Mordwerkzeug war.

Andresen übernahm das Wort und berichtete von seinem Gespräch mit Pastor Boysen und Friedbert Kohnke. Anschließend kam er auf seinen freitagabendlichen Ausflug ins »Daddy« zu sprechen, was ihm neben einigen Lachern auch Erstaunen darüber einbrachte, wie einfach es letztendlich gewesen war, Boris Roloff ausfindig zu machen. Zum Schluss diskutierten sie über die spärlichen Informationen aus Wismar, die möglicherweise eine erste heiße Spur waren.

Die Liste an Fragen, die Andresen und Julia klären sollten, wurde im Laufe der Besprechung lang und länger. Um halb zehn brach Andresen das Gespräch schließlich ab. Er wollte noch in der Rechtsmedizin vorbeifahren, um sich mit dem Vertreter von Professor Birnbaum, diesem sonderbaren Dr. von Heideloff, zu unterhalten.

»Bitte entschuldigt, wir müssen los. Ben, du weißt ja Bescheid. Wenn ihr noch über Norman Winkler sprecht, denk daran, was ich dir über ihn und das ›Daddy‹ erzählt habe.«

***

Dr. Klemens von Heideloff schien noch knochiger und hagerer zu sein, als es Professor Birnbaum war. Obwohl Andresen ihn nicht älter als Anfang dreißig schätzte, ließen seine ungelenken Bewegungen eher den Schluss zu, sie stünden einem alten Mann gegenüber. Erst als er sie mit einem steifen, aber kräftigen »Guten Tag« begrüßte, ließ dieser Eindruck ein wenig nach.

»Sie sind früh dran«, sagte Dr. von Heideloff. »Es scheint ja wirklich dringend zu sein.«

Andresen sah den Rechtsmediziner erstaunt an. War er in seiner Wortwahl einfach nur etwas ungeschickt oder …? Er kam nicht dazu, seinen Gedanken zu Ende zu führen. Der junge Arzt hatte sich einige Meter von ihm entfernt und mit einer plötzlichen Handbewegung das blaue OP-Tuch, das über einem Stahltisch gelegen hatte, weggezogen.

Der Anblick, der sich Andresen und Julia bot, ließ die beiden im ersten Augenblick kalt. Roloffs Leichnam war kaum noch als solcher zu erkennen. Vielmehr sah er aus wie eine präparierte Wachsfigur, die vielleicht in einem Horrorkabinett den Menschen Angstschweiß auf die Stirn getrieben hätte. Das dunkelrot klaffende Loch an der Stelle, wo sich üblicherweise der Hals und Kopf eines Menschen befanden, verstärkte diesen Eindruck noch. Erst als sie ein Stück näher traten, realisierte Andresen, dass der verstümmelte Körper tatsächlich echt war und die Tat eines Wahnsinnigen gewesen sein musste. Der abgetrennte Kopf lag auf einem kleinen Beistelltisch und befand sich noch immer in der durchsichtigen Plastiktüte, in der ihn Andresen bereits in der Kirche gesehen hatte.

»Beim Anblick dieses Körpers kann Ihre Bemerkung wohl kaum Ihr Ernst gewesen sein«, sagte Andresen in bemüht friedvollem Ton. »Oder sind Sie es gewohnt, Leichname mit abgehacktem Kopf zu untersuchen?«

»Nun, obwohl ich noch jung bin, habe ich schon so einiges gesehen. Vor einigen Jahren habe ich in Erwägung gezogen, Herrn von Hagens bei seiner Arbeit zu unterstützen, allerdings erscheint mir sein Vorgehen etwas …«

»Wenn es Ihnen nichts ausmacht, würden wir gerne erfahren, ob bereits Ergebnisse der Obduktion vorliegen«, mischte sich jetzt auch Julia ein.

»Selbstverständlich«, antwortete von Heideloff, ohne auch nur den Anflug von Verunsicherung zu zeigen.

Andresen schloss für einen Moment die Augen und glaubte plötzlich, mit der verjüngten, in die Länge gezogenen Version von Professor Birnbaum zu sprechen.

»Was wir gefunden haben, deckt sich mit Ihren Beobachtungen. Wir haben Partikel von Stofffasern in den Wunden entdeckt, die allem Anschein nach denselben Ursprung haben wie der Stofffetzen, den Sie in der Kirche sichergestellt haben.«

Zum Glück, durchfuhr es Andresen. Der Stoff stammte also tatsächlich von Roloffs Mörder.

»Sehen Sie sich das hier mal an!« Von Heideloff zeigte auf den Brustbereich des toten Körpers.

Andresen sah die langen Narben, die sich fast bis zum Unterleib hinunterzogen. Sie waren farblos und lediglich durch die unnatürlichen Wulste der aufgeritzten Haut sichtbar.

»Diese Narben stammen nicht von der Mordwaffe. Sie sind alt. Interessant für Sie dürfte aber etwas anderes sein. Die Schnitte ergeben ein Muster, wenn ich es so sagen darf.«

Andresen und Julia sahen jetzt genauer hin und verstanden sofort, was Dr. von Heideloff meinte. Obwohl die Schnitte unregelmäßig und unterschiedlich tief gesetzt worden waren, konnten sie das Kreuz erkennen, das in Roloffs Oberkörper geritzt war.

»Warum wussten wir nichts davon?«, fragte Andresen leise in Richtung Julia.

Andresen registrierte ihr Kopfschütteln, als von Heideloff, der kurz in einer Ecke des Raums verschwunden war, zurückkam und sich ungeschickt seine durchsichtigen Handschuhe abstreifte.

Andresen trat wieder einen Schritt in Richtung Tisch und sah sich den Leichnam noch einmal genauer an.

»Die tiefe Wunde hier unten am Bauchnabel ist frisch. Wahrscheinlich der tödliche Stich. Roloff ist schlicht verblutet. Gleichzeitig wurden mehrere Organe getroffen. Der Kopf wurde offenbar erst nach Eintritt der Todes vom Rumpf getrennt.«

Andresen nickte. Von Heideloff schien in seiner Argumentation strukturierter, als es sein Äußeres verriet.

»Unsere Untersuchungen sind abgeschlossen«, sagte von Heideloff zufrieden. »Wir haben auf Roloffs Körper auch einige fremde Hautschuppen gefunden. Die Kollegen aus dem Kieler Labor haben versprochen, mir bis Ende der Woche die Ergebnisse zukommen zu lassen. Vielleicht finden sie ja etwas in ihrer Datenbank.«

»Bis Ende der Woche?«, sagte Andresen. »So lange dauert das?«

»Was können Sie zum Täter sagen?«, fuhr Julia dazwischen. »Lässt sich aus den Wunden etwas ableiten?«

Für einen kurzen Augenblick zeigte sich in von Heideloffs Augen so etwas wie Verunsicherung. Dann fing er sich jedoch wieder und strahlte dieselbe Mischung aus Selbstsicherheit und Ruhe aus, die Andresen auch von Professor Birnbaum kannte.

»Sie wissen ja selbst, wie man den Toten vorgefunden hat. Es scheint mir schwer vorstellbar, dass das Ganze das Werk eines Einzelnen gewesen ist. Niemand schafft es allein, den Körper eines Menschen in diese Position zu bringen. Was jedoch den Mord betrifft, lässt sich wohl sagen, dass er nur von einer Person begangen wurde. Die Klinge der Waffe war derart scharf, dass für die Tat nicht allzu viel Kraft aufgewandt werden musste.«

***

Die Polizeiinspektion der Hansestadt Wismar lag in der Rostocker Straße, nicht allzu weit von der historischen Altstadt entfernt. Der graue Klotz entsprach von außen jedem Klischee sozialistischer Architektur. Funktional, sachlich, farblos.

Andresen wusste, dass sich Wismars Altstadt in den vergangenen Jahren herausgeputzt und zu alter Schönheit zurückgefunden hatte, wovon allerdings bei den etwas abseits gelegenen Vierteln noch wenig zu sehen war. Um das Polizeigebäude hatte die Sanierungswelle offenbar einen großen Bogen geschlagen.

Als Andresen und Julia die gläserne Tür mit der abgeblätterten weiß lackierten Stahlfassung öffneten, schlug ihnen augenblicklich ein Geruch entgegen, dem Andresen das letzte Mal zu Grundschulzeiten begegnet war. Es war eine Mischung aus modrigem Muff des jahrzehntealten Pressspanmobiliars und Kleberesten des PVC-Belags, der an einigen Stellen bereits derart abgenutzt aussah, dass das grau melierte Muster kaum mehr zu erkennen war. Noch ehe er ein zweites Mal Luft holen konnte, trat eine Frau auf sie zu.

»Sie müssen Kommissar Andresen aus Lübeck sein«, begann sie forsch und streckte ihm ihre Hand entgegen. Mit der anderen fuhr sie sich kurz durch ihren dunkelbraunen Kurzhaarschnitt, der sie burschikos und gleichzeitig autoritär aussehen ließ. Andresen schätzte die Frau auf etwa Mitte vierzig.

»Vollkommen richtig«, antwortete er. »Und das hier ist meine Kollegin Julia Winter.«

»Mein Name ist Petra Zietlow, zuständige Hauptkommissarin bei der Kriminalpolizei Wismar. Folgen Sie mir bitte.«

Die Kommissarin drehte sich auf dem Absatz ihrer schwarzen Stiefel um und stieg die Treppe hinauf, die in die oberen Etagen des Präsidiums führte. Im zweiten Stockwerk bog sie auf einen Gang ab, von dem unzählige Türen abzugehen schienen.

Andresen und Julia folgten Petra Zietlow schweigend, bis sie schließlich auf halber Höhe des Flurs in ein geräumiges Büro geführt wurden. Es war kühl in dem Zimmer, und der sozialistische Geruch der alten Möbel stieg den beiden sofort wieder in die Nase. Einzig die gemütlichen schwarzen Ledersessel wollten nicht in das Bild des kargen Interieurs passen.

»Nehmen Sie bitte Platz«, forderte sie Petra Zietlow auf. »Kaffee, Tee?« Ohne eine Antwort abzuwarten, nahm sie die Kaffeekanne und schenkte den beiden ein.

»Ah, danke«, sagte Andresen etwas konsterniert.

»Sie haben gehört, weswegen wir uns bei Ihnen gemeldet haben?«

Die Kälte in Kommissarin Zietlows Stimme ließ die gefühlte Temperatur im Zimmer weiter sinken, sodass Andresen ein kurzer Schauer über den Rücken lief.

»Der Vorfall mit diesem Roloff hat sich vor knapp einem halben Jahr ereignet. Eine Streife hat ihn auf frischer Tat ertappt, als er sich mit einer Spraydose am Portal von St. Nikolai zu schaffen gemacht hat. Sehen Sie selbst!«

Sie zog zwei Fotos aus einer Schutzfolie und legte sie auf den Schreibtisch. Auf dem ersten Bild erkannte Andresen zweifelsohne Sandro Roloff. Obwohl er ihm nie in Gänze begegnet war und sein abgetrennter Kopf kaum mehr als die Konturen seines Gesichtes offenbart hatte, war er sich sofort sicher, dass es sich um den ermordeten Bruder von Boris Roloff handelte. Das andere Foto war stark vergrößert und zeigte ein hölzernes Kirchenportal, auf das mit gelber Sprayfarbe ein Schriftzug gesprüht worden war.

Andresen nahm das Foto in die Hand, um die einzelnen Buchstaben entziffern zu können.

»Gott ist tot! Und ihr bald auch!«

Andresen las noch einmal, aber er hatte richtig gesehen. Roloffs Botschaft war eine Hetzparole gegen die Kirche und den christlichen Glauben.

»Das ist noch nicht alles«, sagte Petra Zietlow. »Hier unten, sehen Sie. Trotz Vergrößerung ist es kaum zu lesen.«

»Was steht dort?«, fragte Andresen.

»Die Bombe macht tick, tick.«

»Die Bombe macht tick, tick?«

»Genau.«

»Und was soll das bedeuten? Plante Roloff etwa einen Anschlag?« Andresen sah seiner Wismarer Kollegin an, dass er mit der Frage den Kern der Sache getroffen hatte.

»Wir können es nicht beweisen, weil er keine Angaben dazu gemacht hat, als wir ihn verhört haben. Allerdings hat er die Kirche nach seiner Festnahme aufs Übelste beschimpft und damit gedroht, uns alle umzubringen.«

»Richtete sich seine Hetze gegen die Nikoilaikirche oder generell gegen die Institution Kirche?«, fragte Andresen nach.

»Wohl eher gegen die Kirche und den christlichen Glauben als solchen. Wir hatten nicht das Gefühl, dass es speziell jemanden aus St. Nikolai gab, gegen den sich sein Hass richtete.«

»Und daraufhin wurde gegen ihn wegen Vandalismus ermittelt?«, hakte Julia ein. »Hätte man ihn nicht auch wegen Volksverhetzung belangen können?«

»Die Geschichte geht noch weiter«, antwortete Petra Zietlow nüchtern, ohne Julia eines Blickes zu würdigen. »Nachdem wir ihn wieder auf freien Fuß setzen mussten, hat Roloff den Pastoren von St. Nikolai einen Besuch abgestattet. Er hat sich in aller Form bei ihnen entschuldigt und um Vergebung gebeten.«

»Deshalb kam es also zu keiner Anzeige?«

»Richtig.«

»Und was war mit der Volksverhetzung?«

»Hätte keine Aussicht auf Erfolg gehabt«, wiegelte Zietlow ab.

»Was haben die Pastoren gesagt? Welchen Eindruck hatten sie von Roloff?«

»Nun, Herr Kollege, ich weiß nicht, ob Sie wissen, wie Geistliche gelegentlich denken. Mit Rationalität hat das nicht immer etwas zu tun. Sie haben Roloffs Entschuldigung angenommen und von einer Anzeige gegen ihn abgesehen, weil sie ihn als verwirrten und frustrierten, aber letztlich doch harmlosen Menschen einschätzten.«

Andresen musste an sein Gespräch mit Kirchenvorstand Kohnke und Pastor Boysen denken. Er wollte Petra Zietlow gerade zustimmen, als sein Handy klingelte.

»Entschuldigen Sie bitte.« Andresen zog das Telefon aus der Jackentasche und nahm ab.

»Friedbert Kohnke hier. Spreche ich mit Kommissar Andresen?«

»Am Apparat.«

»Haben Sie einen Moment Zeit? Ich muss mit Ihnen sprechen.«

Andresen entschuldigte sich bei Petra Zietlow und verließ den

Raum. »Was gibt es denn so Dringendes?«, fragte er, nachdem er das Telefon wieder an sein Ohr presste.

»Nach reiflicher Überlegung bin ich zu der Überzeugung gekommen, dass es besser ist, Ihnen die Wahrheit zu sagen.«

»Die Wahrheit worüber?«

»Über Bruder Tuck, unseren Propst.«

Andresen sagte nichts. Stattdessen nickte er aufmunternd, so als wolle er Kohnke stumm per Telefon dazu auffordern, weiterzureden.

»Er ist der wahre Störenfried von St. Marien, wenn Sie verstehen, was ich meine.«

»Ehrlich gesagt, nein«, antwortete Andresen. »Vielleicht erklären Sie es mir?«

»Radbruch steht innerhalb der Gemeinde isoliert da. Es gibt niemanden, der seinen Kurs unterstützt.«

»Was ist denn sein Kurs?«, unterbrach ihn Andresen.

»Er geht auf Konfrontation. Er bezieht weder mich noch Pastor Boysen bei seinen Entscheidungen mit ein. Radbruch will mit aller Macht seine Vorstellungen durchsetzen, ohne dabei auf die Bedürfnisse der Menschen einzugehen.«

»Ich glaube, ich verstehe Sie noch immer nicht. Was wollen Sie mir mitteilen?«

Kohnke räusperte sich kurz.

»Haben Sie schon Neuigkeiten darüber, was mit dem kleinen Teufel geschehen ist?«

»Warum fragen Sie?«

»Nun, wie soll ich sagen? Ich bin mir relativ sicher, behaupten zu können, dass Radbruch hinter dem Verschwinden des Teufels steckt.«

»Wie kommen Sie darauf?«

»Radbruch hat es gewissermaßen selbst angekündigt. Er hat damit gedroht, den Teufel von seinem Podest zu stoßen.«

»Weshalb denn?«

»Wie bereits in unserem letzten Gespräch erwähnt, Radbruch leidet unter Verfolgungswahn und sieht in vielem eine Gefahr für die Gemeinde. Der Teufel, so freundlich er auch dreinblickt, war ihm schon lange ein Dorn im Auge.«

»Glauben Sie denn auch, dass er etwas mit dem Mord …?«

»Nein!«, sagte Kohnke schnell. »Beim besten Willen nicht.«

Andresen hoffte, dass Kohnke weitere Details über Radbruch berichtete, wurde jedoch enttäuscht.

»Ich muss jetzt auflegen. Sie können sich sicher sein, dass Radbruch nichts mit dem Mord zu tun hat. Auf Wiederhören!«

»Und weshalb sollte ich mir sicher sein?«

Andresens Frage kam zu spät. Kohnke hatte bereits aufgelegt.

»Verdammt!«, murmelte er, während er auf den Tasten seines Handys herumtippte. Nach einigen Sekunden meldete sich Sibius. Andresen berichtete ihm rasch von Kohnkes Anruf und bat ihn, dafür zu sorgen, dass sich so schnell wie möglich einer der Kollegen um Propst Radbruch kümmern und ihn mit den neuesten Erkenntnissen über ihn konfrontieren sollte.

»Wie läuft es sonst bei euch?«, fragte Sibius anschließend.

»Sagt dir der Name Petra Zietlow etwas?«

»Ach, du meine Güte!« Sibius brach in schallendes Gelächter aus. »Ich habe sie mal auf einer Fortbildung kennengelernt, das hat mir gereicht. Viel Spaß mit ihr! Wenn jemand Haare auf den Zähnen hat, dann sie.«

»Wie dem auch sei, die Tatsache, dass Sandro Roloff Hetzparolen gegen die Nikolaikirche gerichtet hat, stützt unsere Vermutung, dass sein Tod einen religiösen Hintergrund haben könnte.«

»Was genau hat er denn geschrieben?«

»*Gott ist tot! Und ihr bald auch! Die Bombe macht tick, tick.*«

Es entstand ein Moment des Schweigens, den Andresen nutzte, sich ein wenig auf dem Flur des Wismarer Präsidiums umzusehen. Er hatte seit einigen Minuten das unbestimmte Gefühl, beobachtet zu werden. Doch es war weit und breit niemand zu sehen, und die Türen der meisten angrenzenden Büros waren geschlossen.

»Birger, bist du noch dran?«, fragte Sibius. »Wann seid ihr wieder in Lübeck?«

Andresen sah auf seine Uhr und ärgerte sich augenblicklich. Es war bereits kurz nach zwei, und sie hatten noch einiges zu erledigen, ehe sie Wismar wieder verlassen konnten.

»Heute wird das nichts mehr. Sprich mit Ben, er weiß Bescheid. Sag ihm, er soll sich noch einmal Winkler vorknöpfen. Alles Weitere klären wir morgen früh.« Andresen verabschiedete sich und steckte sein Handy zurück in die Jackentasche.

Als er das Büro von Petra Zietlow wieder betrat, spürte er sofort, dass etwas nicht in Ordnung war. Julia stand mit verschränkten Armen am Fenster und schien verärgert zu sein. Zietlow saß hingegen weiterhin mit stoischem Blick in ihrem Ledersessel. Nichts an ihr deutete darauf hin, dass sie mit Julia aneinandergeraten war.

»Wo waren wir stehen geblieben?«, fragte Andresen freundlich, um die unterkühlte Stimmung im Raum etwas aufzulockern.

»Nun, ich denke, wir waren im Prinzip fertig. Ich habe Ihnen gesagt, was wir wissen. Die Ermittlungen liegen jetzt in Ihrer Hand. Sprechen Sie mit Pastor Wendelborn, er wird Ihnen möglicherweise noch das ein oder andere sagen können.«

Andresen war überrascht über das jähe Ende des Gespräches. Er reichte Petra Zietlow dennoch zum Abschied die Hand und bedankte sich. Julia blieb am Fenster stehen und machte keinerlei Anstalten, sich zu verabschieden.

»Kommst du?«, fragte Andresen.

Mit hastigem Schritt drängte sich Julia an Andresen vorbei und verließ wortlos das Büro.

»Eine Frage habe ich noch.« Andresen drehte sich noch einmal um und sah Petra Zietlow an. »Wissen Sie, wo Sandro Roloff in letzter Zeit gewohnt hat? In Lübeck war er nicht gemeldet und soviel ich weiß in Wismar auch nicht.«

»Er ist kurz nach dem Vorfall verzogen. Wohin, weiß ich allerdings auch nicht.«

»Können Sie uns denn sagen, wo er zuvor gewohnt hat?«, hakte Andresen nach.

»Sicher«, antwortete Petra Zietlow und griff zum Telefon, das auf dem Fensterbrett stand, Nach wenigen Sekunden legte sie wieder auf und teilte Andresen die Adresse einer Wohnung in der Altstadt Wismars mit, in der Sandro Roloff in einer Wohngemeinschaft gelebt hatte.

»Vielleicht bringt es etwas«, sagte Andresen. »Nochmals vielen Dank für Ihre Hilfe, Frau Kollegin.« Er nickte Petra Zietlow kurz zu und folgte Julia nach draußen.

Als sie die letzten Treppenstufen nahmen und auf den Ausgang des Präsidiums zusteuerten, beschlich Andresen erneut das Gefühl, beobachtet zu werden. Ruckartig drehte er sich um und sah gerade noch einen dunkelhaarigen Kopf hinter einem Wandvorsprung auf Höhe der Treppenmitte verschwinden. Er hatte sich also nicht getäuscht. Sie wurden tatsächlich beschattet. Bloß von wem?

Er dachte einen Moment zu lange darüber nach. Plötzlich sprang der Mann hinter dem Vorsprung hervor und stürmte die Treppe mit wenigen großen Schritten hinunter an ihnen vorbei, ohne dass Andresen dessen Gesicht erkennen konnte. Er riss die Tür auf und verschwand so schnell, dass Andresen keine Chance sah, hinterherzulaufen.

»Was war das denn?« Julia sah Andresen entgeistert an.

»Wenn ich das nur wüsste«, antwortete Andresen nachdenklich, während er selbst die Glastür aufstieß und nach draußen trat.

»Hier herrschen offenbar noch etwas andere Gepflogenheiten. Vorhin wurde ich bei meinem Telefonat mit Friedbert Kohnke belauscht, wenn ich mich nicht täusche. Aber erzähl mir doch lieber, was in meiner Abwesenheit zwischen dir und Kommissarin Zietlow vorgefallen ist. Du sahst ja aus, als wärst du vor Wut auf sie beinahe geplatzt.«

»Die Alte spinnt total. Ich habe ihr lediglich ein paar Fragen zu den Ermittlungen gestellt, da hat sie sich plötzlich vor mir aufgeplustert und mich angeranzt, ich solle nicht so neugierig sein. Warum passiert dieser Mist eigentlich immer mir?«

Andresen musste an die Situationen der Vergangenheit denken, in denen Julia in Schwierigkeiten geraten war. Nicht immer war sie daran unschuldig gewesen. Grund hierfür war ihre gelegentlich etwas unbedarfte Art.

»Ich glaube, du musst manchmal einfach noch etwas professioneller werden«, sagte er etwas zu lapidar.

Julias Blick zeigte Verständnislosigkeit für seine Bemerkung.

»Was hat sie denn noch zu dir gesagt?«

»Gesagt? Gedroht hat sie mir. Ich solle bloß nicht denken, dass ich, nur weil ich ein Wessi wäre, alles besser wüsste. Sie hätten sich ohnehin nur bei uns gemeldet, um ihrer Pflicht nachzukommen.«

Andresen schüttelte den Kopf und ging kommentarlos weiter in Richtung Altstadt. Jedes Wort zu diesem Vorfall wäre eines zu viel gewesen.

***

Die Nikolaikirche lag in unmittelbarer Nähe zur Frischen Grube im Norden der Wismarer Altstadt. Als einer der ältesten künstlichen Wasserläufe Deutschlands schlängelte sich die Frische Grube vom Schweriner See bis zur Ostsee. Im 13. Jahrhundert gebaut, diente die Frische Grube lange Zeit der Wasserversorgung der Stadtbewohner; mit ihrem Wasser waren Mühlräder angetrieben und Brände gelöscht worden. Mittlerweile gehörte die Frische Grube zu den Sehenswürdigkeiten der Wismarer Altstadt.

Andresen und Julia blieben ehrfürchtig vor dem gewaltigen Bau der Nikolaikirche stehen. Die Kirche, die einst für die Seefahrer und Fischer erbaut worden war, galt als Meisterwerk der Spätgotik im nordeuropäischen Raum. Der riesige Baukörper von St. Nikolai bildete mit seinem hohen Kirchenschiff und der dreischiffigen Basilika einen markanten Punkt in der Stadtsilhouette Wismars.

Auf einem Stein unter den Bäumen der Allee, die die Frische Grube von der Nikolaikirche trennte, saß ein Mann in einem langen schwarzen Mantel mit hochgestelltem Kragen, der einen Teil seiner grauen Haare verdeckte. Als er Andresen und Julia erblickte, stand er auf und trat auf die beiden zu.

»Guten Tag, ich bin Pastor Jürgen Wendelborn. Sie müssen die Ermittler aus Lübeck sein. Kommissarin Zietlow hat Sie angekündigt.« Wendelborn reichte Andresen und Julia die Hand und trat unter den knochigen Ästen der blattlosen Bäume hervor. Jetzt erst erkannte Andresen, dass der Pastor älter war, als er im ersten Moment gedacht hatte. Er musste kurz vor dem Rentenalter stehen.

»Ganz recht. Dann wissen Sie bestimmt auch, weswegen wir hier sind?«

Pastor Wendelborn nickte mit betroffener Miene. Andresen spürte sofort, dass die Anteilnahme nicht gespielt war. Zum ersten Mal in diesem Fall hatte er das Gefühl, einem durch und durch aufrichtigen Menschen gegenüberzustehen.

»Kommen Sie, wir gehen ein bisschen, und ich erzähle Ihnen, was ich weiß.«

Sie folgten dem Pastor quer über den Kirchvorhof in Richtung Portal. Doch statt die Kirche zu betreten, blieb Wendelborn stehen. Die Sonne kam hinter schneeweißen Schäfchenwolken hervor und warf ein grelles Licht auf den riesigen Backsteinbau. Den dünnen Schneeschichten auf den roten Dachschindeln schien das letzte Stündchen geschlagen zu haben.

»Sehen Sie, hier ist die Stelle! Ich kann die Worte noch immer genau erkennen.«

Andresen schärfte seinen Blick, konnte auf dem dunklen Holz allerdings keinerlei Spuren der gelben Farbe erkennen, mit der die Parole geschrieben worden war.

»Es war an einem Sonntagmorgen, ich war mit meiner Frau auf dem Weg in die Kirche zur Predigt. Sie hat ihn zuerst gesehen, als er gerade mit den Spraydosen herumhantierte. Wir waren natürlich in heller Aufregung und haben sofort die Polizei verständigt.«

»Haben Sie mit ihm gesprochen?«

»Ja, ich habe ihn gefragt, was er denn da machen würde und ob er sich bewusst sei, dass es sich bei seinen Schmierereien um Beschädigung fremden Eigentums handeln würde. Aber er schien völlig verwirrt zu sein. Er hat mich mit hasserfüllten Augen angesehen und mir derbste Beleidigungen an den Kopf geworfen. Meine Frau und ich haben es dann mit der Angst bekommen.«

»Verständlich«, sagte Julia leise. »Haben Sie eine Idee, weshalb Roloff so aufgebracht war?«

»Ich weiß es nicht«, antwortete Wendelborn. »Diese Frage habe ich mir natürlich auch schon etliche Male gestellt, aber ich verstehe es einfach nicht. Roloff war ja schließlich kein Mitglied der Gemeinde und hatte, soweit ich weiß, auch keinerlei Kontakt zu unserer Kirche. Eines steht jedoch fest: Er muss eine ungeheure Wut auf den Herrgott gehabt haben.«

»Sind Sie Sandro Roloff vor diesem Zwischenfall jemals begegnet?«, fragte Andresen.

»Nicht dass ich wüsste.«

»Haben Sie ihn allein hier angetroffen? Oder ist Ihnen noch etwas aufgefallen?«

Wendelborn sah Andresen nachdenklich an.

»Jetzt, wo Sie es sagen. Mir ist tatsächlich noch etwas aufgefallen. Es war einige Minuten bevor meine Frau und ich diesen Roloff erwischt haben.«

Pastor Wendelborn blieb stehen und schaute sich um. Sie hatten die Nikolaikirche mittlerweile fast komplett umrundet. Vor ihnen erstreckte sich wieder die Allee, dahinter die Frische Grube.

»Es war genau hier, ich erinnere mich wieder. Meine Frau war schon ein paar Meter weitergegangen, als ich einen Mann hinter den Bäumen sah. Er wirkte, als ob er auf der Suche nach etwas sei. Also bin ich auf ihn zugegangen, um ihm zu helfen, doch genau in diesem Moment rannte er weg.«

»Haben Sie darüber mit Kommissarin Zietlow gesprochen?«, hakte Andresen ein.

»Ehrlich gesagt habe ich dieser Sache keine Bedeutung beigemessen und sie in keinen Zusammenhang mit den Parolen von Roloff gebracht. Glauben Sie denn, dass ...?«

»Möglich ist alles.« Andresen fixierte Pastor Wendelborn. »Wie sah der Mann denn aus? Können Sie ihn beschreiben?«

»Für einen kurzen Moment war ich mir nicht einmal sicher, ob es sich auch wirklich um einen Mann handelte. Er war in eine Art Gewand gehüllt, da fiel es mir schwer zu erkennen ...«

»Moment, Moment! Was haben Sie da gerade gesagt? Der Mann trug ein Gewand?«

»Ja, so eine Art Tunika aus Leinen.«

»Welche Farbe hatte es?«

»Weiß, glaube ich. Oder vielleicht eher beige.«

»Sind Sie sicher?«

»Ja, ich denke schon.«

»Haben Sie sein Gesicht gesehen?«

»Es ging alles sehr schnell. Ich meine mich daran erinnern zu können, dass er einen Kinnbart trug. Aber wirklich sicher bin ich mir nicht.«

»Sie haben uns auch so sehr weitergeholfen«, sagte Andresen. Er bedankte sich und drückte dem Pastor seine Visitenkarte in die Hand. Plötzlich hatte er es eilig. Das, was sie bislang in Wismar erfahren hatten, war mehr gewesen, als er zu hoffen gewagt hatte. Jetzt war er gespannt darauf, ob ihnen Sandro Roloffs ehemaliger Mitbewohner weiterhelfen konnte.

Die Wohnung befand sich unweit der Nikolaikirche im Spiegelberg. Sandro Roloff hatte in einer Dachgeschosswohnung in einem der wenigen nicht renovierten Häuser in der Nähe des Wassertors am Alten Hafen gewohnt.

Die Haustür war nur angelehnt, sodass Andresen und Julia ins Treppenhaus gelangen konnten. Oben angekommen suchte Andresen vergeblich den Klingelknopf. Schließlich klopfte er ungeduldig an die dünne Sperrholztür, die aussah, als wäre sie bereits mehrfach aufgebrochen worden. Ein junger Mann öffnete Sekunden später und stellte sich als Steffen Bobzin vor. Er war groß, an die zwei Meter, und von schlaksiger Statur. Sein Gesicht wurde durch eine tief ins Gesicht gezogene Kappe verdeckt. Ein T-Shirt der Größe XXL schlabberte über einer Jogginghose und legte die Vermutung nahe, dass Bobzin Basketballer war.

Andresen schilderte ihr Anliegen und bat darum, eintreten zu dürfen. Die Wohnung war weit weniger unordentlich, als er im ersten Moment befürchtet hatte. Sie war trotz der Schrägen geräumig und mit hellen, einfachen Möbeln eingerichtet. Bobzin zeigte ihnen kurz das kleine Zimmer, in dem Roloff gewohnt hatte und das jetzt als Arbeitszimmer diente. Im Wohnzimmer setzten sich die beiden auf eine Stoffcouch und warteten, bis Bobzin ebenfalls Platz genommen hatte.

»Waren Sie mit Sandro Roloff befreundet?«, begann Andresen das Gespräch.

»Sehe ich so aus?«, antwortete Bobzin überrascht.

»Ich weiß nicht, wie man aussehen …«

»Roloff war definitiv nicht mein Freund«, unterbrach Bobzin Andresen. »Er hat hier ein halbes Jahr zur Untermiete gewohnt, mehr nicht. Ich brauchte das Geld, um mein Studium zu finanzieren. Als er sich auf meine Anzeige vorgestellt hat, brachte er das Geld für die ersten drei Monate gleich mit. Da habe ich natürlich nicht Nein gesagt.«

»Was können Sie uns über Roloff sagen? Sie werden ihn in den sechs Monaten ein bisschen kennengelernt haben.«

»Wie denn?«, fragte Bobzin mit einer Spur Sarkasmus in der Stimme. Er rückte sein Basecap zurecht und sah Andresen in die Augen. »Er war ja kaum hier. Keine Ahnung, wo er sich immer rumgetrieben hat.«

»Haben Sie ihn denn nie gefragt, ob er gearbeitet hat oder mit wem er befreundet war?«, hakte Julia nach.

»Roloff und arbeiten? Da bin ich eher skeptisch. Wenn, dann zumindest nicht auf legale Weise. Er hatte immer größere Mengen Bargeld bei sich. Das war schon sehr verdächtig. Ich bin froh, dass er ausgezogen ist.«

»Ist er freiwillig gegangen, oder haben Sie ihn rausgeschmissen?«

»Er war eines Tages einfach weg, mitsamt all seinen Sachen und ein paar meiner Wertgegenstände dazu. Nur diesen dicken Schinken hat er hier gelassen.« Bobzin stand auf und zog ein großformatiges altes Buch aus dem Regal. »Eine Art Bibel oder so.«

Andresen und Julia sahen sich einen Moment lang erstaunt an. Die Bibel sah ähnlich aus wie das Exemplar, das Propst Radbruch gefunden hatte.

»Nehmen Sie sie mit, ich brauche sie sowieso nicht«, sagte Bobzin.

Andresen nickte. Sie mussten die Bibel dringend genauer untersuchen. Was hatte es zu bedeuten, dass auch Sandro Roloff ein Exemplar dieser besonderen Bibel besessen hatte? Er musste an das in dessen Brust geritzte Kreuz denken.

»Wissen Sie, wo Roloff danach hin ist?«, fragte Julia.

»Vielleicht dorthin, wo er hergekommen ist.«

»Und das wäre?«

»Keine Ahnung«, sagte Bobzin nüchtern. »Wir haben nie darüber gesprochen. Im Grunde genommen haben wir uns kein einziges Mal ernsthaft unterhalten.«

»Gibt es denn irgendetwas, das Ihnen in dieser Zeit aufgefallen ist, etwas, das uns bei der Suche nach seinem Mörder helfen könnte?«, versuchte es Andresen noch einmal.

Bobzin zupfte wieder an seinem Basecap herum. Er schien nachzudenken.

»Es gab eine Situation mit seinem Bruder«, sagte er nach einer Weile. »Ob es wichtig für Sie ist, müssen Sie selbst entscheiden.«

»Erzählen Sie«, bat Andresen.

»Sein Bruder war ein paarmal hier. Ich wurde ihm nie vorgestellt, aber ich war mir sicher, dass es sein Bruder ist, so ähnlich, wie sie sich sahen. An diesem einen Tag stritten sich die beiden fürchterlich. Ich konnte ein paar Wortfetzen aufschnappen, die für mich allerdings keinen Sinn ergaben.«

»Versuchen Sie sich zu erinnern!«

»Boris Roloff wiederholte immer wieder, dass Sandro sich verändert habe und nicht mehr er selbst sei. Er machte ihm schwere Vorwürfe, aber ich konnte nicht verstehen, worum es genau ging.«

»Fielen irgendwelche Namen?«, fragte Andresen.

»Kann mich nicht daran erinnern, aber eine Sache noch: Mir war so, als hätte Sandro Roloff mehrfach von einer Insel gesprochen.«

»Von welcher Insel?«, fragte Andresen.

»Kann ich nicht sagen. Ehrlich gesagt war es mir ja auch egal, ich wollte einfach nur meine Ruhe haben.«

»Was war denn mit dieser Insel?«, wollte Julia wissen.

Bobzin zuckte mit den Schultern. Er nahm seine Kappe ab, fuhr sich über den kurz geschorenen Kopf und setzte sie dann verkehrt herum wieder auf.

»Ich muss jetzt zum Training.« Er erhob sich und griff nach einer Sporttasche, die neben der Tür stand. »Ich habe alles gesagt, was ich weiß. Sie können mir glauben, ich weine Sandro Roloff keine Träne hinterher.«

**

»Hast du eigentlich überhaupt keinen Hunger?«, fragte Julia, während sie angestrengt versuchte, mit Andresen Schritt zu halten. »Ich hab seit heute Morgen nichts mehr gegessen, und jetzt ist es gleich vier Uhr. Ich kenne da einen netten Laden am Marktplatz. Dort arbeitet ein Cousin von mir.«

Andresen verzog einen kurzen Moment das Gesicht, weil ihn Julia mit ihrem Vorschlag in voller Fahrt gestoppt hatte. Doch schließlich stimmte er zu, auch weil er glaubte zu wissen, von welchem Laden sie sprach.

Der »Alte Schwede« lag an der Ostseite des Marktplatzes und war das älteste Bürgerhaus Wismars. 1380 erbaut, befanden sich anfangs vor allem Geschäfts- und Wohnräume in dem Backsteingebäude mit dem stufenförmigen Treppengiebel und den verzierten Fenstern. Die volkstümliche Bezeichnung »Alter Schwede« erhielt das Haus im 19. Jahrhundert, als eine Gastwirtschaft einzog. Der Name erinnerte an die Zugehörigkeit Wismars zu Schweden in den vorangegangen Jahrhunderten. 1977 hatten schließlich umfangreiche Rekonstruktionsarbeiten begonnen; Fassade und Innenraum waren wieder in den Originalzustand versetzt worden. Heute wurden die Räumlichkeiten wieder als historisches Restaurant genutzt.

Nachdem Julias Cousin ihnen einen Platz zugewiesen hatte, kam Andresen auf die Erkenntnisse zu sprechen, die sie in den Gesprächen mit Petra Zietlow, Pastor Wendelborn und Steffen Bobzin gewonnen hatten.

»Alles deutet auf einen religiösen Hintergrund hin. Diese Parole von Roloff war ziemlich eindeutig. Aber was genau hat er mit dem Satz ›Die Bombe macht tick, tick‹ gemeint? Wollte er tatsächlich einen Anschlag auf die Nikolaikirche verüben?«

Julia nickte langsam und verzog ihren Mund zu einem unsicheren Lächeln. »Als ich den Satz vorhin gelesen habe, musste ich sofort an etwas denken.«

»Raus mit der Sprache!«

»Aber es ist völlig an den Haaren herbeigezogen. Ich muss dich vorwarnen.«

»Sag einfach, was du denkst!«, forderte Andresen sie auf.

»Die Bombe am Mühlenteich, sie ging doch an demselben Morgen hoch, an dem wir auch Roloff gefunden haben.« Sie stockte.

»Erzähl weiter!«, sagte Andresen.

»Das Ganze ergibt überhaupt keinen Sinn, aber seltsam ist es schon«, fuhr Julia fort. »Sandro Roloff droht mit einem Bombenanschlag, und an dem Tag, an dem er stirbt, kommt es auf Winklers Grundstück zu einer Detonation. Und dann siehst du Winkler auch noch im ›Daddy‹. Vielleicht existiert ja eine Verbindung zwischen Winkler und den Roloff-Brüdern.«

»Wir werden uns Winkler vorknöpfen, das steht fest. Wir müssen aber auch dringend noch einmal mit Propst Radbruch sprechen, immerhin haben wir Neuigkeiten über ihn.« Andresen berichtete Julia von seinem Telefonat mit Friedbert Kohnke und dem Verdacht, dass Radbruch den Teufel von St. Marien hatte verschwinden lassen. »Außerdem müssen wir in Erfahrung bringen, was es mit dieser Berleburger Bibel auf sich hat. Ich glaube, es ist kein Zufall, dass innerhalb kürzester Zeit zwei Exemplare dieser seltenen Übersetzung auftauchen.«

»Das Ganze wird immer merkwürdiger«, seufzte Julia.

»Und dazu noch das, was Pastor Wendelborn vorhin über diesen Mann sagte, den er beobachtet hat.« Andresen wurde durch Julias Cousin unterbrochen, der ihnen zweimal Labskaus mit Spiegeleiern und Matjes brachte.

»Danke, Stephan. Hat du einen Moment Zeit?«

»Ich weiß nicht so recht. Du siehst, was hier …«

»Nur zwei Minuten. Setz dich doch bitte, ich muss dich etwas fragen.«

Etwas widerwillig nahm Stephan auf dem Stuhl neben Julia Platz. Sie erzählte ihm in wenigen Sätzen, weshalb sie hier waren. Dann kam sie zu ihrer Frage.

»Hast du irgendetwas gehört in letzter Zeit? Irgendein Gerücht über Sandro Roloff? Vielleicht etwas in Zusammenhang mit der Nikolaikirche? In deinem Job bekommst du doch sicherlich Dinge mit, die nicht immer für fremde Ohren bestimmt sind.«

Stephan dachte nach. Es war ihm anzumerken, dass er unruhig war. Es schien, als sei ihm etwas eingefallen.

»Als ich das Bild von diesem Roloff in der Zeitung gesehen habe, wusste ich sofort, dass ich ihn irgendwoher kenne«, begann er vorsichtig. »Mir fiel ein, dass er hier gewesen war. Vor ein paar Monaten, es muss im Herbst gewesen sein. Da saß er hier stundenlang mit einem anderen Mann zusammen. Ich kann mich gut daran erinnern.«

»Was macht Sie so sicher, dass es Roloff war?«, hakte Andresen ein. Er war sofort wieder hellwach.

»Es war nicht nur Roloff, der mir im Gedächtnis geblieben ist, sondern auch sein Begleiter. Kennen Sie Gandalf aus ›Herr der Ringe‹? So in etwa müssen Sie ihn sich vorstellen.«

»Der Mann mit dem Gewand!«, schoss es aus Julia heraus.

Andresen nickte. Er hatte den gleichen Gedanken gehabt. »Trug er eine helle Kutte?«

»Ja, kennen Sie ihn etwa?«

»Kennen wäre etwas übertrieben, er könnte aber eine wichtige Figur in diesem Fall zu sein. Was haben Sie sonst noch beobachtet?«

»Mein Eindruck war, dass dieser Gandalf Roloff von etwas zu überzeugen versuchte, so wie er auf ihn eingeredet hat. Aber ich konnte leider nicht verstehen, worüber sie sich unterhielten.«

»Vielen Dank«, sagte Andresen. »Sie haben uns wirklich sehr geholfen, allerdings müssten Sie Ihre Aussage und vor allem die Beschreibung des Mannes auch noch offiziell zu Protokoll geben, damit wir ein Fahndungsbild erstellen können.«

Stephan nickte wieder unsicher. Erst als Julia ihrem Cousin ein aufmunterndes Lächeln zuwarf, stand er auf und ging in Richtung Restaurantküche.

Um kurz nach sechs verließen Andresen und Julia den »Alten Schweden«. Die Dunkelheit war vollständig über die Hansestadt hereingebrochen, und die Temperatur hatte die Minusgrenze längst unterschritten, was die zugefrorenen Pfützen auf den Gehsteigen erkennen ließen. Auf den Straßen war kaum mehr etwas los; lediglich ein paar krakeelende Jugendliche und einige Feierabendler auf dem Weg in ihre warmen Wohnungen waren unterwegs.

Andresens Volvo stand am Straßenrand unter einer großen Birke, schräg gegenüber dem Präsidium. Die Straße lag verlassen vor ihnen, auch in der Dienststelle schien, den vereinzelten Lichtern in den Fenstern nach zu urteilen, kaum noch jemand zu arbeiten.

Dass etwas nicht in Ordnung war, merkte Andresen bereits aus einiger Entfernung. Ob ihn zuerst der Gedanke an den Unbekannten, der ihnen heute Nachmittag im Präsidium wie ein Schatten gefolgt war, durchzuckte oder aber die Erkenntnis, dass alle vier Reifen seines Wagens aufgeschlitzt waren, konnte er im Nachhinein nicht mehr sagen. Eines stand jedoch fest: Irgendjemand hatte ganz offensichtlich ein großes Problem mit ihrem Auftauchen hier in Wismar.

11

Die Nacht war nicht nur kalt gewesen, auch der Schneefall hatte erneut eingesetzt, sodass die Altstadt Lübecks am Morgen unter einer geschlossenen Schneedecke lag.

Andresen quälte sich um kurz nach halb sieben aus dem Bett und bewegte seinen müden Körper unter die Dusche. Er hatte erst spät Schlaf gefunden, nachdem er am Abend zuvor gegen elf Uhr die Haustür hinter sich zugeworfen hatte. Mehrere Stunden hatten Julia und er auf dem Präsidium in Wismar verbracht, um den Tatbestand der Sachbeschädigung zu Protokoll zu geben. Anschließend hatten sie den Abschleppdienst kontaktiert und die Bereitstellung eines Ersatzwagens, mit dem sie ein Kollege aus Lübeck abholen sollte, koordiniert.

Wiebke war noch wach gewesen und hatte sich zu ihm an den Küchentisch gesetzt. Es war der Zeitpunkt gekommen, um mit ihr über die Entwicklungen der letzten Tage zu sprechen. Er musste einfach mit jemandem reden, auch wenn er sich geschworen hatte, Wiebke nach den Vorfällen im letzten Jahr, als Wiebke von einem psychisch kranken Frauenmörder entführt worden war, nicht mehr in seine Polizeiarbeit einzubeziehen.

Zweieinhalb Stunden später wusste Andresen, dass die Entscheidung richtig gewesen war. Er war nicht nur einige Dinge losgeworden, die ihm auf der Seele gelegen hatten. Wiebke hatte es sogar geschafft, dass er plötzlich klarer sah als noch wenige Stunden zuvor.

»Ich bleibe noch ein paar Minuten liegen«, schnurrte Wiebke, als Andresen nur mit einem Handtuch bekleidet ins Schlafzimmer zurückkam. »Kommst du auch noch einmal rein?«

»Ich muss los, oder hast du vergessen, worüber wir letzte Nacht gesprochen haben?«

»Natürlich nicht, aber letzte Nacht habe ich dir geholfen, und jetzt musst du mir ein bisschen helfen.«

Ehe Andresen etwas erwidern konnte, hatte Wiebke ihm das

Handtuch weggerissen und ihn an sich gezogen. Ihr nackter Körper lugte genau so weit unter der weißen Bettdecke hervor, dass sich Andresen nicht länger beherrschen konnte.

Zwanzig Minuten später saß Andresen hinter dem Steuer des VW Passat, mit dem Julia und er gestern Abend aus Wismar abgeholt worden waren. Ihm kam es vor, als sei er der einzige Verkehrsteilnehmer an diesem Morgen. Auch der Räumdienst war seiner Pflicht noch nicht nachgekommen. Selbst auf den größeren Straßen zwischen Hüxtertor und Berliner Platz hätte Andresen sich gewünscht, Schneeketten aufgezogen zu haben.

Sein erster Gang, nachdem er den Computer hochgefahren hatte, war der zum Kaffeeautomaten. Er hoffte, dass ihm ein doppelter Espresso den Start in den Tag ein wenig erleichtern würde.

»Moin, Birger, ich habe gehört, bei dir ist ganz schön die Luft raus?« Kregel war plötzlich aufgetaucht und sah ihn mit breitem Grinsen an.

»Was meinst …?« Im nächsten Moment hatte Andresen den Kommentar verstanden. Um ein Haar hätte er ein Lächeln zustande gebracht. Doch so weit war er mit Kregel noch nicht. Noch empfand er sein Verhältnis zu ihm als grundsätzlich schwierig. Also kramte er den strengen Tonfall eines Ermittlungsleiters hervor.

»Sagst du bitte den anderen Bescheid, dass wir um acht Uhr eine Teambesprechung im Sitzungszimmer haben.«

»Aye, aye, Sir!« Kregel machte zackig auf dem Absatz kehrt.

»Weshalb bist du eigentlich so gut gelaunt?«, rief Andresen hinter ihm her.

»Das erfährst du gleich«, hörte er Kregel frohlocken. Dann verschwand der sonst so knurrige Kollege aus Ostwestfalen wieder in seinem Büro.

»Bevor ich berichte, was wir gestern in Wismar erfahren haben, würde ich Ben bitten, uns kurz auf den aktuellen Stand zu bringen. Offenbar gibt es Neues.« Andresen blickte Kregel an, dessen Gesichtsausdruck verriet, dass er seine Informationen loswerden wollte.

»Das Stichwort heißt Mistex. Erinnert ihr euch? Der Sprengstoff, der in Winklers Garten hochgegangen ist. Wir haben Neuigkeiten, was die Herkunft betrifft.«

»Ich dachte, er kommt aus Tschechien«, hakte Andresen ein.

»Ganz genau. Ich meinte allerdings weniger die Herkunft des Sprengstoffs im Allgemeinen, sondern vielmehr die Tatsache, dass wir es in diesem Fall mit gestohlenem Sprengstoff zu tun haben.« Kregel holte noch einmal bedeutungsvoll Luft. »Die Welt ist klein. Kleiner, als man denkt. Seelhoffs Leute haben alle Hebel in Bewegung gesetzt, um Kontakt zu dieser Firma in Tschechien herzustellen. Offenbar hat ein ehemaliger Mitarbeiter jahrelang unter der Hand Ware verkauft, ohne dass das Unternehmen Wind von der Sache bekommen hat. Der Mann sitzt mittlerweile ein und hat vor einigen Wochen gezwitschert. Und jetzt ratet mal, welcher Name auf der Liste der Käufer auftaucht.«

Andresen fiel nur ein Name ein, den er sich vorstellen konnte. Die Bestätigung folgte zugleich.

»Sandro Roloff.« Kregel lehnte sich in seinem Stuhl zurück und sah zufrieden in die Runde. Er hatte mit seiner Information einen echten Treffer gelandet. Andresen war sich sicher, dass das Ganze jedoch nur in Verbindung mit dem, was sie in Wismar herausgefunden hatten, zu sehen war. Er ergriff wieder das Wort.

»Danke, Ben. Ich glaube, wir bekommen langsam eine klarere Sicht der Dinge. Deine Schilderung passt in das Bild, das wir uns in Wismar gemacht haben.«

Er stand auf und begann von den Gesprächen und Ereignissen des Tages zu erzählen. Auch die Bespitzelung im Polizeipräsidium, das Gespräch mit Roloffs ehemaligem Mitbewohner und die Beschädigung seines Autos erwähnte er. Schließlich kam er zum Ende seines Vortrags.

»Es scheint, als hätte Sandro Roloff die Absicht gehabt hat, einen Anschlag auf eine Kirche zu verüben. Allerdings wissen wir weder, ob nun auf die Nikolaikirche in Wismar oder die Marienkirche in Lübeck, noch warum der Sprengsatz letztendlich in Norman Winklers Garten explodiert ist.«

Andresen trank einen Schluck Wasser. »Nur eine Sache bleibt offen«, sagte er dann und zog die Berleburger Bibel aus einer Papiertüte unter dem Tisch hervor. »Dieses Exemplar hat uns Steffen

Bobzin überreicht. Roloff hat es bei seinem Auszug aus der Wohnung dort gelassen. Wie passt dieser Fund zu seinen möglichen Anschlagsplänen?«

Er setzte sich wieder und nickte Sibius zu, der übernehmen sollte.

»Leider haben wir auf die beiden entscheidenden Fragen noch immer keine Antworten: Wer hat Sandro Roloff umgebracht, und wusste der Mörder von dessen Plänen?« Sibius sah in die Gesichter seiner Kollegen. »Lasst uns also direkt zu unseren Verdächtigen und Beteiligten kommen, da gibt es ja einige. Es gibt eine Figur in diesem Fall, die uns bislang noch unbekannt ist. Die Existenz dieser Person konnten wir bereits zweimal nachweisen. Zum ersten Mal anhand eines Stofffetzens in der Marienkirche und schließlich auch durch verschiedene Zeugenaussagen in Wismar.«

Andresen ergriff wieder das Wort. Er berichtete noch einmal im Detail, was Pastor Wendelborn und Stephan Böhmert beobachtet hatten, und beschrieb den unbekannten Mann optisch so, wie er ihn sich vorstellte.

»Wer auch immer er ist, ich bin davon überzeugt, dass wir einen ganz entscheidenden Schritt in Richtung Aufklärung des Falls tun werden, sobald wir wissen, wer dieser Mann ist. Pastor Wendelborn und Julias Cousin werden noch heute nach Lübeck kommen müssen, um unabhängig voneinander unserem Zeichner ihre Beschreibung mitzuteilen.« Andresen sah Julia an und nickte ihr zu als Zeichen, dass sie sich darum kümmern sollte.

»Ich sehe das genauso«, pflichtete ihm Sibius bei. »Dieser Mann ist momentan unsere einzige Spur.« Er stand kurz auf, griff nach einer Wasserflasche, die auf dem Tisch stand, und setzte sich wieder. »Was ist mit dem Propst?«, wechselte er plötzlich das Thema. »Welche Rolle spielt er eigentlich?«

»Nach dem zu urteilen, was mir Friedbert Kohnke gestern über ihn erzählt hat, sollten wir ihn im Auge behalten. Hat gestern noch jemand mit ihm gesprochen?«

»Er war weder telefonisch zu erreichen noch persönlich anzutreffen. Auch Frau Kleine-Willmann, die Büroleiterin der Kirchengemeinde, konnte sich keinen Reim auf seine Abwesenheit machen.«

Andresen sah Barbara nachdenklich an. Ihre Worte waren nicht das gewesen, was er sich erhofft hatte.

»Und Kohnke und Boysen? Hast du mit ihnen noch einmal gesprochen?«

»Treffe ich heute Mittag. Genauso wie den Küster.«

»In Ordnung«, nickte Andresen. »Was ist eigentlich mit dieser Frau Lufft, der Geliebten von Norman Winkler?«

»Sie ist uninteressant für unsere Ermittlungen. Wir haben mit ihr gesprochen, aber sie kann uns nicht weiterhelfen.« Kregels Worte wurden von einem zustimmenden Nicken Barbaras begleitet.

»Bleibt also Norman Winkler. Je länger ich über ihn nachdenke, desto stärker glaube ich, dass er mehr weiß, als er uns bislang verraten hat.«

»Darf ich daran erinnern, dass du eben noch gesagt hast, dass es keine Erklärung dafür gibt, warum Roloffs Bombe in Winklers Garten explodiert ist?«

Jetzt mischte sich auch Kriminalkommissar Lorenz ein. Obwohl ebenfalls für die Ermittlungen eingeteilt, hatte er sich bislang noch nicht zu Wort gemeldet. Andresen musterte seinen Kollegen, mit dem ihn seit Jahren eine tiefe gegenseitige Abneigung verband, und stimmte ihm schließlich zu.

»Ja, du hast absolut recht. Trotzdem müssen wir es noch einmal bei ihm versuchen. Julia und ich übernehmen das.«

»Boris Roloff«, sagte Sibius plötzlich. Er stieß den Namen beinahe verschwörerisch aus. Sofort herrschte eine angespannte Ruhe im Raum. »Was ist mit ihm?«

»Ich bin mir nicht sicher, welche Rolle er in der ganzen Geschichte spielt«, antwortete Andresen. »Irgendwie habe ich das Gefühl, dass er seinen Bruder kaum kannte. Er hat ihn als gläubigen Christen beschrieben, kein Wort davon, dass er einen ausgeprägten Hass gegen Gott und die Kirche pflegte. Ich würde zu gern wissen, worüber die beiden in Wismar gestritten haben. Vielleicht ging es ja genau darum.«

»Das größte Problem wird wahrscheinlich weiterhin sein, dass Boris Roloff selbst aktiv wird, um den Mörder seines Bruders zu finden«, fügte Sibius hinzu.

»Möglich, vielleicht aber auch nicht«, antwortete Andresen nachdenklich. »Ich möchte euch noch von einem anderen Gespräch erzählen, das Julia und ich geführt haben. Wir waren gestern in der Rechtsmedizin bei Dr. von Heideloff. Er hat einige interessante Dinge entdeckt.«

Andresen stand auf und begann vor der Fensterreihe auf und ab zu gehen. Er berichtete von dem Kreuz, das in Sandro Roloffs Brust eingeritzt war, den Faserresten in dessen Haut, die mit denen des Stoffs, den man gefunden hatte, übereinstimmten, und schließlich der Vermutung von Dr. von Heideloff, dass der Mord an Roloff wahrscheinlich von einer einzelnen Person begangen worden war, während an der Zurschaustellung des Körpers mehrere Personen beteiligt gewesen sein mussten.

Anschließend beendete Sibius die Runde. Er schien angespannt ob der zahlreichen neuen Hinweise, die das Team zusammengetragen hatte.

Andresen hingegen war voller Tatendrang. Er wandte sich Kregel, Barbara und Julia zu und bat sie, noch einen Moment zu bleiben. Erneut begann er, im Raum hin und her zu gehen.

»Wir haben eine Verbindung zwischen zwei Einzelfällen hergestellt, die im ersten Moment keinerlei Bezug zueinander hatten«, begann er. »Wir wissen auch, dass Sandro Roloff offenbar alles andere als ein frommer Christ war. Er hat mit einem Anschlag auf eine Kirche gedroht und womöglich sogar versucht, ihn durchzuführen. Allerdings haben wir noch keine Erklärung dafür, warum die Bombe auf Winklers Grundstück hochgegangen ist.«

»Was ist mit der Tatsache, dass ein Christus-Kreuz in Sandro Roloffs Brust geritzt war?«, wollte Barbara wissen.

»Lass uns diese Frage später klären und vorerst davon ausgehen, was wir in Wismar erfahren haben. Die alles entscheidenden Fragen habe ich vorhin ja bereits gestellt: Warum musste Sandro Roloff sterben? Warum auf diese grausame Art? Und was wusste der Mörder über Roloffs Pläne?«

»Womit wir automatisch wieder bei unserem Kuttenmann wären«, warf Kregel flapsig ein.

»Ja, das ist möglich.« Andresen zuckte mit den Schultern. »Wir wissen noch viel zu wenig über sie. Die nächsten Tage werden hart«, wechselte er das Thema. »Radbruch, Kohnke, Boysen, Wendelborn,

Bobzin, Winkler, Boris Roloff und unser Unbekannter. Wir müssen die Aufgaben aufteilen.«

»Pastoren, Unternehmer und Ganoven. Eine gefährliche Mischung.«

Kregels Kommentar erzeugte ein kurzes Schmunzeln bei den anderen. Gleichzeitig war es das Schlusswort der Besprechung. Andresen verließ den Raum und ging zurück in Richtung seines Büros. Auf dem Weg dorthin zog er sich am Automaten einen weiteren doppelten Espresso. In Gedanken versunken ging er weiter.

»Kommissar Andresen, Sie suche ich!«

Andresen war derart überrascht, dass er die Hälfte des Kaffees in seinem Pappbecher auf den grauen Linoleumboden vergoss. Vor ihm stand ein sichtlich aufgeregter Propst. In der rechten Hand hielt er ein Foto. Es war das Foto eines Mannes, den Andresen noch vor einigen Minuten beschrieben hatte, ohne genau zu wissen, wie er tatsächlich aussah. Jetzt erkannte Andresen, dass er gar nicht mal so falschgelegen hatte.

»Setzen Sie sich erst einmal und beruhigen Sie sich.« Andresen schob Propst Radbruch den Rest seines Espressos über den Schreibtisch und nahm Platz. Radbruchs Hände zitterten, während er nach dem Becher griff.

»Erzählen Sie bitte der Reihe nach. Wo waren Sie in den vergangenen Tagen? Wir haben mehrfach versucht, mit Ihnen Kontakt aufzunehmen.«

»Das ist es ja«, antwortete Radbruch zerfahren. »Ich musste untertauchen.«

»Untertauchen?«

»Ja, sie waren mir auf den Fersen. Wenn ich es nicht rechtzeitig gemerkt hätte, wäre es mir wahrscheinlich so ergangen wie diesem Roloff.«

»Würden Sie mir das bitte etwas genauer erklären. Wer war Ihnen auf den Fersen, und weshalb hatten Sie Angst, dass Ihnen etwas zustößt?«

»Verstehen Sie das denn nicht?«, fragte der untersetzte Mann aufgebracht. »Ich habe es doch schon vergangene Woche angedeu-

95

tet. Von Anfang an habe ich befürchtet, dass sie dahinterstecken. Jetzt bin ich mir aber absolut sicher.«

»Wovon sprechen Sie?«

»Die Radikalen Pietisten!«

»Wer?«, fragte Andresen. Er verstand noch immer nicht, worauf Radbruch hinauswollte.

»Eine Gruppierung, die sich in den letzten Jahren im Schatten der St. Marien-Gemeinde formiert hat. Die Radikalen Pietisten entstammen dem Evangelikalismus. Ich bin mir sicher, sie wollten mit dieser Aktion ein erstes Zeichen setzen.«

»Was zum Teufel soll das heißen? Planen sie etwa einen Kreuzzug?«

»Der Evangelikalismus beruft sich auf die Irrtumsfreiheit der Bibel als Grundlage christlichen Glaubens. Evangelikale sind der Überzeugung, dass zum Christentum eine klare persönliche Willensentscheidung und eine persönliche Beziehung zu Jesus Christus gehören.« Radbruch tupfte sich mit einem Taschentuch die Stirn ab. Sein rundes Gesicht glühte. »Der radikale Pietismus als kirchenkritische Strömung ist hingegen davon überzeugt, dass wahres Christentum nur außerhalb der Kirche gelebt werden könne. Die Bewegung kam mit dem Pietismus im 17. Jahrhundert auf. Es entstand sogar eine eigene radikalpietistische Bibelausgabe mit Kommentaren heterodoxer Ausrichtung, die Berleburger Bibel.«

Ein geheimnisvoller Bund namens Radikale Pietisten, der sich gegen St. Marien richtete und die Berleburger Bibel als Heilige Schrift ansah? Andresen überlegte, ob es das war, was ihm Radbruch gerade zu erklären versuchte. Ihm fiel wieder ein, dass Kohnke erzählt hatte, er habe den Band der Berleburger Bibel, den Radbruch gefunden hatte, besorgt. Was hatte das zu bedeuten? Und warum hatte ausgerechnet Sandro Roloff einen Band der Berleburger Bibel besessen?

»Schauen Sie!«, sagte Radbruch und schob das unscharfe Bild des Kuttenmannes über den Tisch.

Das Foto war bei Dunkelheit gemacht worden. Der Qualität nach zu urteilen mit einem Handy. Dennoch glaubte Andresen, dass es der Mann war, den Pastor Wendelborn und Julias Cousin gesehen hatten.

»Haben Sie das Foto geschossen?«

»Natürlich.«

»Und wann?«

»Am Freitagabend, als ich gerade das Hauptportal der Marienkirche absperren wollte. Ich sah, dass jemand hinter den Säulen der Rathausarkaden stand. Anfangs habe ich mir nichts dabei gedacht, es war gerade einmal kurz nach sechs, und in der Stadt war ja noch einiges los. Ich ging weiter die Braunstraße hinab in Richtung Untertrave. Ich hatte ein Buch in dem Antiquariat an der Ecke bestellt und wollte es abholen. Auf Höhe des Restaurants realisierte ich plötzlich den Schatten in meinem Rücken. Ohne mich umzudrehen ging ich weiter, jetzt allerdings etwas schneller. Kurz bevor ich den Laden erreicht hatte, spürte ich den Atem des Mannes in meinem Nacken. Und dann auch schon die Hand auf meiner Schulter. Ich weiß nicht einmal mehr, weshalb, aber ich zog reflexartig mein Handy aus der Jackentasche, drehte mich um, trat zwei Schritte zurück und drückte ab. Der Blitz war so grell in der Dunkelheit, dass der Mann von mir abließ und nach hinten taumelte. Ich bin dann sofort in das Antiquariat gestürmt und habe mich hinter einem Bücherregal versteckt.«

Andresen blickte Radbruch in die Augen. Die Geschichte klang haarsträubend.

»Ehrlich gesagt, ich bin mir nicht ...« Er suchte nach den richtigen Worten.

»Glauben Sie mir etwa nicht?«

»Doch, doch, natürlich«, beschwichtigte Andresen.

»Sehen Sie diese beiden Punkte?« Radbruch zeigte mit seinem wurstigen Zeigefinger auf zwei undefinierbare helle Gesichter im Bildhintergrund. »Auch wenn der Moment nur kurz war, bin ich mir absolut sicher, dass es nicht nur eine Person war, die mich verfolgt hat. Sie waren mindestens zu dritt.«

»Und Sie denken, dass es dieselben Personen waren, die auch Sandro Roloff auf dem Gewissen haben?«

»Weshalb sollte ich zweifeln? Sie sehen auf dem Foto doch selbst das Leinengewand, das er trägt. Hatten Sie in der Kirche nicht Reste eines solchen Stoffes sichergestellt?«

Der Propst war bestens informiert. Andresen antwortete ihm nicht, ihn interessierte etwas anderes.

»Weshalb denken Sie, dass es Radikale Pietisten waren? Woher wissen Sie, dass es sie in Ihrer Gemeinde überhaupt gibt?«

»Es ist ein offenes Geheimnis! Aber niemand wollte mir glauben.« Radbruchs Stimme überschlug sich beinahe.

»Sie haben bei unserem letzten Gespräch nichts dergleichen erwähnt. Von der Existenz einer Gruppierung Radikaler Pietisten höre ich zum ersten Mal. Weshalb soll ich Ihnen glauben?« Andresen sah Radbruch weiterhin musternd an. Im Raum war kein Geräusch außer der tickenden Wanduhr zu hören.

»Ich wusste doch selbst nicht mehr, woran ich war. Mir fehlten die Beweise. Es gab keinen, der auf meiner Seite war. Jetzt sieht das natürlich anders aus.«

»Pastor Radbruch«, sagte Andresen eindringlich, »wir brauchen Namen! Sie wissen doch mehr, als Sie uns bislang gesagt haben.«

»Ich kenne keine Namen, das müssen Sie mir glauben.« Der Propst klang plötzlich kleinlaut. »Aber dieser Mann«, wieder zeigte er auf den Weißbärtigen auf dem Foto, »gehört nicht unserer Gemeinde an. Das kann ich zumindest ausschließen.«

Radbruch schwieg.

»Warum sind Sie untergetaucht, anstatt sofort zur Polizei zu gehen?«, fragte Andresen ungeduldig.

»Können Sie sich vorstellen, dass ich Angst hatte? Ist es nicht normal, sich erst einmal in Sicherheit zu bringen? Immerhin bin ich ja jetzt hier.«

»Wo waren Sie in den letzten Tagen?«

»Das tut nichts zur Sache. Ich brauchte ein bisschen Ruhe zum Nachdenken.«

»Und jetzt haben Sie genug nachgedacht?«

»Zumindest habe ich eine Entscheidung getroffen.«

Andresen sah Radbruch erwartungsvoll an.

»Ich werde nicht länger dabei zusehen, wie man das Fundament unserer christlichen Gemeinde untergräbt und die Radikalen Pietisten einen mörderischen Kreuzzug gegen meine Kirche führen. Wir müssen diese kranken Auswüchse stoppen.«

»Was haben Sie gegen den kleinen Teufel vor St. Marien?«, wechselte Andresen das Thema. »Ich habe gehört, dass Sie ein Problem damit hatten, dass die Figur direkt vor der Kirche saß. Stimmt das?«

»Kohnke!«, zischte Radbruch. »Ich wusste es. Er versucht alles, um mich schlecht dastehen zu lassen. Seitdem er Kirchenvorstand ist, gibt es nur Probleme. Er will mich loswerden.«

»Sie haben meine Frage nicht beantwortet.«

»Glauben Sie allen Ernstes, ich würde meiner eigenen Kirche eines ihrer Symbole nehmen wollen? Für wie verrückt halten Sie mich eigentlich?«

Andresen antwortete nicht, bohrte stattdessen weiter. »Aber Sie haben damit gedroht, den Teufel entfernen zu wollen?«

Radbruch sah Andresen mit großen, ungläubigen Augen an. »Das hat Kohnke gesagt? Er schreckt offenbar vor nichts zurück.«

»Also hat er gelogen?«

»Wissen Sie, mir gefällt es tatsächlich nicht, dass ausgerechnet eine Teufelsfigur ihren Platz vor der Marienkirche gefunden hat. Meiner Meinung nach handelt es sich nur um eine Marketingstrategie für die Touristen. In jeder zweiten Stadtführung wird diese Sage um den Teufel und den Bau der Kirche erzählt. Mir widerstrebt der Gedanke, dass die Werte, die die Kirche und unser Glauben vermitteln sollen, durch so etwas in den Hintergrund geraten.«

»Ich verstehe«, sagte Andresen. »Wenn Sie es nicht waren, wer aber hat dann die Figur entfernt?«

»Sollte es nicht Ihre Aufgabe sein, das herauszufinden? Wahrscheinlich waren es dieselben Verbrecher, die diesen Roloff auf dem Gewissen haben und auch hinter mir her sind.«

»Werden Sie erneut abtauchen, oder verlangen Sie Personenschutz?«

»Solange Sie den Mörder nicht gefunden haben, werde ich nicht zurückkehren. Personenschutz hin oder her.«

»Gut, wir können Sie zu nichts zwingen. Allerdings lasse ich Sie nur gehen, wenn Sie mir Ihren Aufenthaltsort nennen. Wir brauchen die Anschrift und falls möglich eine Telefonnummer.«

Radbruch wollte gerade zu einem Protest ansetzen, als Andresen seinen Worten mit einem »Keine Diskussionen bitte!« so viel Nachdruck verlieh, dass der Propst nachgab und die gewünschten Angaben machte.

»Eine letzte Frage habe ich noch«, setzte Andresen noch einmal an. »Sagt Ihnen der Name Norman Winkler etwas?«

Andresen hatte mit allem gerechnet, aber nicht mit der Reaktion, die Radbruch zeigte. Es war eine Mischung aus Schnauben und Prusten.

»Norman? Natürlich kenne ich ihn.«

»Woher?«

»Hören Sie, das wird mir ...«

»Antworten Sie bitte auf meine Frage!«, unterbrach Andresen den Propst vehement.

»Ich ... ich weiß nicht, ob das tatsächlich etwas zur Sache tut, aber ... Norman engagiert sich stark in unserer Gemeinde, vor allem finanziell. Ich kenne ihn schon seit seiner Konfirmation. Er gehört zu den Lübecker Bürgern, die sich ohne großes Aufheben für das Wohl der Allgemeinheit und der Kirche einsetzen. Er ist ein vorbildliches Gemeindemitglied.«

»Bingo!«, murmelte Andresen.

»Wie bitte?«

»Nichts, ich habe nur laut gedacht. Wenn Sie möchten, können Sie jetzt gehen, ich habe keine weiteren Fragen mehr.«

Andresen hatte Barbara und Kregel in aller Kürze auf den neuesten Stand seiner Erkenntnisse gesetzt und sie instruiert, wie sie das Gespräch mit Friedbert Kohnke und Pastor Boysen führen sollten; anschließend hatte er sich gemeinsam mit Julia in Richtung Innenstadt aufgemacht. Sie nahmen einen schnellen Imbiss in der Mühlenstraße zu sich, bevor sie die weiße Villa in der Musterbahn aufsuchten.

Nach dem zweiten Klingeln öffnete Norman Winkler die Tür und ließ sie ins Haus. Im weitläufigen Wohnzimmer bot er ihnen einen Platz auf dem weißen Sofa an. Etwas, das Andresen bereits bei seinem ersten Besuch aufgefallen war, machte ihn stutzig. Das Haus sah seltsam unbewohnt aus.

»Vielen Dank, dass Sie sich für unser Gespräch aus Ihrer Firma loseisen konnten«, eröffnete Andresen die Unterhaltung. »Es ist besser, hier zu reden, als in der hektischen Arbeitsatmosphäre.«

»Jaja, schon gut.« Winkler war kurz angebunden und machte nicht den Eindruck, ihnen helfen zu wollen. »Stellen Sie bitte Ihre Fragen, ich habe nicht viel Zeit.«

»Selbstverständlich«, antwortete Andresen, weiterhin bemüht, freundlich zu klingen. »Meine erste Frage lautet: Haben Sie eigentlich noch irgendein Interesse daran, dass die Explosion auf Ihrem Grundstück aufgeklärt wird?«

Andresens Provokation verpuffte wirkungslos, da Winklers Handy schrillte und er sich lautstark mit Namen meldete.

»Weshalb steigst du so aggressiv in das Gespräch ein?«, flüsterte Julia Andresen zu.

»Ich will versuchen, ihn aus der Reserve zu locken. Er ist ziemlich abgezockt und hat sich mit Sicherheit gut vorbereitet.«

»Hast du nicht vorhin noch gesagt, welch honoriger Bürger Winkler sei?«

»Ich habe doch nur den Propst zitiert«, antwortete Andresen.

Winkler verabschiedete seinen Gesprächspartner am Telefon und wandte sich wieder Andresen und Julia zu.

»Wo waren wir …? Ach ja, Sie hatten mich gefragt, ob ich noch an der Aufklärung der Explosion interessiert sei. Ehrlich gesagt verstehe ich Ihre Frage überhaupt nicht. Natürlich will ich wissen, welcher Geisteskranke die Rückseite meines Hauses zerstört hat. Seit Tagen laufe ich nur noch mit einem Bodyguard herum. Rund um mein Haus sind drei Sicherheitsleute postiert, das sollte Ihnen vorhin aufgefallen sein.«

Andresen nickte, obwohl er die Männer vom Wachdienst nicht wahrgenommen hatte. Er fragte sich, warum sie ihn nicht angesprochen und stattdessen ungestört hatten klingeln lassen.

»Wir haben einige neue Informationen, die wir gerne mit Ihnen besprechen würden«, begann er aufs Neue. »Sie betreffen in erster Linie Ihr Verhältnis zur Kirche.«

»Wollen Sie mich auf den Arm nehmen?« Winkler sah ihn verständnislos an.

»Keineswegs«, antwortete Andresen. »Wir gehen derzeit davon aus, dass es eine Verbindung zwischen dem Mord in der Marienkirche in der vergangenen Woche und dem Sprengstoffanschlag auf Ihrem Grundstück gibt.«

»Inwiefern?«

»Mehr können wir momentan nicht dazu sagen. Sie wissen schon, ermittlungstaktische Gründe«, fügte Andresen mit einem Lächeln hinzu.

»Sie können sich Ihre ermittlungstaktischen Gründe sonst wo hinschieben. Sagen Sie mir jetzt, was los ist!« Winkler sprang auf und ging wild mit den Armen fuchtelnd durch das Wohnzimmer. Für einen kurzen Augenblick glaubte Andresen, aus einem der anderen Räume des Hauses ein Hundeknurren gehört zu haben.

»Wir stehen erst am Anfang unserer Ermittlungen. Es lassen sich noch keine validen Schlüsse ziehen.« Andresen spuckte die Worte mechanisch aus. Seine Gedanken kreisten hingegen um das, was ihm der Propst erzählt hatte. »Ich habe mich vorhin mit Propst Radbruch unterhalten. Er hat mir gesagt, was Sie für die Marienkirche leisten.«

»Herr Kommissar, meine Zeit ist wirklich begrenzt. Würden Sie mir bitte sagen, worauf Sie hinauswollen.«

»Selbstverständlich. Erzählen Sie uns doch bitte, wie Ihr Engagement in der Gemeinde genau aussieht. Beschränkt es sich auf finanzielle Unterstützung, oder arbeiten Sie auch aktiv im Gemeindealltag mit?«

»Ich spende jedes Jahr eine Summe x an die Gemeinde und stimme mit dem Propst den Verwendungszweck ab. Aber was hat das mit Ihren Ermittlungen zu tun?«

»Ich versuche es Ihnen zu erklären. Wenn es tatsächlich einen Zusammenhang zwischen den beiden Fällen geben sollte, ist für uns jeder noch so kleine Berührungspunkt zwischen Ihnen und der Mariengemeinde wichtig. Es gibt Anzeichen, die darauf hindeuten, dass der Mörder ein religiöses Motiv hatte.«

»Sie machen mir Angst.« Winkler fuhr sich mit der linken Hand durch seine nach hinten gegelten Haare und setzte sich wieder auf die Couch. Andresen hoffte, dass er jetzt endlich reden würde.

»Wie ist Ihr Verhältnis zum Propst?«

»Einwandfrei.«

Winklers Antwort kam wie aus der Pistole geschossen. Sehr schnell, überlegte Andresen.

»Sind Sie immer einer Meinung, wenn es um die Verwendung Ihrer Gelder geht?«

»Größtenteils schon, aber natürlich hatten wir auch mal die ein oder andere Meinungsverschiedenheit. Nichts Besonderes.«

»Haben Sie auch mit Pastor Boysen oder dem Kirchenvorstand zu tun?«

»Kaum. Einmal, als es darum ging, was man tun könne, damit uns nicht noch mehr Gemeindemitglieder davonlaufen.«

»Das scheint ein großes Problem zu sein?«

»Natürlich ist es ein Problem, auch finanziell. Aber nicht nur in der Mariengemeinde. Zukünftig wird die Institution Kirche noch stärker von Menschen wir mir abhängig sein. Die Abramowitschs der Kirchen kommen aus allen Ecken hervorgekrochen, ohne dass jemand Notiz davon nimmt.«

»Das wiederum macht mir Angst«, antwortete Andresen. »Aber das ist ein anderes Thema. Denken Sie bitte scharf nach, fällt Ihnen jemand aus der Gemeinde ein, der irgendein Problem damit hat, dass Sie Geld für die Kirche spenden und gleichzeitig über den Verwendungszweck mitbestimmen?«

»Nicht dass ich wüsste. Allerdings wissen auch nur wenige davon.«

»In welche Projekte ist Ihr Geld geflossen?«, wollte Julia wissen.

»Das ist höchst unterschiedlich. Ich setze mich insbesondere für ältere und sozial schwache Menschen ein. Eines unserer Projekte unterstützt einen Stadtteiltreffpunkt hier in Lübeck, ein anderes wiederum versucht, Langzeitarbeitslose auf der Insel Fehmarn wieder in die Spur zu bringen und ihnen ein neues Zuhause zu geben. Sie leben dort wie in einer Art Kommune und arbeiten in erster Linie im handwerklichen und landwirtschaftlichen Bereich.«

Andresen nickte, konnte sich jedoch noch immer kaum vorstellen, dass Winkler tatsächlich ein derart warmherziger Mensch war, wie er sich gerade zu präsentieren versuchte.

»Sagt Ihnen der Name des Toten eigentlich etwas?«, fragte Andresen plötzlich.

»Wie war noch mal sein Name?«

»Sandro Roloff.«

»Nie gehört.«

»Er hat einen Bruder, Boris Roloff.«

»Kann es sein, dass ich über ihn schon einmal etwas in der Zeitung gelesen habe?«

»Möglich«, antwortete Andresen ausweichend. »Ich glaube, für den Moment habe ich keine weiteren Fragen mehr.«

Andresen war abrupt zum Ende des Gesprächs gekommen. Er hatte nicht das Gefühl, bei Winkler weiterzukommen. Außerdem geisterte ihm schon seit einigen Minuten eine letzte Frage im Kopf herum, die er Winkler noch stellen musste.

»Vielen Dank für die Zeit, die Sie sich genommen haben. Wir sehen uns bestimmt demnächst noch einmal. Vielleicht wieder im ›Daddy‹ wie neulich. Sind Sie öfter dort?«

Norman Winkler lief knallrot an und brachte vor lauter Verblüffung lediglich eine Art Grunzen heraus. Es dauerte einige Sekunden, ehe er sich wieder gesammelt hatte.

»Boris Roloff war an diesem Abend übrigens auch dort«, fügte Andresen hinzu.

»Ich glaube, es geht Sie nichts an, wie und wo ich meine Freizeit verbringe. Ich würde Sie jetzt bitten, mein Haus zu verlassen. Und zwar sofort!«

Nachdem sich Andresen und Julia von Winkler verabschiedet hatten, traten sie hinaus in die kalte Winterluft. Erneut hatte leichter Schneefall eingesetzt.

»Denkst du dasselbe wie ich?«, fragte Andresen nach einer Weile.

»Dass zwischen Winkler und dem Propst mehr läuft, als er uns gesagt hat?«

Andresen nickte. »Ich hatte das Gefühl, als hätte er gelogen, als er sagte, dass sein Verhältnis zu Radbruch einwandfrei sei. Auch Radbruch sprach heute Morgen auffallend positiv über Winkler. Vielleicht sollten wir uns mal die Verwendung seiner Gelder etwas genauer anschauen. Wer weiß, wohin sie tatsächlich geflossen sind.«

»Winklers Reaktion, als du ihn auf Radbruch angesprochen hast, kam in der Tat sehr prompt.«

»Da war noch mehr«, entgegnete Andresen nachdenklich.

»Denkst du, dass Winkler weiß, wer Roloff umgebracht hat?«

»Mittlerweile kann ich mir alles vorstellen, bei einer Sache bin ich mir aber sicher: Irgendwie steckt Winkler mit drin. Er ist nicht zufällig Opfer dieses Anschlags geworden.«

Das Klingeln seines Handys unterbrach Andresen. Er sah, dass es Kregel war.

»Was gibt's?«

»Boris Roloff war hier.«

»Wo?«

»Hier im Marienwerkhaus. Heute Morgen in aller Herrgottsfrühe. Und er ist nicht gerade zimperlich mit Friedbert Kohnke umgegangen.«

»Scheiße!«, entfuhr es Andresen.

»Allerdings. Offenbar zieht er jetzt tatsächlich auf eigene Faust los, um den Mörder seines Bruders zu finden.«

»Was genau wollte er von Kohnke?«

»Er hat ihm gedroht, dass ihm ein ähnliches Schicksal bevorstehe wie seinem Bruder, falls er ihm nicht helfen würde. Roloff hat ihm bis Donnerstag Zeit zum Nachdenken gegeben, andernfalls …« Kregel sprach die letzten Worte nicht aus.

»Das bedeutet, wir haben jetzt bereits zwei Personen, die um ihr Leben fürchten«, fasste Andresen zusammen. »Radbruch, der sich von einer Gruppe Radikaler Pietisten verfolgt fühlt, und Kohnke, der von Boris Roloff bedroht wird.«

»Und möglicherweise haben wir eine Person, die als vermisst gilt«, entgegnete Kregel. »Pastor Boysen ist seit dem sonntäglichen Gottesdienst nicht mehr aufgetaucht. Er öffnet weder die Tür seiner Wohnung, noch geht er ans Telefon.«

Andresen schloss einen Moment lang die Augen und dachte nach. Boysen, dieser alte, kauzige Mann, der kaum ein Wort über die Lippen gebracht hatte, als er ihn und Kohnke im Marienwerkhaus aufgesucht hatte. Immerzu hatte er aus dem Fenster gestarrt. Nur einmal, als Andresen nach Sandro Roloff gefragt hatte, hatte Boysen eine Reaktion gezeigt.

»Was vermutet Kohnke, wo sich Boysen aufhält?«

»Er meinte, dass Boysen in letzter Zeit des Öfteren krank gewesen sei.«

»Was soll das heißen?«

»Krank im Sinne von neben der Spur«, sagte Kregel. »Offenbar war Boysen depressiv. Kohnke befürchtet sogar, dass er sich etwas angetan haben könnte.«

»Oder ihm ist etwas zugestoßen.« Andresen ließ das Handy langsam von seinem Ohr herabgleiten. Das wirre Netz aus Tätern,

Opfern, Bedrohten und Zeugen legte sich in diesem Moment in voller Ausdehnung über seine Gedankengänge. Plötzlich schien alles möglich zu sein. Unbehagen machte sich in ihm breit. Was würde der Mord an Sandro Roloff noch nach sich ziehen?

12

Die kilometerlange Allee mit den alten knochigen Bäumen lag einsam und verlassen vor ihm. Nur ab und zu kam ihm ein Auto oder Lastwagen entgegen. Sie wirbelten den feinen weißen Pulverschnee auf, der die Straße mit einer dünnen Schicht bedeckte.

Dass er schon heute nach Lübeck aufs Polizeipräsidium kommen sollte, um die Täterbeschreibung dieses seltsamen Mannes zu Protokoll zu geben, hatte Stephan Böhmert ausgesprochen gut in den Kram gepasst. Er war bei seiner Mutter in Grevesmühlen vorbeigefahren und hatte, wie immer, wenn er ihr einen Besuch abstattete, Senfeier mit Salzkartoffeln zu essen bekommen.

Die Fahrt über die Landstraßen zog sich, aber Stephan liebte es, an den verknorpelten Bäumen und weiten Feldern vorbeizufahren. Er konnte seinen Gedanken freien Lauf lassen, sich seinen Träumen, eines Tages ein eigenes Restaurant zu eröffnen, hingeben.

Der Job im »Alten Schweden« war nicht schlecht, aber der Wunsch, auf eigenen Füßen zu stehen, wuchs bereits seit Langem in ihm. Mit seinen zweiunddreißig Jahren fühlte er sich mittlerweile alt genug dafür. Das Talent am Herd hatte er von seiner Mutter geerbt. Auch wenn es keine Haute Cuisine war, die er zubereitete, so war es doch eine bodenständige mecklenburgische Landküche.

Die betriebswirtschaftlichen Kenntnisse waren das größere Problem. Im letzten Jahr hatte er einen Kurs an der Volkshochschule zum Thema Existenzgründung belegt. Seit diesem Tag wusste er, dass er keinerlei Ahnung davon hatte, wie man einen Betrieb zu führen hatte. Aber auch für dieses Problem würde er eine Lösung finden.

Vergangene Woche hatte er sich sogar eine mögliche Immobilie angesehen. In Boltenhagen, ganz in der Nähe der neuen Ferienanlage »Weiße Wiek«. Das Gespräch mit dem Makler hatte ihn allerdings schockiert und ein kurzes Gefühl der Ernüchterung hinterlassen. Zweieinhalbtausend Euro Pacht sollte die marode Gaststätte an der Hauptstraße monatlich kosten. Wie um Himmels willen sollte er jemals so viel Gewinn erwirtschaften, um eine derartige Summe bezahlen zu können?

Anschließend war er zu seiner Hausbank nach Wismar gefahren, wo bereits sein persönlicher Berater mit einer Tasse Kaffee auf ihn gewartet hatte. Obwohl er sich ohnehin nicht viel von dem Gespräch versprochen hatte, schlug das, was dieser Krawattenschnösel ihm wie auswendig gelernt erzählt hatte, dem Fass den Boden aus. Ihn hatte nicht im Mindesten interessiert, wie das Konzept für das Restaurant aussah, welche Gerichte er auf die Karte nehmen würde, geschweige denn welche Zielgruppe er ansprechen wollte. Jedes zweite Wort des Mannes war »Sicherheiten« gewesen. Um ihm einen Kredit geben zu können, brauchte er »Sicherheiten, Sicherheiten und nochmals Sicherheiten«. Die Worte des Bankberaters hatten sich gebetsmühlenartig wiederholt.

Aber wie zum Teufel sollte er bloß Sicherheiten aufweisen können? Er hatte lediglich fünfhundert Euro auf seinem Konto, und die dreitausend Euro, die ihm sein Vater vererbt hatte, waren in Sparbriefen angelegt. Gelegentlich musste er auch noch seiner Mutter finanziell aushelfen, die nach dem Tod seines Vaters mehr schlecht als recht über die Runden kam.

Er passierte Dassow und befuhr weiter die B 105 in Richtung Lübeck. Zu seiner Rechten erstreckte sich der Dassower See, eine Brackwasserbucht, die von der offenen See der Lübecker Bucht nur durch die Halbinsel Priwall getrennt wurde. Stephan fiel ein, dass der See eines der größten Vogelschutzgebiete Deutschlands war. Obwohl die gesamte Uferlinie die Grenze zu Mecklenburg-Vorpommern bildete, gehörte der See vollständig zum Stadtgebiet von Lübeck. Bis zur Wiedervereinigung war der gesamte Seeuferbereich Sperrgebiet gewesen. Er erinnerte sich daran, dass er als Kind einmal hier gewesen war. Am Ufer hatte eine mehrere Meter hohe Mauer gestanden, sodass der See von der DDR-Seite aus nicht einsehbar gewesen war.

Dem Schnee auf den Feldern zu seiner Linken nach zu urteilen, hatte es hier stärker geschneit. Die Fahrbahn schien rutschig zu sein, der angetaute Schnee war bereits wieder angefroren. Stephan drosselte sein Tempo auf unter sechzig Stundenkilometer und versuchte den Opel Corsa ohne Schlingern in der Spur zu halten.

Ein lauter Knall erschütterte plötzlich seinen Wagen. Im nächsten Moment sah Stephan nichts mehr. Wie im Blindflug steuerte er das Auto über die schneebedeckte Straße. Es dauerte einige Schrecksekunden, ehe er reagierte und den Scheibenwischer einschaltete. Ein großer Schneeklumpen war von den Ästen über ihm herabgeweht worden und mittig auf der Windschutzscheibe gelandet. Zum Glück war ihm in diesem Moment kein Auto entgegengekommen.

Er gab wieder etwas mehr Gas und beruhigte sich allmählich. Im Rückspiegel sah er die Umrisse eines Fahrzeugs. Seitdem er Dassow verlassen hatte, war dies der erste Hinweis darauf, dass er auf einem bewohnten Planeten unterwegs war. Nur noch wenige Kilometer, dann würde er Selmsdorf passieren. Von dort war es dann nicht mehr weit bis Lübeck.

Er hatte eine Zeit lang nicht in den Rückspiegel geschaut, umso überraschter war er, als er bemerkte, dass das Auto, das eben noch so weit entfernt gewesen war, plötzlich an seiner Stoßstange klebte. Es war ein großer, wuchtiger Wagen, vermutlich einer dieser neumodischen Geländewagen. Aber er wusste zu wenig über Autos, als dass er sich festlegen konnte.

Stephan konzentrierte sich wieder auf die Straße, wurde aber zunehmend von dem schwarzen Wagen hinter ihm abgelenkt. Der Fahrer musste sein Fernlicht eingeschaltet haben, so wie ihn die Scheinwerfer im Rückspiegel blendeten. Das bullige Fahrzeug hing jetzt so dicht hinter ihm, dass Stephan allmählich ungehalten wurde. Die Straße war breit genug, warum überholte er nicht einfach?

Er gab noch ein bisschen mehr Gas in der Hoffnung, einen größeren Abstand zwischen sich und das Auto zu bringen. Doch ohne Erfolg. Wie eine Klette haftete der Wagen an seinem Heck. Stephan spürte, dass sein Verfolger überhaupt kein Interesse daran hatte, ihn zu überholen. Bilder aus amerikanischen Filmen, in denen düster wirkende US-Limousinen im Rückspiegel anderer Fahrzeuge auftauchten, kamen ihm in den Sinn und sorgten dafür, dass er es allmählich mit der Angst bekam. Was war, wenn es ihm ähnlich erging wie den unschuldigen Fahrern in den Filmen, die von der Straße gedrängt wurden und deren Autos in der Regel in einem roten Feuerball explodierten?

»Scheiße!«, schrie Stephan plötzlich. Der Wagen hinter ihm war weg. Hektisch blickte er sich um, aber das Auto war nicht mehr zu sehen.

Der tote Winkel! Er warf einen Blick über die linke Schulter und sah, dass das schwarze Ungetüm zum Überholmanöver ansetzte. Sein Puls raste.

Er gab noch mehr Gas. Irgendetwas sagte ihm mit einem Mal, dass es besser wäre, den Wagen nicht vorbeizulassen. Doch das schwarze Auto befand sich bereits direkt neben ihm. Die Pferdestärken seines Corsa hatten keine Chance gegen die des Geländewagens. Stephan versuchte einen Blick ins Innere des Autos zu werfen, doch die getönten Scheiben machten es ihm unmöglich, etwas zu erkennen. Es vergingen weitere Sekunden, in denen das Fahrzeug neben ihm fuhr. Dann beschleunigte es und zog an ihm vorbei.

Einen kurzen Augenblick lang glaubte Stephan, sich alles nur einzubilden, doch dann scherte der Wagen derart abrupt nach rechts, dass Stephan augenblicklich die Kontrolle über seinen Corsa verlor. Er schlitterte über die schneebedeckte Fahrbahn, ohne das Gefühl zu haben, das Auto steuern zu können.

Der große schwarze Wagen scherte wieder nach links auf die Gegenfahrbahn aus und ließ sich zurückfallen, um im nächsten Moment erneut an ihm vorbeizuziehen und sich vor ihn zu drängen. Aus Verzweiflung trat Stephan so fest es ging auf das Bremspedal, doch sein Wagen zeigte keinerlei Reaktion. Auf dem spiegelglatten Untergrund war sein Kleinwagen hoffnungslos verloren. Er warf einen letzten Blick auf die Tachonadel und erschrak, als er sah, dass er beinahe achtzig Stundenkilometer schnell fuhr.

Er kam von der Straße ab und rutschte auf den mit Schnee bedeckten Grünstreifen. Der Wagen holperte einige Meter über unebenes Terrain, ehe er mit dem linken Kotflügel gegen einen der Bäume knallte, die am Straßenrand standen. Der Aufprall war so heftig, dass sich der Wagen auf die Seite legte, einen flachen Abhang hinunterrutschte und sich schließlich überschlug. Erst am Rand eines Ackers kam der Corsa auf dem Dach liegend zum Stehen.

Während die Motorengeräusche des Corsas langsam verstummten und die Räder ausrollten, sah Stephan die Welt auf dem Kopf.

Er brauchte einige Sekunden, um sich zu sammeln und den Gurt zu öffnen. Vorsichtig robbte er aus dem Wrack seines Autos heraus. Er fasste sich an die Stirn und fühlte, ob sie feucht war. Er vermutete eine Platzwunde, da sein Kopf dröhnte, als wäre er unter ein Fahrzeug des Winterstreudienstes geraten. Aber da war kein Blut. Mühevoll schleppte er sich zu dem Baum, gegen den er gefahren war, und lehnte sich an. Wie in Zeitlupe rutschte sein Oberkörper am Stamm des Baumes herab, bis er schließlich im Schnee saß. Die Kälte, die sich durch seine Hose fraß, spürte Stephan nicht. Um ihn herum verschwamm die weiße Landschaft zu einer gigantischen Nebelwolke. Ein Kribbeln fuhr durch seine Gliedmaßen, gefolgt von einem kurzen, stechenden Schmerz. Dann fühlte sich alles nur noch taub an. Sein Kopf sackte zur Seite.

13

Kalle Hansen saß bereits an der Bar, als Andresen um kurz nach sieben das »Buthmanns« betrat. Sein lautes Palaver mit der weiblichen Bedienung war im gesamten Lokal zu hören. Erneut fragte sich Andresen, wie es Kalle mit seiner extrovertierten Art gelang, Aufträge an Land zu ziehen und diskret auszuführen.

Er klopfte ihm zur Begrüßung auf die Schulter und erntete dafür einen freundschaftlichen Schlag in die Rippengegend. Mit schmerzverzerrtem Gesicht setzte sich Andresen auf den freien Barhocker neben Hansen.

»Schön, dass du Zeit gefunden hast. Ich brauche dringend deine Hilfe«, sagte Andresen, nachdem er ein großes Jever bestellt hatte.

»Ich bin nicht sonderlich überrascht, wenn ich ehrlich bin. Wer einmal mit Boris Roloff zu tun hatte, sollte wissen, dass er ein dauerhaftes Problem darstellt.«

»Du hast recht, Kalle. Es geht tatsächlich um Roloff. Ich befürchte, wir haben ein ernsthaftes Problem mit ihm. Er will die Rechnung mit dem Mörder seines Bruders offenbar selbst begleichen.«

Andresen erklärte Hansen in aller Kürze, dass Roloff bei Kirchenvorstand Kohnke aufgetaucht war und ihn bedroht hatte. Während Andresen berichtete, fiel ihm etwas ein. Er musste an den Besuch in Wismar und die seltsamen Vorfälle rund um das Polizeipräsidium denken. Konnte es sein, dass es Roloff gewesen war, der sie beschattet und anschließend die Reifen seines Volvo aufgeschlitzt hatte?

»Betrachte es doch einmal anders«, sagte Kalle plötzlich. »Roloff könnte euch ja auch auf die Spur des Mörders führen. Warum nutzt ihr das nicht einfach aus? Er macht die Drecksarbeit, und ihr schlagt zu, wenn es ernst wird.«

»Ich weiß nicht«, antwortete Andresen. »Sollen wir uns wirklich einen Kriminellen vor den Karren spannen? Wir müssen ihn auf jeden Fall dazu bringen, einzusehen, dass wir Selbstjustiz nicht dulden und er uns die Informationen geben muss, die er über seinen Bruder und dessen Verwicklungen hat.«

Kalle lachte lauthals auf und angelte mit der rechten Hand ein Solei aus dem großen Glas, das auf dem Tresen stand. Mit einem Bissen verschwand das Ei in seinem riesigen Mund. Andresen kam bei dem Anblick des eigenwilligen Detektivs das Bild einer Schlange in den Sinn, die die Fähigkeit besaß, ihren Kiefer auszurenken und Kaninchen im Ganzen hinunterzuwürgen.

»Du glaubst doch selbst nicht, dass Roloff sich darauf einlässt, oder?« Kalle bestellte zwei Aquavit und fuhr dann fort. »Bevor der mit euch zusammenarbeitet, würde er sich wahrscheinlich eher lebenslang einbuchten lassen. Vergiss es einfach! Er hasst Bullen wie die Pest!«

»Und mich im Besonderen«, murmelte Andresen. »Trotzdem können wir ihm keinen Freifahrtschein für seinen Rachefeldzug ausstellen. Ich muss noch einmal mit ihm sprechen, so schnell wie möglich. Und du wirst mir dabei helfen.«

»Skål!« Kalle hob sein Glas und kippte den Aquavit die Kehle hinunter. Dann knallte er das Glas auf den Tresen und bestellte zwei weitere.

***

Um halb neun hatten sie Stellung bezogen. Sie hatten Kalles alte Rostlaube – sein Beschattungsfahrzeug, wie er es nannte – genommen und sie an der Wasserseite an der Untertrave, schräg gegenüber dem »Daddy«, abgestellt. Im Gegensatz zu seinem letzten Besuch plante Andresen dieses Mal, Roloff vor der Tür des Nachtclubs abzupassen.

»Wenn du mich fragst, verschwenden wir hier nur unsere Zeit«, durchbrach Kalle die Stille im Wagen. »Wir wissen weder, ob Roloff bereits drin ist, noch ob er heute überhaupt ins ›Daddy‹ kommt. Und wenn er kommt, wird er nicht sonderlich erfreut sein, uns zu sehen.«

»Abwarten«, entgegnete Andresen. Er beobachtete eine kleinere Gruppe Männer, die die Straße entlanggeschlendert kam und im Hauseingang des Bordells verschwand.

»Dass die Leute keine Angst haben, von Bekannten erwischt zu werden, wenn sie hier …« Kalle hielt inne und schlug sich im nächsten Augenblick mit der flachen Hand vor die Stirn. Dann drehte er den Zündschlüssel herum und fuhr an.

»Was um alles in der Welt ist in dich gefahren?«, fragte Andresen.

»Es gibt einen Hintereingang ins ›Daddy‹. Roloff wird nicht das Risiko eingehen, den Eingang an der Untertrave zu nehmen.«

Hansen bog in die Engelsgrube ein und anschließend gleich wieder links in den Engelswisch.

»Ich hoffe, du entschuldigst, dass ich das ›Durchfahrt verboten‹-Schild missachtet habe. Polizisten und Detektive dürfen das doch, oder?«

Ein breites Grinsen lag auf Kalles Gesicht, während er seinen alten Audi 80 durch eine der schmalsten Gassen Lübecks steuerte. Doch die Schnäpse und Biere, die er intus hatte, schienen keinen Einfluss auf seine Fahrtauglichkeit zu haben. Nach etwa fünfzig Metern hielt er in einer kleinen Einbuchtung an und stellte den Wagen ab.

»Hier ist es.« Kalle zeigte auf eine silberne Metalltür. »Auch durch diese Tür gelangst du ins Innere des ›Daddy‹.«

Andresen sah sich in der dunklen Gasse um. Malerische, liebevoll hergerichtete Häuser mit lauschiger Beleuchtung, romantische Hinterhofgänge und mittendrin eine schlichte Metalltür, die in einen der größten Puffs der Stadt führte.

Einige Meter weiter vorne bog ein kleiner Gang ab, der zurück auf die Straße An der Untertrave führte. Andresen erinnerte sich, dass es sich um die Petersilienstraße handelte, deren Name eine besondere Geschichte hatte.

Prostituierte, die hier, gleich in der Nähe zu den städtischen Häfen, im Mittelalter ihrer Arbeit nachgegangen waren, hatten die uteruskontrahierenden Kräfte der Petersilie genutzt, um ihre ungewollten Schwangerschaften abzubrechen. Dass es sich dabei um kein Ammenmärchen handelte, hatte ihm Wiebke vor einigen Wochen erzählt, als sie durch die weihnachtlich geschmückte Stadt gelaufen waren. Die Einnahme großer Mengen Petersilie erhöhte tatsächlich das Risiko einer Fehlgeburt.

Lange Zeit war dieser Teil der Altstadt als Vergnügungsviertel bekannt gewesen. Heute schien das »Daddy« ein einsames Relikt vergangener Jahrhunderte zu sein.

Kalle kurbelte die Rückenlehne seines Sitzes nach hinten und lehnte sich so weit zurück, dass er gerade noch einen Blick aus dem Fenster werfen konnte.

»Du stellst dich wohl auf einen längeren Abend ein, was?«

»Erfahrung, Birger. Alles nur Erfahrung. Unter Umständen kann das auch bis morgen früh dauern. Nimm dir 'ne Dose aus dem Handschuhfach und mach's dir bequem.«

»Vielleicht war meine Idee, Roloff noch heute Abend abzupassen, doch nicht so gut«, stöhnte Andresen.

»Manchmal geht aber auch alles ganz schnell«, flüsterte Kalle plötzlich. »Runter mit dir«, zischte er.

Während er abtauchte, sah Andresen, dass in einiger Entfernung eine schwarz gekleidete Person auf sie zukam. Die Dunkelheit machte es unmöglich zu erkennen, ob es sich tatsächlich um Roloff handelte. Aus einem unbestimmten Gefühl heraus glaubte Andresen plötzlich, er müsse aktiv werden.

»Ich steige aus!«, rief er und stieß die Beifahrertür auf. Kalle, der bereits zum Protest angesetzt hatte, reagierte schnell und stieg ebenfalls aus.

Der Mann war jetzt nur noch wenige Meter von ihnen entfernt. Obwohl Andresen dessen Gesicht noch immer nicht richtig erkennen konnte, war er sich inzwischen sicher, dass es Boris Roloff war. Ohne sich abzusprechen, gingen Kalle und er auf den Mann zu, bildeten eine Art Zange und kesselten ihn von beiden Seiten ein.

Roloff reagierte zu spät. Sie hakten sich bei ihm unter und setzten feste Griffe an. Hastig zogen sie ihn zurück zu Kalles Audi, rissen die linke hintere Tür auf und schoben Roloff unsanft ins Wageninnere. Andresen zog seine Waffe aus der Jackentasche, drängte sich rasch neben ihn und achtete darauf, dass Roloff ruhig sitzen blieb. Kalle setzte sich wieder hinter das Lenkrad.

»Kommissar Andresen und Kalle Hansen, ich glaube es nicht. Was verschafft mir die Ehre, dass mich zwei Top-Schnüffler zu einer Spritzfahrt einladen?« Roloff versuchte die Situation mit Sarkasmus zu überspielen.

»Gar keine schlechte Idee«, entgegnete Andresen. »Fahr los, Kalle. Ich kenne da ein ruhiges Plätzchen, wo wir uns ungestört unterhalten können.«

Andresen lenkte Hansen durch Lübecks Altstadtstraßen, ehe sie im Schatten der Marienkirche stehen blieben.

»Aussteigen!«, forderte Andresen Roloff auf.

»Ich wüsste nicht, weshalb.«

Hansen ging um das Auto herum und zog Roloff kurzerhand aus dem Wagen.

»Nimm deine Griffel von mir, Hansen!«, sagte Roloff scharf. »Was wollen wir hier überhaupt?«

»Das sehen Sie gleich, weit ist es nicht mehr.«

Andresen und Hansen nahmen Roloff erneut fest in den Griff und gingen auf das Portal der Kirche zu.

»Warum provozieren Sie mich?«, fragte Roloff mühsam beherrscht.

»Sie sollen uns helfen«, antwortete Andresen. »Wir brauchen Sie, wenn wir den Mörder Ihres Bruders finden wollen.«

»Sie brauchen mich?« Roloff sprach die Worte betont langsam aus, begleitet von einem höhnischen Grinsen.

»Wir werden jedenfalls nicht zulassen, dass Sie auf eigene Faust in dieser Sache handeln.«

Andresen rüttelte jetzt am Portal der Kirche. Es war verschlossen. Er warf einen raschen Blick auf seine Armbanduhr. Kurz nach zehn. Der Küster musste bereits abgeschlossen haben. Plötzlich schoss ihm ein Gedanke in den Kopf, den er bislang übersehen hatte. Das verschlossene Kirchenportal. Der Mord an Sandro Roloff war nachts oder in den frühen Morgenstunden geschehen. Wie war Roloff ins Innere der Kirche gelangt? Er besaß schließlich keinen Schlüssel, es sei denn ... er kannte jemanden, der über einen Schlüssel verfügte.

»Und jetzt?«, fragte Roloff. »Heute gibt's wohl keine Mitternachtsmesse mehr, was?«

»Was hat Ihr Bruder in jener Nacht hier zu suchen gehabt?« Andresen sah Roloff scharf an. »Ich will jetzt die Wahrheit von Ihnen wissen.«

Andresen erntete lediglich ein weiteres verächtliches Schnauben. Angestrengt dachte er nach. Roloffs Verhalten machte ihn rasend vor Wut. Er musste seine Taktik ändern.

»Wie gut war Ihr Kontakt zu Sandro in den vergangenen Monaten?«

»Sie lassen nicht locker, oder?«

»Nicht bevor ich nicht weiß, was hier passiert ist. Wir wissen von dem Streit zwischen Ihnen und Sandro in Wismar.«

»Ach, diese Sache«, winkte Roloff ab. »Das war eine Lappalie. Nicht der Rede wert.«

»So? Wir haben da etwas anderes gehört.« Andresen reckte seinen Kopf in Richtung Kirchturmspitze. »Warum war Sandro hier? Wir haben Hinweise darauf, dass er ...« Er hielt inne und suchte nach den passenden Worten. »Wissen Sie, dass er vor einer Weile Hetzparolen gegen die Nikolaikirche und die Menschen in Wismar gerichtet hat? Es klang so, als plane er einen Anschlag auf die Kirche. Zwischenzeitlich hatte er seine Pläne jedoch offenbar geändert, sein neues Ziel war ...«, erneut richtete Andresen seinen Blick nach oben, »... die Marienkirche!«

»Diesen Schwachsinn höre ich mir nicht länger an. Ich habe Sie gewarnt, reden Sie nicht schlecht über Sandro!«

Roloff versuchte, sich Kalle Hansens Klammergriff zu entziehen. Andresen griff sofort nach Roloffs Arm. So stark, dass es ihm selbst wehtat. Doch Roloff verzog keine Miene.

»Sie waren heute Morgen im Marienwerkhaus und haben Kirchenvorstand Kohnke damit gedroht, ihn umzubringen.« Andresen rückte dicht an Roloff heran. »Ist das auch Schwachsinn? Oder wollen Sie ihm vielleicht den Kopf abtrennen, so wie es mit Sandro gemacht wurde?«

Auch Kalle Hansen platzte jetzt der Kragen. Er setzte seinen massigen Körper ein und drückte Roloff gegen das kalte Gemäuer der Marienkirche. »Sprich endlich, du mieser kleiner Penner. Steckst du auch in der Sache mit drin?«

Plötzlich zog Roloff ein Messer aus der Gesäßtasche und hielt es dicht vor Hansens Gesicht. Andresen reagierte blitzschnell und trat es Roloff aus der Hand.

»Woher kennen Sie Norman Winkler?« Andresen hielt Roloff am Kragen seiner Lederjacke fest.

»Winkler?«, fragte Roloff erstaunt. Seiner Stimme war anzuhören, dass er unter Andresens Griff kaum noch Luft bekam. »Was soll mit ihm sein?«

»Sie kennen ihn also?«

»Er ist Stammkunde bei Lakis Zorbas und ein stadtbekannter Unternehmer. Ich habe mich ein paarmal mit ihm unterhalten.«

Andresen zögerte. Sollte er Roloff tatsächlich erzählen, dass der Sprengstoff, der in Winklers Garten explodiert war, von seinem Bruder beschafft worden war? Er entschied, sich vorsichtig heranzutasten.

»Kannten sich Winkler und Sandro? Wir haben Hinweise ...«

»Du kleiner Scheißbulle!«, knurrte Roloff mit einem Mal. »Du weißt überhaupt nichts. Und von mir wirst du auch nichts erfahren.«

Roloff spuckte Andresen und Hansen ins Gesicht und riss sich los. Andresen versuchte vergeblich, ihn festzuhalten. Blitzschnell verschwand Roloff in der Dunkelheit der Nacht, die durch den Schatten der Marienkirche noch schwärzer wirkte. Hansen stürzte hinter Roloff her, doch er stolperte und landete auf allen vieren, begleitet von einem lauten Aufschrei. Andresen wich dem fülligen Privatdetektiv aus und rannte zu den Rathausarkaden. Er war sich sicher, dass Roloff in diese Richtung gelaufen war. Tatsächlich! Er konnte ihn sehen. Eine schwarze Silhouette, die sich in einiger Entfernung in Richtung Mengstraße bewegte.

Andresen lief jetzt zwischen den Säulen der Arkaden entlang. Einige einzelne schwache Laternen gaben ihm gerade genug Licht, dass er nicht auch über das Kopfsteinpflaster stolperte.

Im nächsten Augenblick ging ein weiteres Licht an. Für den Bruchteil einer Sekunde registrierte Andresen die Explosion in seinem Kopf. Dann fiel er hinten über und schlug mit dem Kopf auf den Steinboden.

14

Am nächsten Morgen herrschte Hochbetrieb in der Unfallchirurgie des gleich neben dem Dom gelegenen Marienkrankenhauses. Bereits seit halb sieben hielt Andresen das Krankenhauspersonal auf Trab. Wiebke war die Nacht über bei ihm gewesen, hatte sich in den frühen Morgenstunden jedoch verabschiedet, da sie einen dringenden Termin in der Redaktion der Lübecker Rundschau wahrnehmen musste.

Anschließend war Andresen fest entschlossen gewesen, das Krankenhaus schnellstmöglich zu verlassen. Erst als Kregel und Barbara aufgetaucht waren, hatte er sich ein wenig beruhigen können. Er spürte, dass ihnen etwas auf dem Herzen lag.

»Was ist los mit euch? Ihr seht aus, als hätte man auch mir den Kopf abgeschlagen. Mein Dickschädel hält aber so einiges aus.« Andresens Versuch, die Mienen seiner Kollegen aufzuhellen, scheiterte kläglich. Ihre Blicke verfinsterten sich weiter.

Kregel durchbrach schließlich das Schweigen. »Julias Cousin hatte gestern einen schweren Autounfall. Genau genommen war es kein Unfall, er wurde vermutlich von der Straße abgedrängt und ist vor einem Baum gelandet.«

»Ist er tot?«, fragte Andresen.

»Nein, er liegt eine Etage über dir auf der Intensiv. Bislang ist er nicht ansprechbar. Julia war die ganze Nacht bei ihm, aber die Ärzte können noch nicht sagen, wann er wieder aufwacht.«

»Wisst ihr, was genau passiert ist?«

Kregel verzog den Mund und schüttelte den Kopf. »Die einzige Spur, die wir haben, ist eine zweite Bremsspur, die nicht Stephan Böhmerts Wagen zuzuordnen ist. Glücklicherweise lag auf der Straße zwischen Dassow und Lübeck so viel Schnee, dass wir die Reifenprofile problemlos abgleichen konnten. Dass Julias Cousin überhaupt noch rechtzeitig gefunden wurde, verdanken wir übrigens Pastor Wendelborn.«

Andresen sah interessiert auf und setzte sich auf die Kante des Krankenhausbettes.

»Er war auf dem Weg ins Präsidium, um seine Aussage zu Protokoll zu geben.«

»Genau wie Stephan Böhmert«, murmelte Andresen.

»Es scheint fast so.«

»Bringen uns die Reifenspuren des anderen Fahrzeugs weiter?«

»Seelhoff hat mit dem Kollegen der Spurensicherung aus Grevesmühlen gesprochen. Die Reifen haben offenbar nicht die Größe eines normalen Pkw gehabt.«

»Was sagt Sibius dazu?«, wollte Andresen wissen.

»Frag nicht. Der ist auf hundertachtzig und versucht verzweifelt, Verstärkung aus Kiel zu bekommen. Er kann es kaum erwarten, dass du wieder fit bist.«

»Die wollen mich unbedingt noch einen Tag zur Beobachtung hier behalten«, sagte Andresen angefressen. »Wenn ich dieses Arschloch erwische, das mir diesen Schlag verpasst hat, dann ...«

»Du meinst Roloff?«

»Wieso Roloff?«, fragte Andresen überrascht.

Er erhob sich vom Bett und fasste sich augenblicklich an den Hinterkopf. Er fühlte sich an den Morgen nach dem ersten Treffen mit Kalle Hansen erinnert, als er fürchterlich verkatert von Wiebke und Emilie geweckt worden war.

»Na, wer hat dich denn sonst niedergestreckt?«

»Keine Ahnung, Roloff jedenfalls nicht. Habt ihr nicht mit Hansen gesprochen?«

»Doch, natürlich, er hat uns erzählt, dass ihr Roloff vor der Marienkirche habt herumschleichen sehen. Als er weggerannt ist, bist du hinter ihm her. Stimmt das nicht?«

»Hat Hansen das so gesagt?«

»Ja.«

»Dann wird es wohl stimmen«, antwortete Andresen. In ihm sah es jedoch anders aus. Er war sich sicher, dass es jemand anderes gewesen war, der ihn attackiert hatte. Roloff hatte er schließlich flüchten sehen. »Die Ärzte glauben übrigens, dass der Angreifer einen metallenen Gegenstand benutzt hat. Meinem dröhnenden Kopf nach zu urteilen, tippe ich auf Stahl.«

»Welche Rolle spielt Boris Roloff bloß?«, hakte Kregel ein.

»Im Grunde wissen wir gar nichts«, sagte Barbara ketzerisch.

»Jedenfalls ist Roloff wohl kaum der Mörder seines eigenen Bruders«, gab Andresen ironisch zurück. »Vielleicht kann er uns aber helfen, den Mörder zu finden, wenn wir es schaffen würden, ihn auf unsere Seite zu ziehen.«

»Glaubst du allen Ernstes, dass uns das gelingt?«

»Nein.« Andresens ehrliche Antwort kam so leise über seine Lippen, dass es beinahe verzweifelt klang.

Es klopfte an der massiven Zimmertür. Eine Krankenschwester kam herein und trat direkt auf Andresen zu, der sich wieder auf die Bettkante gesetzt hatte.

»Kommissar Andresen, ich habe eine Nachricht für Sie. Frau Winter lässt ausrichten, dass sie Sie sprechen möchte. Ihr Cousin ist soeben aufgewacht.«

***

Stephans Augen flackerten noch. Gleichzeitig sprudelten zusammenhanglose Worte aus seinem Mund, die offenbar die letzten Minuten vor seinem Unfall beschrieben.

»Was sagt er?«, fragte Andresen leise. Nach der kurzen Fahrt mit dem Aufzug schmerzte sein Kopf noch stärker.

»Wenn ich ihn richtig verstanden habe, hat ihn ein Geländewagen von der Straße abgedrängt. Er kann sich jedoch nur noch bruchstückhaft an den Unfall erinnern.«

»Weiß er, wer den anderen Wagen gefahren hat?«

Julia zuckte wortlos mit den Schultern.

»Kann ich ihn etwas fragen?«

»Natürlich, aber geh bitte behutsam mit ihm um.«

Andresen registrierte Julias kleinen Seitenhieb nicht mehr. Er konzentrierte sich voll und ganz auf Stephan, der an allerlei Schläuche und Gerätschaften angeschlossen vor ihm lag.

»Stephan, schaffen Sie es, ein paar Fragen zu beantworten?«

»Für Sie immer.« Stephans Stimme klang schwach, aber klarer als noch vor einigen Minuten.

»Was glauben Sie, wer steckt hinter der Aktion? Gibt es jemanden in Ihrem Umfeld, der ein Problem mit Ihnen hat?«

»Nein, nicht dass ich wüsste. Mir ist das vollkommen unerklärlich.« Obwohl Stephan versuchte, energisch zu antworten, klangen seine Worte kraftlos.

»Es gab in letzter Zeit also nichts, das erwähnenswert wäre? Keine ungewöhnlichen Vorfälle, die Ihnen in Erinnerung geblieben sind?«

»Nein, ich kann mich an nichts erinnern.«

»In Ordnung, dann schildern Sie mir bitte noch einmal den Unfallhergang. Am besten in allen Details.«

»Stephan hat doch vorhin bereits …«

»Lass gut sein, Julia. Es hilft, wenn ich mir meine Erinnerungen zurückrufe.« Stephan warf seiner Cousine ein kurzes Lächeln zu und sah dann wieder Andresen an. Er schien jetzt wieder vollständig Herr seiner Sinne zu sein. In aller Ausführlichkeit begann er zu erzählen.

Die Erinnerung an das Geschehen auf der Landstraße endete schließlich abrupt in dem Moment, als Stephan die Kontrolle über sein Auto verloren hatte.

»Haben Sie das Kennzeichen des Fahrzeugs gesehen?«, hakte Andresen ein.

»Nein, ich habe nicht einmal den Wagentyp erkannt.«

»Welche Farbe hatte er?«

»Schwarz oder ein dunkles Anthrazit.«

»Gab es eine Berührung, als der Wagen Sie abgedrängt hat?«

»Ich bin mir nicht mehr sicher, aber das müsstest ihr doch feststellen können.«

Andresen nickte stumm. Er hatte keine weiteren Fragen mehr. Es war nicht viel gewesen, an das sich Stephan erinnern konnte, doch immerhin wussten sie jetzt, dass es einen dunklen Geländewagen zu finden galt.

Nachdem Andresen zusammen mit seinen Kollegen der Krankenhauskantine einen Besuch abgestattet hatte, waren Barbara und Kregel zurück ins Präsidium gefahren. Am frühen Nachmittag fasste Andresen den Entschluss, sich selbst aus der Klinik zu entlassen. Er bestellte sich ein Taxi und ließ sich in sein kleines Altstadthaus in der Großen Gröpelgrube bringen.

Vor dem Haus rutschte er auf dem glatten, schneebedeckten

Kopfsteinpflaster aus und konnte gerade noch verhindern, rücklings hintenüberzufallen. Bei dem Gedanken an einen möglichen Sturz setzten sofort wieder seine Kopfschmerzen ein.

Wiebke war nicht zu Hause; sie führte den ganzen Tag über Interviews zur bevorstehenden Bürgerschaftswahl, die ein gefundenes Fressen für die Lübecker Rundschau war.

Erschöpft ging Andresen die Treppe hoch ins Wohnzimmer. Mit der Fernbedienung in der Hand ließ er sich auf die Couch fallen. Wieder meldete sich sein Kopf. Einen Augenblick zweifelte er daran, dass es die richtige Entscheidung gewesen war, das Krankenhaus vorzeitig zu verlassen. Was, wenn sich durch den Schlag auf den Kopf vielleicht doch ein Blutgerinnsel gebildet hatte?

Andresen schaltete den Ton des Fernsehers aus. Hatte es nicht gerade an der Tür geklopft? Mühsam raffte er sich auf, stieg die Treppe hinab und ging in die kleine Küche, die zur Gasse hin gelegen war. Durch das Fenster konnte er erkennen, wenn jemand vor der Haustür stand. Jetzt war jedoch niemand zu sehen. Hatte er sich das dumpfe Klopfen an der hölzernen Eingangstür nur eingebildet? Vielleicht war es auch nur das Pochen seiner Kopfschmerzen gewesen. Trotzdem wollte er noch einmal nachsehen und einen Blick auf die Gasse werfen. Vielleicht waren es auch ein paar Kinder gewesen, die ihm einen Streich spielen wollten.

Als er die Tür öffnete, blies ihm eiskalter Wind ins Gesicht. Für den Bruchteil einer Sekunde war er versucht, die Tür sofort wieder zuzudrücken. Doch er trat auf den Bürgersteig und blickte die kopfsteingepflasterte Straße hinauf und hinab. Weit und breit war keine Menschenseele zu sehen. Erst jetzt bemerkte er, dass sich der Himmel verdunkelt hatte. Es würde nur noch wenige Augenblicke dauern, ehe er seine Schleusen öffnen und der nächste Schneeschauer über die Stadt hereinbrechen würde.

Andresen beschloss, wieder zurück ins Warme zu gehen, wo eine gemütliche Couch und eine Packung Schmerztabletten auf ihn warteten. Im Umdrehen fiel sein Blick auf eine Papiertüte, die neben der Regenrinne seines Hauses stand. Ohne zu zögern ging er auf die Tüte zu und warf einen Blick hinein. Er sah einen kleinen schwarzen Karton mit Deckel. Er war quadratisch geformt, wie eine Aufbewahrungsbox für alte Fotos oder Briefe.

Obwohl in Andresen ein ungutes Gefühl aufstieg, griff er nach der Tüte. Er war überrascht, wie schwer sie war, und stellte sie gleich wieder ab. Vielleicht hatte er sich das Klopfen an der Tür doch nicht eingebildet und jemand hatte ihm etwas vorbeibringen wollen? Möglicherweise Ole. Doch es fehlte eine begleitende Nachricht.

Kurzerhand hob er den Karton heraus. Er fühlte sich an der Unterseite etwas feucht an, womöglich hatte ihm der Schnee auf dem Bürgersteig zugesetzt. Der Deckel lag nur lose auf. Mit einer Mischung aus prüfender Neugier und unbestimmter Erwartung hob er ihn an. Es dauerte mehrere Sekunden, ehe seine Augen das Gesehene an sein Gehirn weiterleiteten. Fassungslos ließ er den Karton fallen. Magensäure stieg in rasender Geschwindigkeit in ihm hoch. In einem jähen Schwall erbrach Andresen sich vor seiner Haustür. Knapp vorbei an dem Pappkarton, aus dem ihn das verzerrte Gesicht von Pastor Boysen anblickte.

15

Um kurz vor acht saß Andresen an seinem Küchentisch. Die Techniker hatten die Große Gröpelgrube wieder freigegeben, nur der Bürgersteig unmittelbar vor Andresens Haus war noch mit rotweißem Folienband abgesperrt.

Wiebke stand vor der Küchenzeile und wartete darauf, dass das Teewasser endlich kochte. Seit Sibius und Kregel vor zwanzig Minuten gegangen waren, hatten die beiden kaum ein Wort miteinander gewechselt. Andresen war froh darüber, dass Wiebke nicht versucht hatte, mit ihm über die letzten Stunden zu sprechen. Sie war einfach nur für ihn da gewesen.

Wieder einmal hatten sich Bilder so stark in seinem Kopf verfestigt, dass es ihm unmöglich erschien, sie jemals wieder loszuwerden. Weshalb war der Pappkarton mit dem abgetrennten Kopf von Pastor Boysen ausgerechnet vor seinem Haus abgestellt worden?

Der Anschlag auf seinen Wagen, der Knockout am gestrigen Abend und jetzt diese bestialische Post – es war offensichtlich, dass es jemand auf ihn abgesehen hatte. Was, wenn er mittlerweile selbst ein Todeskandidat dieses Wahnsinnigen war?

Er musste an Propst Radbruch denken. Offenbar hatten sich seine Befürchtungen bewahrheitet. Der Mörder von Sandro Roloff war zu allem fähig. Die Entscheidung, erneut unterzutauchen, weil er sich in Lübeck nicht länger sicher fühlte, hatte Radbruch vielleicht das Leben gerettet. So war Pastor Boysen Opfer dieses Irren geworden.

»Dein Tee«, unterbrach Wiebke Andresens Gedanken. »Rooibos-Vanille, der wird dich beruhigen.«

»Danke«, antwortete Andresen. »Vielleicht sollten wir gleich einen Spaziergang machen?«

»Bist du dir sicher?«

Bei dem Gedanken, einen Schritt vor die Tür zu setzen, lief Andresen augenblicklich ein kalter Schauer über den Rücken. Allerdings waren es weniger die Temperaturen, die ihn nervös machten, sondern vielmehr der grausige Fund vor seiner Haustür. Trotzdem verspürte er den Drang, rauszugehen und dem Mörder die Stirn zu bieten. Er wollte sich nicht einschüchtern lassen.

»Ja«, sagte Andresen hastig. »Frische Luft kann nicht schaden. Und mit dir als Begleitung wird mir schon nichts passieren.«

Sein verkrampftes Lächeln unterstrich den Galgenhumor in seinen Worten. Er ärgerte sich darüber, dass er Sibius' Vorschlag, polizeilichen Personenschutz anzufordern, abgelehnt hatte. Obwohl er sich frei bewegen wollte, hätte er in diesem Moment nur allzu gerne jemanden in seiner Nähe gehabt, der auf ihn und vor allem auf Wiebke aufpasste.

Es war gerade mal kurz nach acht, aber die Stadt machte bereits einen verlassenen Eindruck. Nur noch wenige Menschen kämpften sich mit Einkaufstüten oder Aktentaschen bewaffnet durch die Gassen der Hansestadt. Immerhin hatte es aufgehört zu schneien, und auch der kalte Ostwind, der die Stadt seit Tagen im Griff hielt, hatte eine Pause eingelegt.

Sie gingen die Königstraße entlang, blieben am Schaufenster eines Einrichtungsgeschäftes stehen und schlenderten weiter durch den knirschenden Schnee. In Höhe des Schrangen senkte Andresen seinen Blick. Obwohl die Sicht auf die Marienkirche von hier aus am imposantesten war, hatte er keine Lust, stehen zu bleiben, um einen Blick auf die schneebedeckten Kupferdächer der Kirchtürme zu werfen. Zumindest für diesen Abend wollte er nichts mehr wissen von Kirchen, Kuttenmännern, geköpften Leichen und Pröpsten, die vor Angst die Flucht ergriffen.

Im nächsten Moment musste er sich eingestehen, dass er machtlos gegen seine Gedanken war. Er konnte die Bilder, mit denen er in den vergangenen Tagen konfrontiert worden war, einfach nicht verdrängen. Immer wieder tauchten sie vor seinem inneren Auge auf. Ununterbrochen stellte er sich die entscheidenden Fragen. Doch das Schlimmste war Boysens Gesicht. Die hervorgequollenen Augen. Der verzerrte Mund. Das verkrustete Blut auf der beinahe transparenten Haut. Weshalb hatte der Pastor auf diese Weise sterben müssen? Welche Bestie war zu einer solchen Grausamkeit fähig?

»Lass uns die Hüxstraße runtergehen.«

»Wie?« Andresen blickte hoch und sah Wiebke irritiert an.

»Wir könnten noch eine Kleinigkeit essen gehen, in dem netten italienischen Restaurant.«

»Also wenn ich ehrlich bin, würde ich lieber …«

»Dann vielleicht japanisch to go?«

Andresen musste schmunzeln, was einen erneuten Schmerz in seinem Kopf auslöste.

»Die große Sushi-Platte, auf der Couch vor der Glotze.«

»Ich Nigiri, du California Rolls?«

»Abgemacht.«

**

Das Klingeln seines Handys verstummte in dem Moment, in dem Andresen die Haustür hinter sich zuzog. Er brauchte einige Sekunden, ehe er sich erinnerte, dass er das Mobiltelefon auf dem Küchentisch liegen gelassen hatte.

»Gehen wir gleich nach oben?« Wiebke stand bereits auf dem Treppenabsatz und hielt die Plastikpackung Sushi in den Händen.

»Ich bin gleich bei dir.« Andresen verschwand in der Küche. »Ich will nur kurz …« Er hielt inne. Auf dem Display des Handys sah er, dass vier Anrufe in Abwesenheit eingegangen waren. Dabei war er doch höchstens eine Stunde aus dem Haus gewesen.

Er tippte sich zur Anrufliste durch. Es war immer dieselbe Nummer gewesen, eine Handynummer, die er nicht kannte.

»Mist!«, flüsterte Andresen.

Immerhin war bei einem der Anrufe die Mailbox angesprungen. Er wählte die Mailboxnummer und wartete auf die emotionslose Frauenstimme, die ihm seine eingegangenen Nachrichten ansagte.

»Sie haben eine neue Nachricht. Nachricht eins: 6. Februar, 20:45 Uhr.«

»Hallo? … Hallo? … O Herr im Himmel!«

Radbruch!, schoss es Andresen durch den Kopf. Es war eindeutig Radbruchs Stimme. Sie hörte sich jedoch so brüchig an, dass er Probleme hatte, die wenigen Worte zu verstehen.

»Herr Kommissar …«

Die Worte wurden von heftigem Schnaufen und Stöhnen begleitet.

»... sie haben mich doch gefunden. Sie müssen ... Sie müssen mir helfen.«

Dann knackte es in der Leitung, und Radbruchs Stimme war nicht mehr zu hören.

»Sie haben jetzt die Möglichkeit, direkt mit ...«

Andresen wartete nicht, bis die blechern klingende Frau ihren Satz beendet hatte, sondern drückte direkt die entsprechende Taste. Die Zeit bis zum Verbindungsaufbau kam ihm ewig vor. Doch es folgte sofort die Ernüchterung. Die Mailbox sprang an, offenbar war Radbruchs Handy ausgeschaltet.

»Wie konnte ich nur so dumm sein?«, fluchte Andresen und ließ das Handy zurück auf den Tisch gleiten. Weshalb hatte er sich bloß auf dessen Wunsch abzutauchen eingelassen?

Ohne lange zu überlegen, rannte er nach oben zu Wiebke. Sie blickte ihn mit vollem Mund und weit geöffneten Augen an.

»Ich muss noch mal los, der Propst ist in Gefahr.«

»Wovon sprichst du?«, fragte Wiebke besorgt. »Was ist denn plötzlich in dich gefahren?«

In knappen Worten berichtete Andresen Wiebke von der Nachricht auf seiner Mailbox.

»Du fährst nirgendwo hin in deinem Zustand! Ruf Sibius und Kregel an, die sollen sich darum kümmern!«

»Der Zettel«, murmelte Andresen.

»Was meinst du?«

»Der Zettel mit der Adresse, wo Radbruch untergetaucht ist. Er liegt in meinem Büro.«

»Sag den Wachhabenden Bescheid. Sie sollen ihn suchen.« Wiebkes energische Worte zeigten nicht die von ihr erhoffte Wirkung.

»Ich muss da selbst hin. So schlecht geht es mir gar nicht. Von meinen Kopfschmerzen spüre ich gar nichts mehr.«

»Es geht ja auch nicht nur um deinen Brummschädel. Du hast heute Dinge erlebt, die du erst einmal verarbeiten solltest, bevor du dich in die nächste heikle Sache stürzt.«

»Es ist nicht die nächste, sondern noch immer dieselbe Angelegenheit. Pastor Boysen ist ermordet worden. Willst du, dass mit Radbruch das Gleiche geschieht?«

Wiebke wandte ihren Blick von Andresen ab und widmete sich

wieder ihrer Plastikbox mit Sushi. Mit den verzierten Stäbchen versuchte sie feine Streifen geraspelten Rettich in den Mund zu führen.

»Dann fahr von mir aus«, sagte sie. »Ich hatte gehofft, du hättest aus deinen Alleingängen der Vergangenheit gelernt.« Aus ihrer Stimme klang Enttäuschung.

»Kein Alleingang, versprochen.« Andresen ging auf Wiebke zu und gab ihr einen Kuss auf die Stirn.

»Pass bitte auf dich auf!«, sagte sie zum Abschied. »Hast du deine Waffe dabei?«

Andresen nickte und lächelte Wiebke zu. Tief im Innern ahnte er, dass sie recht mit ihren Befürchtungen hatte. Wenn er sich auf die Suche nach Propst Radbruch begab, riskierte er womöglich auch sein eigenes Leben. Drei Warnschüsse hatte man bereits auf ihn abgefeuert, vielleicht würde der Mörder beim vierten nicht mehr so zimperlich sein.

»Ich liebe dich«, flüsterte er Wiebke zu. Dann ließ er sie allein auf der Couch zurück und verschwand mit entschlossenem Schritt in die eiskalte, klare Winternacht.

16

Es war kurz nach halb zehn, als Andresen gemeinsam mit Kregel auf den schmalen Weg im Südosten des Hemmelsdorfer Sees unterhalb der kleinen Ortschaft Grammersdorf einbog. Kregel war der Einzige gewesen, den er auf die Schnelle erreicht hatte. Dass ihm für seinen erneuten Alleingang mit Sicherheit Ärger sowohl mit Sibius als auch den Ärzten aus dem Krankenhaus bevorstand, war Andresen in diesem Moment vollkommen egal. Genauso wie der noch immer dröhnende Kopf. Radbruchs Nachricht auf seiner Mailbox war der Hilferuf gewesen, den ihnen Sandro Roloff und Pastor Boysen nicht mehr hatten geben können.

Der Geruch der Aalräuchereien, die rund um den See verteilt lagen, stieg ihm in die Nase. In der Dunkelheit konnte er kaum die winzigen roten Backsteinhäuser erkennen, die wie auf einer Perlenschnur aneinandergereiht am Wegesrand standen.

Abgesehen von den Scheinwerfern des Volvo war der Mond, der voll am klaren Nachthimmel stand, die einzige Lichtquelle weit und breit. Die Winterlandschaft erschien in diesem Licht so faszinierend wie der einsame Norden Finnlands. Wunderschön und unheimlich zugleich.

Sechsundzwanzig, achtundzwanzig, dreißig, das Ablesen der Hausnummern glich in der Dunkelheit eher einem Ratespiel. Hier musste es sein, wenn sie nicht vollkommen die Orientierung verloren hatten.

Das Wochenendhaus von Radbruchs Bruder, das vor allem für Angelausflüge genutzt wurde, wie Radbruch ihm erzählt hatte, unterschied sich äußerlich nicht von den übrigen Häusern, an denen sie vorbeigefahren waren. Und dennoch hatte Andresen sofort gewusst, dass es das richtige war. Er stellte den Wagen ein Stück vom Haus entfernt ab und stieg aus. Der sich gräulich vor dem blauschwarzen Himmel abzeichnende Kaminrauch verriet, dass das Haus als einziges in der Gegend bewohnt war. Kein schlechtes Versteck, aber die tiefen Temperaturen hatten Radbruch offenbar dazu bewogen, unvorsichtig zu sein und den Kamin zu befeuern.

Auch Kregel war mittlerweile aus dem Wagen gestiegen und stapfte hinter Andresen her. Der Schnee vor dem Haus war platt gefahren, anders als auf dem schmalen Weg, der zur Eingangstür führte. Hier lag der Schnee noch so weich, wie er in den vergangenen Tagen gefallen war.

Erst nach einigen Metern sah Andresen, dass der Schnee auf dem Pfad zum Haus doch nicht unberührt war. Die Dunkelheit im Schatten des Hauses machte es beinahe unmöglich, die Fußabdrücke, die sich in unmittelbarer Nähe der Hauswand befanden, wahrzunehmen.

»In jedem Fall mehr als eine Person«, flüsterte Kregel. »Die Abdrücke sind unterschiedlich groß. Hier sind auch noch andere Spuren, ich kann aber nicht erkennen, um was es sich handelt.« Er suchte mit einer kleinen Taschenlampe den Schnee ab und fluchte vor sich hin. »Warum lasse ich mich nur immer auf diesen Irrsinn mit dir ein? Wäre ich bloß in Bielefeld geblieben, da gab es nicht so viele Verrückte wie dich.«

Andresen musste einen Augenblick lang schmunzeln, obwohl er nicht einzuschätzen vermochte, wie ernst Kregel die Bemerkung gemeint hatte.

»Wenn du mich fragst, kommen wir zu spät«, sagte Kregel plötzlich. »Radbruch ist nicht mehr hier.«

Wie zur Bestätigung dieser Worte fiel Andresen im nächsten Moment die im Wind hin und her pendelnde Eingangstür ins Auge. In den gefliesten Flurbereich des Hauses war bereits Schnee geweht und vermittelte ein gespenstisches Gefühl von Verlassenheit.

»Scheiße«, murmelte Andresen und tastete sich ins Innere. »Hallo!«, rief er laut in Richtung der einzelnen Räume, die vom Flur abzweigten. »Ist hier jemand? Propst Radbruch?«

Für den Bruchteil einer Sekunde drohte er auf dem Fliesenboden wegzurutschen. Gerade noch rechtzeitig konnte er sich mit der rechten Hand an der Wand abfangen. Während er sich an der Raufasertapete abstützte, ertasteten seine Finger etwas Viereckiges. Reflexartig drückte er auf den flachen Schalter. Im nächsten Augenblick erhellte sich alles um ihn herum wie bei einer Sternenexplosion. Andresen hielt sich die Hände vor die Augen und versuchte durch vorsichtiges Blinzeln allmählich Teile seiner Umgebung wahrzunehmen.

Er wünschte sich augenblicklich, es nicht getan zu haben. Der Grund, warum er vorhin beinahe weggerutscht war, breitete sich direkt unter seinen Füßen aus. Er stand in einer riesigen Blutlache. Zum zweiten Mal am heutigen Tag reagierte sein Körper derart heftig, dass er ihn nicht mehr unter Kontrolle hatte. Andresen stürzte nach draußen und kniete sich in den knöchelhohen Schnee.

Er brauchte einige Sekunden, dann bemerkte er auch die Blutspuren im Schnee. Das Licht, das aus dem Flur nach draußen drang, hatte sie sichtbar gemacht. Aus dem Inneren des Hauses hörte er die dumpfe Stimme seines Kollegen. Kregel forderte offenbar Verstärkung an.

Andresen spürte, dass sich sein Magen leicht entkrampfte und dieses Mal wohl nicht nach außen stülpen wollte. Vorsichtig kam er wieder auf die Beine. Die Kälte, die sich langsam seine Gliedmaßen hochfraß, spürte er nicht. Gerade als er wieder stand und den Flur betreten wollte, kehrte Kregel zurück und schob ihn mit unzweideutiger Bestimmtheit zurück nach draußen.

»Es ist nicht Radbruch«, sagte er.

»Sondern?«

»Wenn mich nicht alles täuscht, hängt da drin der Rest von Pastor Boysen.«

Wieder verzog Andresen das Gesicht. Obwohl er hoffte, dass Kregel mit seiner Vermutung recht hatte und es sich bei den Blutspuren nicht um die des Propstes handelte, wurde ihm bei der Vorstellung von Pastor Boysens leblosem Rumpf erneut schlecht.

»Bist du sicher?«, fragte er.

»Ich bin mir zumindest sicher, dass es nicht Radbruch ist. Außer man hat Luft aus seinem Körper abgelassen.«

Andresen verzog genervt das Gesicht. Kregels sarkastische Art, mit belastenden Situationen umzugehen, war das Letzte, was er jetzt gebrauchen konnte. Er drängelte sich an ihm vorbei ins Haus. Die Entschlossenheit kehrte zurück und ließ ihn einen Moment lang den Schrecken vergessen. Er folgte den Blutspuren auf den champagnerfarbenen Fliesen in einen größeren Raum, der wie ein normales Wohnzimmer aussah. Mit einer einzigen Ausnahme. In der Mitte des Raumes baumelte eine schwarz gekleidete, kopflose Gestalt an einem kitschigen Kronleuchter, aufgehängt mit einem dicken Seil an beiden

Armen. Die Situation war so surreal, dass sie Andresen nach den Ereignissen der vergangenen Stunden kaum berührte. Langsam ging er um den schmächtigen Männerkörper herum, so als sei er auf der Suche nach einem eindeutigen körperlichen Identifizierungsmerkmal. Doch das einzige Indiz, das darauf schließen ließ, dass es sich bei dem Toten tatsächlich um Pastor Boysen handelte, war der schwarze Talar, der blutgetränkt an seinem Körper hing.

Nachdenklich ließ er seinen Blick im Zimmer kreisen. Alles schien unangetastet zu sein, keine Spur von einem brutalen Überfall. Wenn Boysen hier umgebracht worden war, musste es doch weitere Spuren geben. Andresen dachte nach. Es war kaum möglich, dass der Mord an Boysen hier geschehen war. Die entsetzliche Entdeckung vor seinem Haus hatte er bereits am Nachmittag gemacht, doch den Anruf von Radbruch hatte er erst am Abend empfangen. Warum hätte Radbruch also erst Stunden nachdem er und Boysen überfallen worden waren, einen Hilferuf senden sollen? Das ergab keinen Sinn.

»Draußen sind auch Spuren«, rief Kregel. »Ich habe Blut entdeckt.«

»Ich hoffe, es ist nur Boysens Blut«, sagte Andresen in der Hoffnung, Kregel würde es bestätigen können.

»Die Techniker müssen schnellstens Proben nehmen und ins Labor schicken.«

»Wenn es sich nicht nur um Boysens Blut handelt, dann ...«

»... hätten wir vielleicht schon bald den nächsten Toten«, ergänzte Kregel mit versteinerter Miene.

»Ja, wahrscheinlich. Vielleicht ist aber auch alles ganz anders«, murmelte Andresen so leise, dass Kregel ihn nicht verstehen konnte.

Ehe Kregel nachfragen konnte, wurde ihr Gespräch durch das ferne Geräusch eines Martinshorns unterbrochen. Es näherte sich mit großer Geschwindigkeit. Andresen lief nach draußen und erkannte, dass nicht nur mehrere Einsatzfahrzeuge, sondern auch ein Rettungskrankenwagen vorgefahren kamen. Er musste an den toten Körper Boysens denken, der auf makabre Weise am Kronleuchter aufgehängt worden war. Beim Anblick des Rettungswagens blieb Andresen nichts anderes übrig, als sich in sarkastische Gedanken zu flüchten. Genau so, wie es Kregel immer tat. Hier in diesem Haus konnte niemand mehr gerettet werden.

17

Er verstand noch immer nicht, was eigentlich vor sich ging. Aber selbst ihm, der alles andere als zimperlich war, war angst und bange geworden, als er mit eigenen Augen gesehen hatte, wozu die Männer in der Lage waren. Wie sie mit dem Torso des Pastors umgegangen waren, ihn in Radbruchs Fischerhütte geschleppt und schließlich am Kronleuchter aufgehängt hatten. Im Nachhinein hatte er verstanden, was sich in dem Paket befunden hatte, das sie vor Kommissar Andresens Haus abgestellt hatten.

Bei dem Gedanken daran, dass sie Sandro Ähnliches angetan hatten, stieg unbändige Wut in ihm hoch. Was auch immer sein Bruder mit diesen Leuten zu tun gehabt hatte, er wünschte sich nichts mehr, als dessen Tod mit gleicher Grausamkeit zu rächen.

Doch auf die Polizei konnte er sich dabei, wie kaum anders zu erwarten, nicht verlassen. Andresen verstrickte sich offenbar in aberwitzige Theorien über Sandro, anstatt die Mörder seines Bruders zu suchen. Somit blieb ihm nichts anderes übrig, als selbst aktiv zu werden und diese Schweine in die Hölle zu schicken.

Er hatte keine Ahnung, wohin sie fuhren. Seit der Anschlussstelle Ratekau folgte er dem großen schwarzen Geländewagen unauffällig auf der Autobahn. Wenn er die Schilder vorhin richtig erkannt hatte, befanden sie sich kurz vor Oldenburg. Zum Glück hatten die Räumdienste ausreichend Salz auf der Autobahn verteilt, sodass er dem allradbetriebenen Fahrzeug mit seinem BMW problemlos folgen konnte.

Ein plötzliches Aufleuchten der Bremslichter ließ ihn für einen Moment aufschrecken. Er drosselte die Geschwindigkeit, um den Abstand zu seinem Vordermann nicht zu klein werden zu lassen. Noch immer leuchteten die Bremslichter des Geländewagens vor ihm; wahrscheinlich wurde er durch ein anderes Fahrzeug aufgehalten.

Sein Blick fiel auf die Uhr im Armaturenbrett. Es war kurz nach zehn. Sieben Stunden waren vergangen, seitdem er die Verfolgung der unbekannten Männer aufgenommen hatte und ihnen dicht auf den Fersen geblieben war. Es war purer Zufall gewesen, dass er sie vor Andresens Haus in der Großen Gröpelgrube entdeckt hatte.

Sein Blick wanderte weiter auf den Tacho. Erst jetzt bemerkte er, wie langsam er bereits fuhr. Die Sekunden verstrichen, in denen sein Blick wie paralysiert zwischen der Straße und dem sich plötzlich quer drehenden Geländewagen hin und her wechselte. Dann reagierte er geistesgegenwärtig und tauchte hinter seinem Lenkrad ab. Im nächsten Augenblick zerbarst die Windschutzscheibe unter lautem Getöse. Der Kugelhagel traf sein Auto mit voller Wucht.

Boris Roloff rutschte immer tiefer in den Fußraum seines BMW und faltete seine Hände zum Gebet. Er rief Gott um Hilfe, denn so wollte er nicht sterben.

»*... nach der Schießerei noch immer gesperrt. Wann die A 1 wieder für den Verkehr freigegeben wird, kann die Polizei derzeit noch nicht sagen. Weichen Sie über die Anschlussstelle Neustadt ...*«

Andresen drehte das Radio leiser und sah Wiebke fragend an.

»Weißt du, was da passiert ist?«

»Irgendeine Wildwestschießerei mitten auf der Autobahn. Vielleicht verfeindete Gangs.«

»Wahrscheinlich«, antwortete Andresen teilnahmslos. Er war angespannt. In einer halben Stunde fand die Besprechung des Ermittlungsteams zu den neuesten Entwicklungen statt. Andresen hoffte, dass seine Kollegen mehr über die Radikalen Pietisten und deren Einfluss innerhalb der Mariengemeinde herausgefunden hatten. Noch wussten sie nicht, was hinter den Morden steckte, aber mittlerweile waren sich alle sicher, dass die Gruppierung der Radikalen Pietisten eine entscheidende Rolle spielen konnte.

Die Morde unterschieden sich an einer entscheidenden Stelle. Mit Sandro Roloff hatte es einen augenscheinlichen Christenhasser getroffen, dessen Plan es möglicherweise gewesen war, die Marienkirche in die Luft zu sprengen. Der zweite Mord war an Pastor Boysen verübt worden, einem alteingesessenen Würdenträger, den Andresen als introvertierten, wenig hilfsbereiten Mann kennengelernt hatte. Beide Morde hatten offenbar einen religiös-motivierten Hintergrund. Beide Morde waren auf dieselbe schreckliche Art und Weise begangen worden. Und doch fehlte das verbindende Element.

Es musste etwas geben, das sie bislang übersehen hatten. Wer steckte bloß hinter alldem? Waren tatsächlich die Radikalen Pietisten für die Morde verantwortlich? Niemand schien zu wissen, wer sie waren. Nicht einmal Radbruch. Und der war jetzt auch noch verschwunden.

Er wurde in seinen Gedanken unterbrochen, als es plötzlich an der Haustür klopfte. Vor lauter Schreck sprang Andresen etwas zu schnell von seinem Stuhl auf, sodass er sich die Kniescheibe an der harten Tischkante stieß. Doch statt einen Schmerzensschrei auszu-stoßen, stürzte er ans Küchenfenster und warf einen Blick auf die Person vor seiner Haustür. Als er erkannte, wer dort stand, rieb er sich verwundert die Augen.

**

»Ich habe gehört, was geschehen ist. Furchtbar.«

Andresen musterte den Mann im feinen Zwirn mit skeptischem Blick. Was um alles in der Welt suchte er hier bei ihm in aller Herr-gottsfrühe?

»Boysen war ein wunderbarer Pastor«, fuhr Norman Winkler fort.

»Natürlich war er das«, sagte Andresen emotionslos. »Wenn ich mich richtig erinnere, sagten Sie bei unserem letzten Gespräch, Sie hätten ihn kaum gekannt?«

»In der Tat, wir sind uns nur selten begegnet. Mit Propst Rad-bruch hatte ich weitaus mehr Kontakt. Haben Sie etwas von ihm gehört?«, fragte Winkler. Über sein Gesicht huschte für einen kur-zen Augenblick etwas, das Andresen als Panik deutete. Wusste der wohlhabende Unternehmer, dessen Verbindungen zur Kirche und auch zu Boris Roloff ihm noch immer ein Rätsel waren, etwa von dem Verschwinden Radbruchs?

»Ich glaube, ich verstehe nicht ganz, worauf Sie hinauswollen«, gab sich Andresen ahnungslos. »Was hätte ich denn von ihm hören sollen?«

»Nun ja, ich versuche ihn seit Tagen erfolglos zu erreichen. Er geht nicht ans Telefon, öffnet nicht die Haustür, und in der Kirche oder im Werkhaus habe ich ihn auch nicht angetroffen. Ich mache mir allmählich Sorgen.«

»Tut mir leid, ich kann Ihnen da nicht weiterhelfen.« Andresen spielte weiter den Unwissenden.

»Ich dachte, Sie würden ihn vielleicht auch vernehmen, wegen … Sie wissen schon, der Mord an diesem Roloff und das Verschwin-den der Teufelsfigur.«

Andresens Alarmglocken schrillten mit einem Mal wie das krei-schende Geräusch eines Digitalweckers. Das, wovon Winkler gerade gesprochen hatte, war kein Geheimnis gewesen, trotzdem war es ungewöhnlich, wie gut er Bescheid wusste. Weshalb interessierte er sich dafür, ob Radbruch in dieser Angelegenheit vernommen worden war?

»Der Propst steht ja nicht unter Verdacht«, antwortete Andresen. »Außerdem hat er seine Aussage bereits zu Protokoll gegeben. Wie gesagt, ich kann Ihnen nicht weiterhelfen. Müssen Sie denn etwas Dringendes mit ihm klären?«

Wieder glitt ein hektischer Ausdruck über Winklers Gesicht. Er fuhr sich mit der linken Hand durch die gegelten Haare. Woher kam bloß diese Sorge, die Winkler ausstrahlte? Weshalb war er derart nervös, dass er ihn um diese Uhrzeit aufgesucht hatte?

»Nein, nein«, antwortete er unwirsch. »Wir müssen nur noch einmal über meine letzte Spende sprechen. Da gab es Unstimmigkeiten.«

Es war offensichtlich, dass Winkler nicht die Wahrheit sagte. Für den Bruchteil einer Sekunde überlegte Andresen, ob er ihm vom gestrigen Abend erzählen sollte. Von Radbruchs Angst vor den Radikalen Pietisten, der Nachricht auf seiner Mailbox und dem schrecklichen Fund in dem kleinen Fischerhaus am Hemmelsdorfer See. Doch er entschied sich anders und verabschiedete sich von Winkler, der es plötzlich eilig hatte und die schmale Gasse in Richtung Koberg hinauflief.

***

Die meiste Zeit ihrer morgendlichen Besprechung verbrachten Andresen und seine Kollegen damit, Informationen über den Mord an Pastor Paul Boysen zusammenzutragen. Immer wieder kamen sie dabei auf die Parallelen zu dem Fall Sandro Roloff zu sprechen. Als Tatwerkzeug gingen sie auch hier wieder von einer schwertähnlichen Stichwaffe aus. Sie verständigten sich schließlich darauf, so viel wie möglich über den unnahbaren Pastor und seine Rolle in der Mariengemeinde in Erfahrung zu bringen.

Andresen trat einen Schritt zur Seite und gab die Sicht auf das Flipchart frei. Er hatte versucht, die Ereignisse der vergangenen Tage mit Hilfe eines Schaubilds zu verdeutlichen. Die auf den ersten

Blick wie ein wirres Knäuel loser Fäden aussehende Zeichnung offenbarte den ganzen Umfang ihrer Ermittlungen.

»Ich gehe jetzt nicht noch einmal auf jeden einzelnen Punkt ein, aber eine Sache wird wohl ziemlich deutlich.« Andresen holte tief Luft und sprach die folgenden Worte langsam und deutlich aus. »ALLES scheint zusammenzuhängen.« Er hielt kurz inne, damit sich seine Zuhörer auf der Papiertafel vergewissern konnten, dass er mit seiner Annahme recht hatte.

»Deine These ist gewagt! Aber ich glaube, dass es tatsächlich so ist, wie du sagst«, äußerte sich Kregel.

Dass er ausgerechnet von ihm Unterstützung erhielt, überraschte Andresen. Die Zusammenarbeit mit dem eigenwilligen Kommissar aus Ostwestfalen hatte sich im Laufe der Monate stetig verbessert. Er ertappte sich dabei, wie er für einen Augenblick ein Gefühl von echter Sympathie für Kregel empfand.

»Ganz so sehe ich das noch nicht.« Sibius zerstörte rabiat das zarte Pflänzchen der Verbundenheit zwischen Andresen und Kregel. »Wir wissen doch längst noch nicht, warum die Bombe auf Norman Winklers Grundstück explodiert ist. Vielleicht handelte es sich um einen dummen Zufall. Auch der Überfall auf Birger, der Unfall von Stephan Böhmert, das Verschwinden der Teufelsfigur und selbst …«

»Ähem.« Kregel unterbrach seinen Chef mit einem Laut, der eine Mischung aus gesprochenem Wort und Husten war. »Bei aller Vorsicht und Skepsis, unsere Erkenntnisse sprechen eine deutliche Sprache. Wir müssen sie jetzt nur in den richtigen Zusammenhang setzen. Bislang war man uns immer einen Schritt voraus. Wir wissen zwar noch nicht, warum Roloff und Boysen sterben mussten, aber wir müssen verhindern, dass wir als Nächstes Radbruchs abgetrennten Kopf an irgendeiner Ecke finden.«

Kregel hatte den Nagel auf den Kopf getroffen, auch wenn seine Wortwahl einigen am Tisch sichtlich zuwider war.

»Außerdem wissen wir ja mittlerweile, dass Winkler Beziehungen zur Mariengemeinde pflegte«, pflichtete ihm Andresen bei. »Eine Verbindung besteht also.«

»Wie dem auch sei«, sagte Sibius. »Im Übrigen haben wir eine Nachrichtensperre verhängt«, sagte er unvermittelt. »Die Öffentlichkeit muss momentan noch nicht wissen, wie Pastor Boysen ums Leben gekommen ist.«

»Also geben wir auch nicht preis, dass Radbruch verschwunden ist?«, fragte Andresen.

»Vorerst nicht. Du weißt, was sonst los wäre.«

Andresen sah Sibius nachdenklich an. War es wirklich richtig, dass sie keine Informationen an die Öffentlichkeit weitergaben? Er war sich unsicher. Ihm kam ein Gedanke in den Sinn, der ihm gestern Abend bereits durch den Kopf gegangen war. Für den Fall, dass Boysen in dem kleinen Fischerhaus am See ermordet worden war: Warum hatte Radbruch denn nicht schon früher, sondern erst nachdem Stunden vergangen waren, bei ihm angerufen? War es etwa möglich, dass der Propst etwas mit dem Tod von Boysen zu tun hatte?

Noch wollte er den Verdacht, den er gegen Radbruch hegte, nicht aussprechen. Das Risiko, dass er sich irrte und die Ermittlungen so auf eine falsche Spur lenkte, war ihm zu hoch. Mit Sicherheit gab es eine Erklärung für den späten Anruf. Zuvor wollte er noch etwas anderes wissen. Radbruch hatte bei seinem Besuch im Präsidium die Gruppierung der Radikalen Pietisten ins Spiel gebracht. Andresen war mittlerweile der festen Überzeugung gewesen, dass sie etwas mit dem Mord an Sandro Roloff zu tun hatten. Er bat Barbara, ihre neuesten Erkenntnisse über die mögliche Existenz dieser Gruppierung in Lübeck vorzutragen.

»Johann Georg Rapp«, begann Barbara beinahe verschwörerisch, während sie sich langsam mit der linken Hand durch ihre struwwelige Kurzhaarfrisur fuhr. »Sagt euch der Name etwas?«

Niemand der Anwesenden sagte etwas.

»Er war einer der wichtigsten deutschen Separatistenführer innerhalb des Radikalpietismus. Bevor ich auf die Gegenwart zu sprechen komme, möchte ich euch noch ein wenig mehr über die Geschichte des Radikalpietismus erzählen.« Sie nahm einen Computerausdruck zur Hand und sah in die Runde. »Seid ihr bereit?« Dann begann sie zu zitieren.

»Die Zentren des Radikalen Pietismus in Deutschland befanden sich im 17. Jahrhundert vor allem in Hessen, im Rheinland und im Herzogtum Württemberg. Geistesgeschichtlich entfaltete der Radikal-

pietismus eine starke Wirkung, dagegen blieb er personell eine Rand-erscheinung innerhalb des Pietismus. Im frühen 18. Jahrhundert geriet der Radikalpietismus unter den Einfluss der ›Inspirierten‹, die eine ekstatisch-visionäre Religiosität lebten. Zu den wichtigsten Füh-rungspersönlichkeiten der deutschen ›Inspirierten‹ gehörten Johann Friedrich Rock und Eberhard Ludwig Gruber, beide aus Württem-berg stammend. Die Gruppe wanderte schließlich in die USA aus, wo noch heute in den sieben Amana-Dörfern in Iowa ihre Nachfahren leben.«

Barbara hustete und trank einen Schluck Wasser, ehe sie fortfuhr.

»Es entsprach dem Selbstverständnis der Radikalen Pietisten, über alle Grenzen hinweg mit Gleichgesinnten Kontakt zu halten, da sie sich als ›wahre Gemeinde Christi‹ verstanden. Auch im frühen 19. Jahrhundert wanderten Radikale Pietisten, sogenannte Separa-tisten, aus Deutschland aus und gründeten in den Staaten und in Transkaukasien Siedlungen. 1805 rief der württembergische Separa-tistenführer Johann Georg Rapp die ›Harmony Society‹ ins Leben, die der Inspirationsbewegung zuzurechnen ist. Nach ihr ist die Sied-lung ›Harmony‹ benannt. Die Menschen lebten in vollkommener Gütergemeinschaft, sämtliches Privateigentum wurde abgeschafft. Schwere Konflikte brachen auf, als Rapp 1807 die völlige sexuelle Abstinenz postulierte und auch rigoros durchsetzte. Durch eine vor-bildliche Landwirtschaft und die Einrichtung moderner Fabriken prosperierte die Kommune innerhalb weniger Jahre. Rapp zog 1814 mit seiner Gruppierung nach Indiana, wo er in der Wildnis die neue Siedlung ›New Harmony‹ errichtete. Weitere zehn Jahre später nö-tigte Rapp seine Anhängerinnen und Anhänger erneut zu einem Um-zug zurück in die Nähe der ersten Siedlung nach Pennsylvania, wo eine neue Siedlung mit Namen ›Economy‹ errichtet wurde. Damit nahmen jedoch die Konflikte innerhalb der Gemeinschaft erst recht zu. Johann Georg Rapp, der sich gegen Ende seines Lebens für un-sterblich hielt, starb im Alter von 89 Jahren in ›Economy‹. 1906 wur-de die ›Harmony Society‹ in Amerika offiziell aufgelöst.«

Barbara legte den Zettel zur Seite und schaute in die Gesichter der Kollegen. Bevor jemand die Frage nach dem Sinn ihres Exkur-ses stellen konnte, sagte sie rasch: »Als ich diese Geschichte gelesen habe, war ich fasziniert und erschrocken zugleich.«

Andresen hatte das Gefühl, dass es einigen seiner Kollegen am Tisch ähnlich ergangen war.

»Darum habe ich mich noch etwas näher mit Johann Georg Rapp beschäftigt und bin auf einige interessante Details gestoßen.«

Barbara nahm einen weiteren Zettel aus ihren Unterlagen und schob ihn in die Mitte des Tischs. Auf dem ansonsten weißen Blatt Papier war das Schwarzweißporträt eines seltsam anmutenden Mannes zu sehen. Andresen rückte ein Stück weiter auf seinem Stuhl vor und sah sich das Bild aus der Nähe an. »*Johann Georg Rapp, * 1. November 1757 in Iptingen, † 7. August 1847 in Economy, Pennsylvania*« stand darunter.

Da war es wieder, das Schrillen in seinem Kopf. Wie das des fürchterlichen Weckers mit den roten Digitalziffern. Das Bild erinnerte ihn an etwas, das er vor noch gar nicht allzu langer Zeit gesehen hatte. Er massierte seine Schläfen so lange, bis es ihm wieder einfiel. Das Phantomfoto, das sie nach Pastor Wendelborns Beschreibung hatten anfertigen lassen, hatte heute Morgen auf seinem Schreibtisch gelegen. Johann Georg Rapp und der Kuttenmann hatten erstaunliche Ähnlichkeit.

»*Rapp, der sich selbst als Prophet bezeichnete, und seine Anhänger glaubten daran, dass Jesus Christus noch während ihrer eigenen Lebenszeit auf die Erde zurückkehren würde. Als sich abzeichnete, dass Rapps Prophezeiungen nicht eintreten würden, kam es zu heftigen Zerwürfnissen innerhalb der Gruppe. Rapp wird in der Literatur auch als Tyrann bezeichnet, der seine Anhänger wie Sklaven behandelt hat. Außerdem wurde ihm vorgeworfen, seinen Sohn umgebracht zu haben.*«

Barbara hatten die beiden letzten Sätze besonders betont, als Zeichen dafür, was sie von Rapp und dessen Führungsstil hielt.

»Ich glaube, es ist nicht der richtige Zeitpunkt für eine geschichtstheologische Lehrstunde«, warf Sibius ein.

Barbara sah den Leiter der Mordkommission mit entschlossenem Blick an. Sie schien überzeugt davon zu sein, dass es notwendig war, ihnen den Radikalpietismus in dieser Ausführlichkeit näherzubringen.

Andresen war sich sicher, längst verstanden zu haben, worauf sie hinauswollte. Mit dem Hinweis auf Rapps Tyrannei und dessen offensichtlichen Hang zu Gewalt wollte Barbara den Bogen zu den Radikalen Pietisten in Lübeck und dem Kuttenmann schlagen. Auch ihr war offenbar die Ähnlichkeit der beiden Bilder aufgefallen.

»Bei reiner Betrachtung historischer Ereignisse erscheint es vollkommen unlogisch zu sein, dass wir davon ausgehen sollten, dass die Morde an Roloff und Boysen von Radikalen Pietisten begangen worden sind«, sprach Barbara weiter. »Zum einen haben sich die Radikalen Pietisten niemals in nennenswerter Zahl in Norddeutschland formiert. Zweitens sind die Zeiten von Radikalen Pietisten und der Harmony Society seit mehr als einem Jahrhundert vorbei.«

»Jetzt kommt bestimmt gleich das große ABER«, raunte Kregel flapsig und bekam postwendend böse Blicke von seinen Kollegen zugeworfen.

»Das große ABER – in der Tat.« Barbara ließ sich nicht aus der Ruhe bringen. »Es gibt immerhin einen Grund, warum wir uns überhaupt mit den Radikalen Pietisten beschäftigen. Und der heißt Hinnerk Radbruch. Dank seiner zugegebenermaßen sehr vagen Aussage hatten wir einen ersten Anhaltspunkt. Er sprach von dieser Gruppierung. Ob wir damit die richtige Spur verfolgen? Meine Antwort lautet: Haben wir denn momentan eine Alternative?«

Andresen sah Barbara an. Da war plötzlich etwas, das seine Aufmerksamkeit auf sich gezogen hatte. Es hatte wieder mit Propst Radbruch zu tun. Er war bislang tatsächlich der Einzige gewesen, der die Gruppe der Radikalen Pietisten erwähnt hatte. Woher genau wusste er eigentlich davon?

Barbara zog ein weiteres Foto unter den Papieren hervor, die vor ihr auf dem Tisch lagen. Sie wollte es gerade in die Runde reichen, als die Tür zum Sitzungszimmer aufgerissen wurde und ein entschlossen wirkender Polizeipräsident vor ihnen stand. Noch bevor er den Mund öffnete, wusste Andresen, dass er die Nachricht, die Franz Zeichner zu überbringen gedachte, eigentlich gar nicht hören wollte.

19

»... es handelt sich mit großer Wahrscheinlichkeit um den Wagen von Boris Roloff.«

Polizeipräsident Franz Zeichner stand am Kopfende des langen Besprechungstischs und sah mit ernster Miene in die Runde.

Andresen glaubte seinen Ohren nicht zu trauen. Jetzt hatte auch noch die Wildwestschießerei, von der er heute Morgen im Radio gehört hatte, mit ihren Ermittlungen zu tun. Immerhin war nicht seine eigentliche Befürchtung eingetreten, dass man die Leiche Radbruchs gefunden hatte.

»In dem Auto befinden sich mehr als dreißig Einschusslöcher, aber vom Fahrer fehlt jede Spur. Wir haben auch keinen Tropfen Blut entdecken können.«

»Wer sagt denn, dass Roloff wirklich am Steuer saß?«, fragte Kregel nach.

»Niemand«, antwortete Zeichner ruhig. Mit seiner stattlichen Körpergröße von fast einem Meter neunzig und der Uniform, die er beinahe täglich trug, wirkte er wie der perfekte Repräsentant der Lübecker Polizei. Hinzu kam seine souveräne Art, dramatische Ereignisse zusammenzufassen und nicht den Hauch eines Zweifels aufkommen zu lassen, dass die Polizei früher oder später jedem Gesetzesbrecher auf die Schliche kommen werde.

»Aber es könnte sein, dass wir es mit denselben Tätern zu tun haben, die auch Sandro Roloff und Pastor Boysen umgebracht haben.«

Andresen sah gespannt auf und war gleichzeitig überrascht, wie gut Zeichner auf dem Laufenden war. Der Fall besaß mittlerweile offenbar höchste Priorität, was allerdings insbesondere angesichts der Tatsache, dass eines der Opfer dem öffentlichen Leben entstammte, nicht weiter verwunderlich war.

»Die Schießerei auf der A 1 fand gestern Abend etwa gegen zweiundzwanzig Uhr statt. Eine Uhrzeit, zu der nicht mehr allzu viel los ist. Glücklicherweise gab es trotzdem einige Zeugen, die das Ganze aus nächster Nähe verfolgt haben. Es gibt drei Zeugen, die übereinstimmend einen dunklen Geländewagen beobachtet haben. Ein Zeuge ist sich sicher, dass es sich um ein Fahrzeug der Mercedes GL-Klasse gehandelt hat. Es soll mit mindestens zwei Faustfeuerwaffen direkt aus dem Mercedes auf den Wagen von Roloff geschossen worden sein. Die ersten Aussagen der Techniker bestätigen das.«

Das Pochen in Andresens Schläfen machte ihm allmählich Sorgen. Er hatte das Gefühl, als weigere sich sein Körper, weitere Schreckensmeldungen zu verarbeiten.

»Der Vorfall hat weniger als eine Minute gedauert, anschließend hat der Geländewagen seine Fahrt in Richtung Norden fortgesetzt«, schloss Zeichner seine Ausführungen.

»Und Roloff? Ist denn keiner der Zeugen zu seinem Wagen gegangen?«

»Wenn es denn überhaupt Roloff war«, warf Kregel ein.

»Es hat sich niemand getraut nachzusehen. Erst als der Mercedes losgefahren ist, aber da war der Fahrer weg, wie vom Erdboden verschluckt. Wir müssen davon ausgehen, dass er geflüchtet ist, weil er Angst davor hatte, dass wir ihn uns vorknöpfen.«

»Mit gutem Grund«, hakte jetzt Sibius ein, dem die Anwesenheit des Polizeipräsidenten sichtlich unangenehm war. Dass die beiden nicht immer einer Meinung waren, wenn es um das Fällen von Entscheidungen ging, war allgemein bekannt. Andresen schwankte gelegentlich in seiner Einschätzung, wessen Führungsstil er angenehmer fand. In diesem Moment war es definitiv der des Präsidenten.

»Es gilt jetzt, alle unsere Kraft darauf zu konzentrieren, die Insassen dieses schwarzen Geländewagens zu finden. Vielleicht ist einer von ihnen der Mann, den wir ohnehin bereits per Phantombild suchen. Ich werde unverzüglich das Landeskriminalamt in Kiel informieren, damit wir personelle Unterstützung bekommen. Es darf keine weiteren Opfer mehr geben.«

Zeichners Worte klangen hart, aber nicht vorwurfsvoll. Er verstand es, die erhöhte Dringlichkeit, mit der sie ab jetzt vorgehen mussten, in positive Dynamik zu verwandeln.

Zeichner nickte Sibius kurz zu und verließ dann den Raum. Es dauerte eine ganze Weile, ehe Andresen die Stille unter den Kollegen durchbrach, indem er Barbara bat, mit ihren Ausführungen fortzufahren.

Die Entschlossenheit und die Klarheit in Barbaras Mimik waren verschwunden.

»Rapp …«, begann sie zögerlich aufs Neue.

»Ist es wirklich wichtig für unsere Ermittlungen, was dieser seltsame Vogel vor fast zweihundert Jahren getrieben hat?«, fiel ihr Sibius ins Wort. »Deine Recherchen in allen Ehren, aber du hast Zeichners Worte gehört, wir müssen Gas geben. Ich kann mir nicht vorstellen, dass uns augenblicklich das Schicksal einer amerikanischen Sekte weiterhilft.« Sibius war seine Ungeduld deutlich anzusehen. Zeichners Erscheinen hatte ihn unter Druck gesetzt.

Allmählich schien Barbara wieder die Kontrolle über die Situation zu gewinnen. Sie sah Sibius jetzt mit einem durchdringenden Blick an. Andresen hatte das Gefühl, als richteten sich plötzlich all ihre Struwwelhaare wie Pfeilspitzen auf ihren Chef.

»Ja, es ist wichtig.« Ihre Worte schossen wie das Gift einer Kobra aus ihrem Mund. »Verdammt wichtig sogar. Seht ihr denn nicht selbst die Verbindung?« Sie kramte wieder das Schwarzweißbild von Rapp hervor und legte es direkt neben das Phantombild des unbekannten Kuttenmanns, das unbeachtet in der Tischmitte lag.

Sie hatte also den gleichen Gedanken wie er gehabt, überlegte Andresen. Rapp und der Kuttenmann. Gandalf, wie ihn Stephan Böhmert genannt hatte. Er war gespannt auf ihre Schlussfolgerungen.

»Wenn ihr mich fragt, ist die Ähnlichkeit der beiden ein wichtiger Hinweis für uns. Vielleicht existiert diese Gruppierung, von der Radbruch sprach, tatsächlich. Und der Kuttenmann ist ihr Anführer. Womöglich ist er ein Epigone des Predigers Rapp, deshalb die optische Ähnlichkeit.«

»Na klar, und Lübeck wird demnächst in ›Baltic Harmony‹ umbenannt«, frotzelte Kregel.

»Da mag ja etwas dran sein, Barbara«, sagte Sibius. »Aber ich fürchte, das bringt uns momentan nicht weiter. Wir brauchen dringend eine konkretere Spur. Der schwarze Geländewagen ist zum Beispiel eine.«

Andresen spürte die Frustration in Barbaras Blick. Die Mühe, die sie sich bei ihrer Recherche gemacht hatte, die Verbindungslinien, die sie versucht hatte herzustellen – Sibius hatte all das gerade mit wenigen Worten als unwichtig vom Tisch gewischt. Dabei hatte sie entscheidende Dinge herausgefunden.

»Radbruch, der unbekannte Kuttenmann und der Geländewagen, hier müssen wir dranbleiben.« Mit diesen Worten beendete Sibius die Besprechung. Er bat Andresen noch, die Aufgaben innerhalb der Ermittlungsgruppe aufzuteilen, ehe er verschwand.

Auf Höhe des Kaffeeautomaten war sich Andresen sicher, dass er etwas übersehen hatte. Gerade als der letzte Tropfen Espresso aus dem Automaten in den beigefarbenen Pappbecher gefallen war, hatte er das Gefühl, dass sich ein Knoten in dem Gewirr aus Verbindungen und Vermutungen in seinem Kopf lösen wollte. Mit einem Mal war ihm etwas bewusst geworden. Andresen griff nach dem Espresso und lief den Gang entlang. Er hatte es plötzlich eilig. Kurz bevor er die Tür zu Barbaras Büro aufstoßen wollte, klingelte jedoch sein Handy. Obwohl er das Geräusch in diesem Moment verfluchte, zog er das Telefon aus der Hosentasche und warf einen Blick auf das Display. Er kannte die Nummer. Es war noch gar nicht allzu lange her, dass er sie schon einmal auf dem kleinen rechteckigen Bildschirm seines Handys hatte aufblitzen sehen. Gestern Abend.

Andresen nahm ab und hörte nur ein undefinierbares Rauschen in der Leitung. Erst dachte er, es wäre der Wind, der alle anderen Geräusche wie ein großer Staubsauger verschluckte, dann glaubte er den Wellenschlag des Meeres heraushören zu können. Schließlich wurde die Verbindung nach einem panischen Schrei unterbrochen. Er war so laut und durchdringend gewesen, dass es Andresen einen Moment lang eiskalt den Rücken hinunterlief. Die plötzliche Stille danach verstärkte dieses Gefühl noch.

Barbara, die das Klingeln von Andresens Handy durch die geschlossene Tür gehört hatte, stand vor ihm und sah ihn fragend an.

»Das war Radbruch«, sagte Andresen bemüht ruhig. »Ich hoffe zumindest, dass er es war. Na ja, andererseits auch wieder nicht«, fügte er murmelnd hinzu.

»Wovon sprichst du?«, fragte Barbara.

»Der Anruf kam von seinem Handy, aber es war nur ein Rauschen zu hören.«

»Niemand hat etwas gesagt?«

»Doch, ganz am Ende gab es einen fürchterlichen Schrei.«

»Radbruch?«

»Keine Ahnung, das Geräusch war so schrill, dass ich mir mittlerweile nicht einmal mehr sicher bin, ob es von einem Mann oder einer Frau stammte.«

»Hast du versucht, zurückzurufen?«

Andresen drückte die richtigen Knöpfe für den Rückruf. Doch wie schon gestern Abend sprang sofort die Mailbox an.

»Mist!«, fluchte er.

»Warum schaltet er sein Telefon denn immer ein und wieder aus?«

»Die Frage kann auch lauten: Ist er selbst überhaupt in der Lage dazu?«, antwortete Andresen.

»Mit Handyortung kommen wir dann wohl auch nicht weiter, oder?«

»Kaum. Die Kollegen von der IT versuchen es bereits seit gestern Abend erfolglos.« Andresen wirbelte um seine eigene Achse und verschüttete einen Teil seines Espresso. Nachdem er einen leisen Fluch ausgestoßen hatte und bereits auf dem Weg in Richtung seines Büros war, fiel ihm wieder ein, weswegen er eigentlich zu Barbara hatte gehen wollen. Er wandte sich zu seiner Kollegin um und sah sie mit einer Mischung aus Neugier und Zweifel an.

»Hältst du es für möglich, dass die beiden Morde nicht von ein und derselben Person begangen worden sind?«

»Wieso sollte ich?«

»Wir gehen doch bislang nur davon aus, weil beide Opfer enthauptet worden sind, nicht wahr?«

»Ja.«

»Hast du dir mal überlegt, dass das Motiv immer unklarer wird, wenn wir die beiden Toten miteinander vergleichen? Auf der einen Seite der Antichrist, der nicht einmal vor einem Anschlag auf St. Marien haltmacht und gleichzeitig trotzdem eine seltene Bibel besitzt, und auf der anderen Seite der fromme Pastor Boysen. Das passt doch nicht zusammen.«

»Dennoch ist doch offensichtlich, dass …«

»Ich habe nicht das Gefühl, dass hier irgendetwas offensichtlich ist«, fiel Andresen Barbara ins Wort. »Je länger ich darüber nachdenke, desto weniger passt alles zusammen.«

»Hast du nicht eben in der Besprechung noch behauptet, ALLES würde miteinander zusammenhängen?«

»Tut es ja auch, es passt nur nicht. Wir müssen anders denken.« Mit diesen Worten drehte sich Andresen um und ging endgültig zurück in sein Büro. Eine sichtlich irritierte Kollegin sah ihm noch einige Sekunden hinterher.

***

Andresen erfuhr von Kregel, dass eine Großfahndung nach dem dunklen Geländewagen, höchstwahrscheinlich ein Modell der Marke Mercedes GL-Klasse, für ganz Schleswig-Holstein ausgerufen worden war. Außerdem hatte Zeichner in Kiel eine Hundertschaft angefordert, die das Gebiet rund um den Hemmelsdorfer See nach Spuren absuchen sollte. Dass es dabei auch um die Suche nach Propst Radbruch ging, sprach Kregel zwar nicht aus, es hallte jedoch bei jedem seiner Worte mit.

Andresen schloss die Tür zu seinem Büro und setzte sich an seinen Schreibtisch. Plötzlich tanzte wieder das Bild von Johann Georg Rapp vor seinen Augen. Die Ähnlichkeit zwischen Rapp und dem Kuttenmann war frappierend.

Propst Radbruch hatte sie mit seinem Verdacht auf die Gruppierung der Radikalen Pietisten gebracht. Andresen hatte Barbara darum gebeten, Informationen über sie zu sammeln. Ihre Vermutungen waren also weder an den Haaren herbeigezogen, noch waren sie wertlos. Natürlich war Sibius' Einwand berechtigt, dass die historischen Fakten über die Radikalen Pietisten in der derzeitigen Situation nicht weiterhalfen. Aber Andresen erschien dieses Vorgehen sinnvoll, wenn sie den unheimlichen Kuttenmann, den möglichen Anführer einer fundamentalen Christenbewegung, aufspüren wollten. Großaufgebote waren eine Lösung, aber mussten sie nicht auch verstehen, was sich hinter diesen grauenhaften Taten verbarg?

Einen Moment lang hätte Andresen alles dafür gegeben, einen Reset-Knopf hinter seinem Ohr zu haben und alle seine Gedanken zu diesem Fall auf null zu stellen. Das Knäuel an Verwicklungen schien ihm schier unlösbar zu sein. Auf seiner Wanduhr sah er, dass es kurz nach zehn war. Der ganze Tag lag noch vor ihm, und trotzdem wusste er in diesem Augenblick nicht, was er als Nächstes tun sollte. Er musste an Norman Winkler denken, der ihm heute Morgen einen überraschenden Besuch abgestattet hatte. Weshalb war er eigentlich gekommen? Machte er sich tatsächlich Sorgen um den Propst, oder ging es ihm um etwas ganz anderes? Vielleicht um sein Geld, das er in die Gemeinde investiert hatte?

Andresen nahm sich vor, noch einmal mit Winkler zu sprechen und ihm diesmal die Wahrheit über Radbruch zu sagen. Zumindest die Wahrheit, von der die Kripo derzeit offiziell ausging, nämlich dass Radbruch entführt worden war.

Ein Schmierzettel, der auf seinem Schreibtisch lag, fiel ihm ins Auge. Er war bereits einige Tage alt und enthielt eine unstrukturierte Auflistung von Namen, die in dieser Ermittlung in Erscheinung getreten waren. Rasch überflog er sie: Sandro und Boris Roloff, Norman Winkler, Propst Hinnerk Radbruch, Pastor Paul Boysen, Kirchenvorstand Friedbert Kohnke, der unbekannte Kuttenmann mit seinen beiden Helfern, Stephan Böhmert und Pastor Wendelborn. Zwei von ihnen waren tot, zwei weitere verschwunden, einer lag noch immer im Krankenhaus. Die niederschmetternde Bilanz einer einzigen Woche, in der es ihnen nicht gelungen war, Licht ins Dunkel zu bringen.

Noch einmal glitt sein Blick über die Namen, die auf dem weißen Papier einen verlorenen Eindruck machten. Boris Roloff, Winkler, Radbruch, Kohnke … Der Kirchenvorstand. Welche Rolle spielte er eigentlich? Er besaß vermutlich den engsten Draht zu Boysen und Radbruch. Andresen erinnerte sich daran, dass Kohnke ihn angerufen hatte, als er in Wismar gewesen war, um ihm von seinem Verdacht, dass Radbruch die Teufelsfigur gestohlen haben könnte, zu berichten. Das vorerst Letzte, was er über den Kirchenvorstand gehört hatte, war der wenig freundliche Besuch von Boris Roloff bei ihm im Marienwerkhaus gewesen.

Andresen sprang von seinem Drehstuhl auf, schnappte sich seine dicke Winterjacke aus Wildleder vom Haken und verließ sein Büro. Er wollte nicht länger untätig am Schreibtisch sitzen. Er musste handeln.

20

Petra Kleine-Willmann saß an dem rustikalen Sekretär und schob ihre strenge, rahmenlose Lesebrille nach vorne, als Andresen die Tür zu ihrem Büro öffnete.

»Klopf, klopf«, sagte Andresen, doch seine Hoffnung, das zerknitterte Gesicht der Gemeindeassistentin aufhellen zu können, zerschlug sich sofort.

»Sie schon wieder?«, entgegnete Petra Kleine-Willmann. »Muss das denn sein? Es ist doch so schon schwer genug.«

»Entschuldigen Sie bitte die Störung«, gab sich Andresen kleinlaut. »Sie wissen also bereits Bescheid?«

»Ich lese Zeitung. Es wäre jedoch angenehmer gewesen, wenn ich es auf einem anderen Weg erfahren hätte.«

»Deshalb bin ich ja jetzt hier. Auch für die Polizei ist die Situation momentan nicht einfach, wir versuchen jedoch unser Bestes, um den Mörder von Pastor Boysen so schnell wie möglich zu finden.«

»Wissen Sie eigentlich, wie ich mich fühle?« Die Stimme der zierlichen Person schwankte zwischen Trauer und Hysterie; Tränen schossen ihr in die Augen.

»Erst dieser Mord in der Marienkirche, dann verschwindet der Propst ohne ein Wort, und gestern wird auch noch Pastor Boysen brutal ermordet. Und ich sitze hier ganz allein und ...« Ihre Stimme wurde brüchig und erstarb unter einem lauten Schluchzen.

»Ist denn der Kirchenvorstand nicht im Haus?«, hakte Andresen ein.

»Nein, ich habe ihn zuletzt vorgestern gesehen, da kam er kurz rein. Friedbert ist viel unterwegs.«

Andresen nickte. Für einen kurzen Augenblick tat ihm die Frau mit dem verhärmten Gesicht leid.

»Wissen Sie, wann er zurückkommt?«

»Hoffentlich heute noch. Mir wird das nämlich langsam alles zu viel hier. Wenn Sie ihn dringend sprechen wollen, kann ich Ihnen aber seine Handynummer geben.«

Andresen notierte sich die Nummer und verabschiedete sich von

Petra Kleine-Willmann. Als er ging, schien sie sich wieder etwas beruhigt zu haben. Draußen schlug ihm der Ostwind entgegen, der nach einem kurzen Intermezzo zurückgekehrt war. Hastig eilte er zu seinem Volvo, den er vor dem ersten Revier der Polizei in der Mengstraße geparkt hatte. Die wenigen Meter hatten ausgereicht, dass er seine Fingerspitzen kaum noch spürte, als er Kohnkes Telefonnummer in sein Handy eintippte. Genau wie bei Radbruch sprang auch bei Kohnke nur die Mailbox an. Genervt startete Andresen den Motor. Er hoffte, nun wenigstens Norman Winkler anzutreffen.

Winklers Unternehmen lag in einer Seitenstraße der Geniner Straße, unweit des Gasometers, der von Weitem sichtbar im Süden der Stadt aufragte. Das Firmengebäude befand sich in einem Neubau und machte auf Andresen eher den Eindruck eines Wellnesshotels denn einer Softwareschmiede. Eine Obstbar neben dem Empfang und Hinweisschilder auf einen hausinternen Pool sowie eine Saunalandschaft ließen Andresen einen Moment lang neidisch werden.

Eine hübsche Brünette mit einem Headset auf dem Kopf begrüßte ihn hinter dem Empfangstresen. Es dauerte eine ganze Weile, bis Andresen die Frau davon überzeugt hatte, die interne Durchwahl zur Geschäftsführeretage zu wählen und ihn anzukündigen. Umso überraschter wirkte sie, als sich ihr Chef erfreut über den unerwarteten Besuch zeigte.

Winklers Arbeitsreich befand sich im zweiten Stockwerk und war etwa dreimal so groß wie Andresens Büro. Trotz spärlicher Möblierung sah der Raum aus, als sei er von einem Stararchitekten geplant worden.

»Feng-Shui?«, fragte Andresen zur Begrüßung, ohne tatsächlich Ahnung zu haben, wovon er sprach.

»Richter«, antwortete Winkler trocken. »Ein bekannter Innenarchitekt.«

»Aha, schön, schön. Aber deswegen bin ich nicht gekommen. Ich würde mich gerne noch einmal mit Ihnen über den Propst unterhalten.«

Winkler sah Andresen interessiert an. Hier in der geschäftigen Atmosphäre seiner Arbeitswelt war von der Nervosität, die er heute Morgen ausgestrahlt hatte, nichts mehr zu erkennen. Andresen war sich sicher, dass sich dies schon in Kürze ändern würde.

»Aus ermittlungstaktischen Gründen konnte ich Ihnen heute Morgen nicht die Wahrheit über den Propst sagen«, begann Andresen. »Mittlerweile ist jedoch eine neue Situation eingetreten. Möglicherweise sind wir auf Ihre Hilfe angewiesen.«

»Wie habe ich das zu verstehen?«, fragte Winkler.

»Wir glauben, dass auch der Propst einem Verbrechen zum Opfer gefallen ist.«

Für einen kurzen Augenblick bröckelte die Fassade, die der Geschäftsmann Winkler so perfektioniert hatte. Etwas, das Andresen noch nicht zu interpretieren vermochte, flackerte in seinem Blick.

»Wir wissen noch nicht genau, was mit ihm passiert ist, gehen jedoch davon aus, dass er entführt worden ist.«

»Entführt? Von wem denn? Etwa …?«

»Ja, es sieht ganz danach aus.«

»Mein Gott«, stöhnte Winkler.

»Ich befürchte, der kann ihm jetzt nicht mehr helfen.« Andresen musterte Winkler; es gelang ihm jedoch noch immer nicht zu deuten, was in ihm vorging. »Versuchen Sie sich bitte zu erinnern, Radbruchs Leben steht auf dem Spiel. Hat der Propst Ihnen gegenüber irgendwann einmal etwas von einer Gruppierung erwähnt, die sich zum Ziel gesetzt hat, den inneren Frieden der Mariengemeinde zu zerstören?«

Winkler sah ihn irritiert an. Offenbar verstand er nicht, wovon Andresen sprach.

»Eine Gruppe radikaler Christen«, versuchte Andresen ihm auf die Sprünge zu helfen.

»Haben diese Leute auch etwas mit dem Anschlag auf mein Grundstück zu tun, oder warum fragen Sie mich das?«

»Das wissen wir noch nicht. Aber bitte antworten Sie auf meine Frage.«

»Mein Kontakt zu Radbruch ist nicht so eng, dass wir uns über so etwas unterhalten hätten. Ich würde unser Verhältnis eher als eine Geschäftspartnerschaft bezeichnen.«

»Geschäft?«, fragte Andresen verwundert nach. Ging es Winkler bei all seinen Aktivitäten tatsächlich immer nur um das Finanzielle?

»Weshalb waren Sie heute Morgen wirklich bei mir?« Andresen fixierte sein Gegenüber. Sein Tonfall war schärfer geworden.

»Das habe ich Ihnen doch gesagt. Ich konnte den Propst nicht erreichen, als ich ihn wegen einer geschäftlichen Angelegenheit sprechen wollte.«

Geschäft.

»Außerdem mache ich mir allmählich ob meiner eigenen Sicherheit Sorgen. Das verstehen Sie doch wohl hoffentlich?«

»Natürlich verstehe ich das. Vielleicht sollten wir noch einmal über Polizeischutz nachdenken.«

»Nicht nötig. Wie Sie wissen, bevorzuge ich meine eigenen Sicherheitsleute.«

So kam Andresen nicht weiter. Es gelang ihm einfach nicht, Winkler entscheidend aus der Reserve zu locken. Er musste es anders versuchen.

»Um welches Geschäft ging es? Was ist so dringend, dass Sie unbedingt mit Radbruch sprechen müssen?«

Das Stirnrunzeln und die Verunsicherung in Winklers Augen dauerten einen Moment zu lange. Egal, wie dessen Antwort lauten würde, sie entspräche nicht der vollen Wahrheit, dessen war sich Andresen sicher.

»Wir planen den Stadtteiltreffpunkt in Moisling, auch politisch ein heißes Eisen in Lübeck«, begann Winkler. »Die bevorstehenden Kommunalwahlen werfen ihre Schatten voraus. Sie verstehen das sicherlich. Mein Engagement wird nicht von allen Seiten gern gesehen. Ich überlege deshalb, mich aus diesem Projekt zurückzuziehen, bevor sich das Ganze noch geschäftsschädigend auf meine Firma auswirkt. Vorher möchte ich allerdings noch einmal mit dem Propst sprechen.«

Geschäft.

»Verstehe«, sagte Andresen knapp. »Im Augenblick habe ich dann keine weiteren Fragen mehr an Sie. Falls Ihnen doch noch etwas einfällt, das uns weiterhelfen könnte, melden Sie sich einfach. Meine Nummer haben Sie ja.«

***

Andresen saß stinksauer hinter dem Steuer seines Volvo, während er darauf wartete, dass der Wagen vor ihm endlich bedient wurde. Seine Wut galt jedoch nicht dem jungen Mann mit dem unvorteilhaften Cappy hinter dem Schalter des Drive-in, sondern dem Mann, von dem er überzeugt war, dass er ihn soeben eiskalt angelogen hatte. Norman Winkler. Trotz kurzer Momente der Schwäche war es Winkler gelungen, sich in den entscheidenden Augenblicken bedeckt zu halten.

»Doppel-Cheeseburger-Menü mit Cola. Guten Appetit!«

Andresen zuckte zusammen. Er hatte nicht einmal gemerkt, dass er bereits zum Schalter der Essensausgabe weitergerollt war.

Er verstaute sein Mittagessen im Fußraum des Beifahrersitzes und fuhr auf direktem Weg zurück ins Präsidium. Der knurrende Magen musste noch ein paar Minuten warten. Die Kälte, die sich selbst im Innern des Autos durch seinen Körper fraß, war augenblicklich die größere Qual.

Der Flur der Mordkommission war verwaist, als sich Andresen in sein Büro schlich. Er schämte sich vor seinen Kollegen für seinen gelegentlichen Hang zum Fast Food. Hungrig schaffte er Platz auf seinem Schreibtisch und breitete das Essen vor sich aus.

Im Nachhinein war er sich sicher, dass der Moment, in dem sein Blick auf den Computerausdruck fiel, den ihm Barbara auf den Tisch gelegt hatte, exakt die Sekunde war, in der er zum zweiten Mal in seinen Burger biss. Es war ein Wort, das sich seit heute Morgen in seinem Unterbewusstsein umhertrieb, ohne dass er es zu fassen bekam. Ein Wort, das Norman Winkler vorhin nicht in den Mund genommen hatte, aber bereits in einem früheren Gespräch hatte fallen lassen.

Die Knoten platzten jetzt wie Seifenblasen. Jede Einzelne enthielt einen Buchstaben für das Lösungswort, das Andresen nun ganz deutlich vor sich sah.

KOMMUNE.

Andresen wurde schwindelig, als er die Konsequenzen seiner Entdeckung bedachte. Dann griff er hastig zum Telefon und wählte Barbaras Nummer. Doch er entschied sich noch einmal um, legte wieder auf und stürzte aus dem Zimmer in Richtung Barbaras Büro. Zu seiner Ernüchterung musste er feststellen, dass sie nicht an ihrem Platz saß. Er suchte die anderen Büros auf dem Gang ab, aber niemand war da. Einzig Sylvia im Sekretariat saß hinter ihrem Schreibtisch und tippte schwindelerregend schnell in die Tastatur ihres Computers.

»Alle unterwegs?«

»Ja. Julia müsste aber gleich wieder hier sein, sie wollte nur schnell ins Krankenhaus zu ihrem Cousin.«

»Okay, dann sag den anderen bitte, dass …« Er überlegte, was er überhaupt sagen wollte. »Ach, sag ihnen einfach gar nichts, ich bin heute Nachmittag wieder zurück.« Andresen verschwand und ließ eine verdutzt dreinblickende Sylvia zurück.

Während Andresen die Treppen hinunterhastete, schlichen sich die ersten Zweifel ein, ob er mit seinem Verdacht tatsächlich richtiglag. Was, wenn er sich alles nur einbildete? Vielleicht war lediglich seine Phantasie mit ihm durchgegangen. Trotzdem, er hatte den Entschluss gefasst und wollte der Sache nachgehen. Er musste nur noch ein schnelles Telefonat führen, um herauszufinden, wo genau sich die Kommune, von der Norman Winkler gesprochen hatte, auf der Insel Fehmarn befand.

Doch er kam nicht einmal mehr dazu, den Motor seines Volvo zu starten und den Wagen aus der Tiefgarage zu steuern. Regungslos saß er auf dem Fahrersitz, als sich der kalte Lauf einer Pistole gegen seine Schläfe presste und im Rückspiegel ein ihm vertrautes Gesicht erschien.

21

Boris Roloffs Miene war verzerrt. Das Klebeband über seinem Mund war so stark gespannt, dass sein Gesicht wirkte, als würde er gegen mehrere g-Kräfte ankämpfen. Andresen selbst hatte man Hände und Beine gefesselt. Gleichzeitig waren sowohl er als auch Roloff mit den Türgriffen sowie an ihren rechten beziehungsweise linken Armen durch ein dickes Seil miteinander verbunden, sodass es ihnen unmöglich war, sich auf der Rückbank des Wagens zu bewegen.

Sie hatten es tatsächlich gewagt, sich in die Tiefgarage des Polizeipräsidiums zu schleichen, sein Auto aufzubrechen und ihn anschließend in eine geräumige Limousine zu schleppen, die in der Nähe der Garagenausfahrt in der Welsbachstraße geparkt gewesen war. Seine Dienstwaffe hatten sie ihm genauso abgenommen wie das Handy, das jetzt im Straßengraben der Possehlstraße lag.

Norman Winkler hatte sich seit ihrem letzten Aufeinandertreffen, das gerade einmal eine knappe Stunde her war, verändert. Nicht nur, dass er ununterbrochen vom Beifahrersitz aus seine Beretta auf Roloff und ihn richtete, da war noch etwas. Andresen brauchte eine Weile, ehe er realisierte, was es war. Es war nur eine Kleinigkeit, und dennoch sagte sie alles über Winklers Gesinnung aus. Am Kragen seines dunklen Wintermantels trug er einen Ansteckbutton, auf dem in Frakturschrift »Die Inspirierten« geschrieben stand.

Sie hatten es also tatsächlich mit einer fanatischen christlichen Glaubensgemeinschaft zu tun, die im Namen Gottes agierte und bereits Menschenleben auf dem Gewissen hatte. Und Norman Winkler war einer von ihnen. Noch sträubte er sich, das Wort Sekte in den Mund zu nehmen.

Auch Johann Georg Rapp hatte der Inspirationsbewegung angehört, so hatte es Barbara recherchiert.

Economy. So hatte eine von Rapps Kommunen geheißen. Eine Kommune mit einer gemeinsamen Ökonomie, dem Konsensprinzip, keinen Hierarchien und ökologischem Leben? War es das, was

Winkler und seine Leute verfolgten? Wohl kaum, überlegte Andresen. Rapp hatte seine Gemeinschaft wie ein Tyrann geführt, allem Anschein nach war Gewalt kein Fremdwort gewesen. Winkler und der Kuttenmann, wer immer er auch war: Hatten sie sich Rapps Prinzip zu eigen gemacht? Den Aufbau einer kommunitaristischen Siedlung auf Fehmarn mit allen Mitteln durchzusetzen? Warum aber sollte Winkler ein solches Doppelleben führen? Seit Jahren war er erfolgreicher Unternehmer, der Kapitalismus lebte und pflegte.

Eine weitere Frage blieb: Hatte Winkler tatsächlich auch gemeinsame Sache mit Propst Radbruch gemacht? Die grausige Entdeckung vor seiner Haustür. Radbruchs Anruf Stunden später. Boysens Torso in Radbruchs Fischerhütte. Das plötzliche Verschwinden des Propstes. Andresens Verdacht, dass etwas faul an Radbruchs Verschwinden gewesen war, schien sich zu bewahrheiten. Der Schock über diese Erkenntnis ließ ihn einen Moment lang die aussichtslose Situation, in der er sich befand, vergessen. Doch Winkler holte ihn wieder zurück in die Gegenwart.

»Eigentlich waren Sie noch gar nicht an der Reihe, aber Sie sind einfach zu neugierig. Haben Sie das Rätsel denn schon vollständig gelöst?«

Andresen stand weder der Sinn nach Spielchen, noch hatte er Lust, vor Winkler einzugestehen, dass er noch weit davon entfernt war, die Hintergründe zu kennen.

»Verraten Sie mir die Lösung!«, forderte er Winkler dennoch auf.

»Später«, sagte Winkler kalt. »Erst einmal fahren wir zu unserem Hof, der ›Insel der Harmonie‹.«

Die Insel. Andresen erinnerte sich an die Worte von Steffen Bobzin. Er hatte erwähnt, dass Sandro Roloff, sein ehemaliger Mitbewohner, von einer Insel gesprochen hatte. Hatte er die ›Insel der Harmonie‹ gemeint?

»Ihr Langzeitarbeitslosenprojekt?«

Winkler sah sich um und lächelte Andresen an. »Nicht schlecht, Herr Kommissar. Dann wissen Sie ja doch schon einiges.«

»Was ist mit ihm?«, fragte Andresen und machte eine nickende Kopfbewegung in Richtung Roloff, der regungslos neben ihm auf dem Sitz saß.

»Eigentlich war er für heute vorgesehen, aber jetzt haben wir sogar zwei Fliegen mit einer Klappe geschlagen.«

»Sie spinnen doch! Glauben Sie allen Ernstes, dass Sie damit durchkommen? Es wird bereits mit einem Großaufgebot nach Ihnen gefahndet«, versuchte Andresen zu bluffen. In Wahrheit ahnte er, dass es noch Stunden dauern konnte, bis jemandem sein Verschwinden auffiel.

»Abwarten«, konterte Winkler. »Bislang konnte ich mich noch ohne Probleme frei bewegen. Und jetzt Ruhe dahinten!«

Winkler schwenkte die Beretta zwischen Andresen und Roloff hin und her und simulierte das Loslassen des Abzugs. Dann wandte er sich dem Fahrer des Wagens zu, einem stiernackigen Glatzkopf, der bislang noch kein einziges Wort gesagt hatte.

Für den Bruchteil einer Sekunde lief Andresen ein Schauer über den Oberkörper. Bei dem Anblick der Waffe und dem Gedanken daran, wie skrupellos Winkler und seine Leute vorgingen, breitete sich Unbehagen in ihm aus.

»Wie haben Sie den Propst rumgekriegt?«, fragte Andresen, Winklers Drohung ignorierend. »Oder war das Ganze seine Idee?«

Winkler sah sich wieder zu ihm um und schien einen Augenblick lang nicht zu verstehen, was Andresen meinte. Doch dann begann er zu lachen. Es war ein schallendes Lachen, das Andresen noch Minuten später in den Ohren dröhnte. Ein widerliches Lachen voller Unmenschlichkeit und Abneigung gegenüber Andresen und Roloff.

»Sie werden die Wahrheit noch früh genug erfahren, Andresen.« Winkler sprach seinen Namen derart verächtlich aus, dass Andresen befürchtete, der sonst so feine Unternehmer spucke ihm gleich ins Gesicht. Winklers Mundwinkel zuckten, als könnten sie sich nicht zwischen dem verrückten Lachen und einem nachdenklichen Lippenspitzen entscheiden. In diesem Moment war Andresen endgültig klar, dass sie es mit einem Wahnsinnigen zu tun hatten.

***

Wieder und wieder versuchte Andresen, die Puzzleteile zusammenzusetzen, doch es wollte sich einfach kein Ganzes ergeben.

Konturen einzelner Personen zeichneten sich in dem Flickenteppich ab, andere Teilchen wollten noch so gar keinen Sinn ergeben.

Wie hatte es dazu kommen können, dass ein erfolgreicher Unternehmer zusammen mit weiteren Helfern, zu denen womöglich auch der Propst gehörte, eine christlich-fundamentalistische Gemeinschaft gegründet hatte, ohne dass jemand davon Notiz nahm? Woher kam dieser Fanatismus, der die Gruppe nicht einmal davor haltmachen ließ, Menschen auf brutalste Weise umzubringen?

Es hatte wieder angefangen zu schneien. Die Wolken waren dunkelgrau und hingen so tief über der Insel, dass die Fehmarnsundbrücke aus der Ferne kaum zu erkennen war. Der Limousine – Andresen glaubte erkannt zu haben, dass es sich um einen Lexus handelte – konnte der Schneefall jedoch nichts anhaben. Sie glitt wie auf Schienen über die Landstraße und ließ in Andresen beinahe ein beruhigendes Gefühl aufkommen. Doch der Anblick von Boris Roloff, der noch immer regungslos, aber mit weit aufgerissenen Augen neben ihm saß, hielt ihm während der gesamten Fahrt die Gefahr, in der er sich befand, vor Augen.

Ausgerechnet Roloff. Der Mann, den er und seine Kollegen am liebsten hinter Schloss und Riegel gesehen hätten. Jetzt verband sie dasselbe Schicksal. Verschleppt von einem durchgeknallten Geschäftsmann, der das Zeug zum Unternehmer des Jahres gehabt hätte, und einem seiner willenlosen Anhänger.

»Wir sind gleich da«, beendete Winkler das Schweigen. »Dann werden wir sehen, was wir mit Ihnen beiden machen. Vielleicht gefällt Ihnen ja unsere Form der Lebensgemeinschaft, wir können immer gute Leute gebrauchen. Schließlich wollen wir wachsen und immer mehr Menschen für unsere Idee des christlichen Glaubens und des gemeinschaftlichen Zusammenlebens begeistern.«

»Ich bin wirklich gespannt«, antwortete Andresen sarkastisch. »Gibt es vielleicht auch ein nettes Einzelzimmer?«

»Machen Sie ruhig Ihre Scherze, solange Sie noch Zeit dazu haben.« Winkler ließ sich nicht aus der Ruhe bringen.

Plötzlich drosselte der Glatzköpfige die Geschwindigkeit und wechselte die Fahrbahn. Andresen erkannte durch die verspiegelte Fensterscheibe, dass sie sich auf einer Ausfahrtspur befanden. Wenn er es richtig beobachtet hatte, waren sie eben über die

Sundbrücke gefahren. Sie nahmen also gleich die erste Ausfahrt auf Fehmarn.

Er versuchte sich zu erinnern, wohin die Straße, auf die sie gleich einbiegen würden, führte, aber er kannte die Insel nicht gut genug. Zwar war er erst vor ein paar Tagen mit Wiebke und Ole hier gewesen, aber wie so viele, die auf die Insel kamen, waren sie auf direktem Weg in den Hafen von Puttgarden gefahren.

Im Südosten lag die Stadt Burg, ein hübscher Ort, der das Zentrum der Insel bildete. Sie fuhren jedoch in Richtung Westen, und das Einzige, was Andresen über diesen Teil Fehmarns wusste, war die Tatsache, dass es dort einsam war. Einsam genug, um unbemerkt die »Insel der Harmonie« ins Leben zu rufen.

Der Schneefall wurde immer heftiger. Andresen spürte, dass der Wagen allmählich Probleme bekam, die Spur zu halten. Hinter dem kleinen Ort Petersdorf bogen sie erneut ab. Die Straße, auf der sie jetzt fuhren, war noch schmaler und schneebedeckter. Von den kahlen Feldern, die die Straße links und rechts säumten, war kaum mehr etwas zu erkennen. Der Glatzkopf machte allerdings keinerlei Anzeichen, langsamer zu fahren. In einer weiteren Rechtskurve glaubte Andresen für einen kurzen Augenblick durch die dicken Schneeflocken, gegen die selbst die schnellste Stufe des Scheibenwischers kaum mehr ankam, das Meer hinter der verschneiten Landschaft zu erkennen. Trotz des schlechten Wetters empfand er bei diesem Anblick einen Moment lang ein Gefühl der Idylle.

»Sehen Sie! Da vorne liegt unser Hof. Es sind die einzigen Häuser im Umkreis von einem Kilometer. Völlige Abgeschiedenheit, um sich auf die wirklich wichtigen Dinge des Lebens zu konzentrieren. Fernab von jedem Egoismus der Konsumgesellschaft, in der Sie es gewohnt sind zu leben. Werte und Moral sind unser höchstes Gut, wenn Sie verstehen, was ich meine.«

Werte und Moral. Andresen wurde beinahe schlecht vor Wut. Wie konnte sich dieser pomadige Heuchler das Recht herausnehmen, über Werte und Moral zu reden? Er musste daran denken, was Barbara über die Radikalen Pietisten berichtet hatte.

Die Menschen lebten in vollkommener Gütergemeinschaft, sämtliches Privateigentum wurde abgeschafft ... völlige sexuelle Absti-

nenz ... vorbildliche Landwirtschaft ... Einrichtung moderner Fabri-
ken ... prosperierte die Kommune innerhalb weniger Jahre ...

»Harmony«, »New Harmony« und »Economy« – so hatten die Siedlungen geheißen, die Johann Georg Rapp vor etwa zweihundert Jahren in den Vereinigten Staaten gegründet hatte.

Auf dem großen Holzschild, an dem sie gerade vorbeigefahren waren, hatte Andresen unter einer dünnen Schneeschicht den Schriftzug des Hofes lesen können, auf dessen Einfahrt sie in diesem Moment einbogen. »Insel der Harmonie.«

Noch immer erschien ihm das Ganze unwirklich. Die Vorstellung, dass eine Sekte hier in Schleswig-Holstein, auf der Urlauberinsel Fehmarn, ihr Unwesen trieb, schien ihm unvorstellbar. *Sekte* – da war das Wort, gegen das er sich vorhin noch gesträubt hatte.

»Was ist los, Andresen? So still geworden. Sie sind wohl beeindruckt davon, was wir hier auf die Beine gestellt haben?«

»Weshalb mussten Sandro Roloff und Pastor Boysen sterben? Und wer ist der Mann mit der Kutte, stecken Sie dahinter?« Andresen wollte jetzt endlich die ganze Wahrheit wissen.

»Seien Sie doch nicht so ungeduldig. Sie müssen Schritt für Schritt verstehen, was wir hier tun.«

Das Auto wurde langsamer und hielt mitten auf dem Hof vor einem Backsteingebäude, das offenbar das Haupthaus der Kommune war. Sie parkten neben einem dunklen Wagen, in dem Andresen den Geländewagen vermutete, der in die Zwischenfälle mit Stephan Böhmert und Boris Roloff involviert gewesen war.

Die beiden hinteren Türen wurden geöffnet, und zwei dunkel gekleidete Männer beugten sich in das Innere des Lexus. Der kalte Wind drang in die Limousine und ließ Andresen erneut schaudern. Schneeflocken wirbelten umher.

Dann durchtrennte einer der Männer das dicke Seil, mit dem Andresen und Roloff aneinandergebunden waren, kappte es von den Türgriffen und löste die Fußfesseln. Andresen wurde aus dem Wagen gezogen und fiel der Länge nach in den Schnee. Er hörte, dass auch Roloff durch den Schnee gewuchtet wurde. Nur langsam richtete er sich wieder auf. Winkler stand jetzt direkt vor ihm und hielt ihm die Pistole unter die Nase. Hinter ihm wartete der Glatzköpfige.

»Kommen Sie, ich zeige Ihnen ein paar Dinge, die Sie interessieren werden.« Winkler wandte seinen Blick zu Boris Roloff, der von den beiden schwarzen Gestalten in die Zange genommen wurde. Fast so wie vor zwei Tagen, als Kalle Hansen und er selbst Roloff vor dem »Daddy« abgefangen hatten.

»Schafft ihn weg! Wir kümmern uns später um ihn.« Andresen versuchte zu erkennen, wohin Roloff, dessen Mund noch immer mit Folie zugeklebt war, gebracht wurde. Sein Blickwinkel war jedoch zu ungünstig, und mit Winklers Waffe vor dem Gesicht wollte er nicht riskieren, sich umzudrehen.

Entlang dem Hof hatte Andresen bei ihrer Ankunft Geräteschuppen, Lagerhallen und weitere Wohngebäude wahrgenommen. Allein dieses Areal musste mehr als ein Hektar messen. Hinzu kamen mit Sicherheit Ackerflächen, die von der Gemeinschaft bewirtschaftet wurden. Der Eingangsbereich des Haupthauses lag erhöht und war von zwei Seiten über eine Treppe erreichbar. Andresen musste vorausgehen, während Winkler und der Glatzköpfige folgten.

Gerade als er die erste Treppenstufe betreten wollte, bemerkte Andresen eine Bewegung hinter einem der Fenster im Erdgeschoss. Er hielt einen Moment inne und schärfte seinen Blick. Bevor er Einzelheiten erkennen konnte, zog eine Hand hastig die Gardine zu. Die Beretta im Rücken macht ihm unmissverständlich klar, dass er weitergehen sollte.

Trotz der Kälte und des ununterbrochenen Schneefalls überkam Andresen plötzlich ein Durstgefühl, das er sonst nur kannte, wenn es am Abend zuvor heftiger zur Sache gegangen war. So wie neulich mit Hansen, diesem seltsamen Vogel, der es trotz seiner brachialen Art schaffte, ein erfolgreicher Privatdetektiv zu sein. Oder vielleicht auch gerade deswegen. Egal, aber er hätte ihn in diesem Augenblick gern an seiner Seite gehabt. Oder auch Kregel, seinen schwierigen Kollegen, mit dem er schon des Öfteren aneinandergerasselt war, der ihm aber mehr und mehr ans Herz wuchs. Hauptsache irgendein Vertrauter, denn er fühlte sich verdammt einsam hier in der Einöde im Norden Ostholsteins, kurz vor Dänemark. Umgeben von Wasser, Schnee und einem Haufen fanatischer Christen.

Als Andresen die letzte Treppenstufe genommen hatte, wurde die Tür zum Haus geöffnet. Für Andresen gab es keinen Zweifel. Vor ihm stand der Kuttenmann, den sie per Phantombild suchten. Der Anführer einer fanatischen Christengemeinde. Der Mann, von dem sie die Stoffreste in der Marienkirche gefunden hatten. Der Mann, der in Wismar von Pastor Wendelborn und Julias Cousin beobachtet worden war. Der Mann, der hinter allem steckte. Der Drahtzieher. Der Gründer der »Insel der Harmonie«. Der Johann Georg Rapp von Fehmarn.

22

Der große Raum, in den sie ihn geführt hatten, sah aus wie die Diele eines Bauernhauses. Im vorderen Bereich führte eine Treppe zu einer Holzempore hinauf, von der weitere Gänge und Räume abzuzweigen schienen. Am hinteren Ende loderten kräftige Flammen in einem in die Wand eingelassenen Kamin. Die lange Tafel in der Mitte der Diele, an der ein Dutzend schwarz gekleideter Männer Platz genommen hatte, erinnerte Andresen an die Szenerie des letzten Abendmahls. Nur der Kuttenmann, der sich ihm mit leiser Stimme als Jakob Samuelsson vorgestellt hatte, stach mit seinem cremefarbenen Leinengewand aus der Runde hervor. Und jemand, der mit hängenden Schultern und starrem Gesicht am anderen Ende des Tisches kauerte. Pastor Hinnerk Radbruch.

Winkler geleitete Andresen an den Tisch und gab ihm ein Zeichen, sich zu setzen. Dann löste er die Handfesseln und nahm auf dem Stuhl links neben ihm Platz. Der Stuhl zu Andresens Rechten blieb frei.

»Bevor wir Ihnen unsere Insel zeigen, sollten wir uns ein wenig stärken«, flüsterte ihm Winkler ins Ohr. »Das werden Sie brauchen, es gibt einiges zu sehen.«

Das Gefühl, sich in einem Alptraum zu befinden, stieg erneut in Andresen auf. Die Fachwerkwände waren dekoriert mit mittelalterlichen Werkzeugen, verschiedenen Kreuzen und einer verstörend anmutenden Malerei, auf der ein Mann, den Andresen als Jakob Samuelsson zu erkennen glaubte, den auf die Erde herabschwebenden Messias höchstpersönlich in Empfang nahm. Gleich daneben war eine Sammlung historischer Stichwaffen an der Wand befestigt. Andresen kam die Mordwaffe in den Sinn. An der hinteren Schmalseite des Raums, gleich neben dem Kamin, erstreckte sich eine gewaltige Bücherwand.

Ein Klopfen unterbrach seine Gedanken. Mit einem Mal war es still im Raum. Die schwarz gekleideten Männer standen von ihren Stühlen auf, nahmen eine militärische Haltung ein und wandten ihre Blicke in Richtung Samuelsson, der mit einem harten Gegenstand auf den Eichentisch hämmerte. Im ersten Augenblick dachte Andresen, es sei ein antiker Brieföffner, um dessen Griff sich Samuelssons Finger klammerten. Dann realisierte er jedoch, was es tatsächlich war. Samuelsson hielt einen Dolch in der Hand. Augenscheinlich hatte der Mann mit der Kutte und dem weißen Bart eine Vorliebe für Stichwaffen.

»Wir werden heute ein neues Mitglied aufnehmen.«

Samuelssons Stimme war so leise und heiser, dass Andresen das Gefühl hatte, Marlon Brando als Don Corleone spräche gerade zu ihm.

»Ich darf euch Birger Andresen vorstellen, seines Zeichens Vertreter des Gesetzes und oberster Ermittler in den Todesfällen Roloff und Boysen.«

Vielleicht war es tatsächlich nur ein Alptraum, hoffte Andresen plötzlich. Die letzten Tage hatten ihm schwer zugesetzt. Vielleicht war der Kuttenmann mit dem Dolch nur Einbildung?

»Er wird Zeuge sein, wenn wir einen guten Freund endlich in unsere Gemeinschaft aufnehmen und ihm die Schätze unseres Lebens zeigen. Schon in Kürze werden wir wissen, ob er einer von uns werden wird oder ihm dasselbe Schicksal droht wie …«

»Er ist ein Bulle, was hat er hier zu suchen?«, schrie plötzlich ein schmächtiger Mann, der mit seiner randlosen Brille und den ergrauten Haaren eher einem Wissenschaftler als einem fanatischen Sektenanhänger ähnelte. »Ich will mit ihm nicht an einem Tisch sitzen.«

Für den Bruchteil einer Sekunde glühten Samuelssons Augen wie die des Leibhaftigen. Dann jedoch sah er wieder emotionslos in die Runde.

»Noch jemand, der Bedenken gegen Kommissar Andresens Anwesenheit hat?«

»Ja, ich.« Ein jüngerer Mann meldete sich. Er war kaum älter als zwanzig und strahlte eine eigenartige Traurigkeit aus.

»Es ist schon zweimal schiefgegangen. Ich bin dagegen, dass dieser Kommissar uns dabei zusieht, wie wir ein drittes Mal scheitern.«

»Schluss jetzt!«, fuhr Winkler dazwischen und erhob sich von seinem Stuhl. »Wir waren uns bei Sandro Roloff und Pastor Boysen einig, dass sie uns helfen können. Dass dies letztendlich nicht der Fall war, lag nicht zuletzt an euch. Es war eure Aufgabe, die beiden von unserer Philosophie zu überzeugen, sie einzuarbeiten und ihren Willen ...« Winkler zögerte.

»... zu brechen?«, vollendete Andresen den Satz.

Von einer Sekunde auf die andere waren alle Blicke am Tisch auf ihn gerichtet. Einen Augenblick lang bereute er seinen Kommentar. Dann kam ihm jedoch eine Idee, wie er die Verwirrung am Tisch ausnutzen konnte. Er würde sie in ein Gespräch verwickeln.

»Bevor Sie über mich richten, würden mich noch zwei Dinge interessieren.« Er sprach langsam, jedes Wort wollte gut überlegt sein. »Was haben Sie mit Boris Roloff vor? Steht ihm das gleiche Schicksal wie seinem Bruder und Pastor Boysen bevor?«

»Darüber müssen Sie sich keine Gedanken machen«, antwortete Winkler. Wahrscheinlich wollte er beschwichtigend klingen, doch in seinen Worten schwang etwas todbringend Verschwörerisches mit.

»Wir werden uns zu gegebener Zeit auch mit ihm beschäftigen. Ich hoffe für ihn, dass er nicht ein ebensolcher Querulant wie sein Bruder ist.«

»Querulant?«

»Na, was denn sonst? Wir haben alles versucht, ihn auf den rechten Pfad zu bringen, aber er war vom Teufel beseelt. Wir konnten ihn nicht austreiben, uns blieb keine andere Wahl.«

Andresen hatte Probleme, Samuelssons Worten zu folgen. Was meinte er damit, dass Roloff vom Teufel beseelt gewesen sei?

»Sie wollten also, dass Roloff einer von Ihnen wird?«

»Er war einer von uns«, konterte Samuelsson. »Aber sein Geist war zu schwach, er hat den Pakt mit dem Teufel bevorzugt. Am Ende unserer Konsultationen war er leider so schwach, dass er den falschen Weg eingeschlagen hat.«

Was erzählte dieser Mensch mit den stechenden Augen, die aus knöchernen Höhlen hervortraten, da bloß für ein wirres Zeug? Er musste sich dringend etwas einfallen lassen, um diesem Wahnsinn zu entkommen, überlegte Andresen. Noch waren ihm die »Die Inspirierten« halbwegs wohlgesonnen, aber er wusste, dass es nur eine Frage der Zeit war, bis sie zwischen ihm und Roloff nicht mehr unterscheiden würden. Vorher wollte er aber noch seine zweite Frage loswerden.

»Was ist mit dem Propst? Mich interessiert brennend, welche Rolle er in diesem ganzen Theater spielt.«

Erneut blickten ihn sämtliche Augen am Tisch an. Es war, als ob er etwas Verbotenes gesagt hatte.

»Hüten Sie Ihre Zunge!«, zischte Samuelsson und rammte den Dolch in die harte Tischplatte. Mit einem kräftigen Ruck zog er ihn schließlich wieder aus dem Eichentisch heraus und strich vorsichtig mit den Fingern über die Klinge.

Plötzlich wurde die schwere Holztür, durch die auch Andresen die Diele betreten hatte, geöffnet, und mehrere Frauen in altmodischen Trachten mit Tabletts und Krügen in den Händen eilten herein.

»Ahh!«, frohlockte Winkler neben ihm. »Jetzt kommen Sie erst einmal in den Genuss unseres selbst gebackenen Brots und des hervorragenden Schlehenbrands. Anschließend denken Sie vielleicht schon anders über uns.«

Bestimmt nicht, dachte Andresen. Warum versuchten sie bloß, ihn mit aller Macht für ihre fanatischen Ideen zu begeistern? Glaubten sie etwa allen Ernstes, dass er einer von ihnen werden würde? Wie zur Bestätigung seiner Gedanken sah ihn Winkler mit einem breiten Grinsen an.

Mit einem Mal war sich Andresen sicher. Dies alles diente nur dazu, um von ihren eigenen Plänen abzulenken. Obwohl er nicht wusste, was sie vorhatten, hatte er keinen Zweifel mehr daran, dass er keine Wahl besaß. Er musste handeln.

Wieder wurde die Tür aufgestoßen, doch diesmal konnte Andresen niemanden erkennen, der den Raum betrat. Stattdessen erhoben sich die Männer um ihn herum erneut und verharrten andächtig. Sie falteten die Hände und murmelten für Andresen Unverständliches. Offenbar beteten sie jetzt.

Andresen versuchte einzelne Worte aus dem Stimmengewirr aufzuschnappen. Er war sich zumindest sicher, dass das Gebet nicht in deutscher Sprache gesprochen wurde. Es konnte Englisch sein, Andresen glaubte aber auch, lateinische Wortfetzen herauszuhören.

Der Geräuschpegel schwoll immer weiter an. Einige der Männer hatten ihre Gebetshaltung aufgegeben und hielten die Arme jetzt waagerecht vor den Körper.

Doch dies hier war kein normales Gebet. Die Stimmen wurden immer lauter, die Bewegungen der Männer immer ekstatischer. Auch die Frauen, die das Essen gebracht hatten, standen jetzt am Tisch und stimmten in den wirren Text mit ein, der von den Wänden der Diele unheilvoll widerhallte. Von Sekunde zu Sekunde fühlte sich Andresen unwohler.

»*Hallelujah!*«

Samuelsson gab den Takt vor, die anderen folgten. Nur Propst Radbruch saß noch immer wie erstarrt auf seinem Stuhl. Andresens Blick fiel auf Norman Winkler, der noch immer neben ihm stand. Auch er hatte sich mittlerweile in einen Rauschzustand gebetet.

»*Hallelujah!*
There is one god, who created the whole universe!
You shall love the lord!«

Nach und nach realisierte Andresen, dass er gerade Zeuge einer Massenekstase wurde, wie er sie aus Dokumentationen über Sekten, vielleicht noch aus dem Hinduismus kannte.

»*Hallelujah!*
Jesus will return at the day of judgment!
Praise the lord!«

Und von amerikanischen Fernsehpredigern, erinnerte er sich. Vor ein paar Wochen erst hatte er beim Durchzappen diese Gurus gesehen, die ganze Stadien in Ekstase und Hysterie versetzen konnten. Trotz einer gewissen Faszination, die das Spektakel in ihm ausgelöst hatte, hatte er nach ein paar Minuten mit einem mulmigen Gefühl weggeschaltet. Diese Art der Indoktrination war Andresen immer schon zuwider gewesen.

Plötzlich ebbte das Stimmengewirr ab, bis schließlich nur noch Geflüster zu hören war. Andresen fiel es schwer, sich vorzustellen, dass dieses monotone Gegrummel irgendeinen Sinn ergeben sollte.

Im nächsten Augenblick wurden die Stimmen wieder lauter.

»*Hallelujah*
Those who trust in christ are accepted by god and will go to heaven!«

Eine schwarze Silhouette zeichnete sich im Bereich der Dielentür ab. Andresen kniff die Augen zusammen. Es war jedoch unmöglich, das Gesicht der Person zu erkennen. Zwei weitere schwarz gekleidete Gestalten mit Fackeln in den Händen erschienen aus dem Hintergrund. Sie geleiteten die Person in ihrer Mitte an den Tisch. Am Körperbau erkannte Andresen, dass es sich um einen Mann handeln musste.

Der Unbekannte trug eine Art Talar mit Kapuze, die tief ins Gesicht gezogen war. Er stand jetzt am Kopfende neben Samuelsson, der seinerseits einen Schritt zurücktrat. War der Unbekannte der tatsächliche Anführer der »Inspirierten«?

Im Licht der Fackeln wirkte die Szenerie wie eine Versammlung des Ku-Klux-Klans. Und Andresen war ein Teil des Ganzen. Was hatten sie bloß mit ihm vor?

»*Hallelujah!*«

Abrupt beendete die Gruppe ihr monotones Gebet. Von einer Sekunde auf die andere herrschte absolute Stille in der Diele. Nur noch das Knistern des Feuers und das Auspendeln des Dolches, dessen Klinge Samuelsson erneut in den Eichentisch gerammt hatte, waren zu hören.

Offenbar hatte die Zeremonie ihren Höhepunkt erreicht. Die beiden Männer, die den unbekannten Anführer flankierten, befestigten ihre Fackeln in dafür vorgesehenen Halterungen an den Tischkanten und traten zur Seite. Mit einer dominanten Handbewegung forderte der Unbekannte die übrigen Anwesenden auf, sich zu setzen. Seine Hand verharrte so lange in dieser Position, bis auch der Letzte im Raum einen Platz am Tisch eingenommen hatte. Dann senkte er den Kopf, und die beiden Fackelträger kamen wieder an seine Seite. Synchron griffen sie an die Kapuze des Unbekannten und zogen sie bedächtig nach hinten. Ein ergrauter Schopf kam zum Vorschein. Der gesenkte Kopf verhinderte jedoch noch immer die Sicht auf das Gesicht des Mannes. Es vergingen weitere Sekunden, in denen die Stille im Raum unerträglich zu werden schien. Dann hob der unbekannte Mann den Kopf.

Als Andresen in diesem Moment Friedbert Kohnke in die Augen sah, floss für kurze Zeit sämtliche Energie aus seinem Körper.

23

Er hatte sich geirrt. Der Höhepunkt der Zeremonie stand erst noch bevor. Winkler bemerkte Andresens Unruhe und zog augenblicklich wieder seine Beretta aus der Manteltasche, um sie unbemerkt von den anderen in Andresens Nierengegend zu drücken. Nach und nach machte sich in Andresen der Verdacht breit, dass Propst Radbruch der Grund dieser unheimlichen Zusammenkunft war und die Sektenmitglieder seinetwegen an diesem Tisch saßen.

»… in Kürze werden wir wissen, ob er einer von uns werden wird oder ihm dasselbe Schicksal droht wie …«

»… von unserer Philosophie zu überzeugen, sie einzuarbeiten und ihren Willen …«

Samuelssons und Winklers Worte klangen Andresen noch immer in den Ohren. Er verstand jetzt, was sie gemeint hatten.

»Den Willen brechen«, flüsterte er leise. Das war es, was sie beabsichtigten. Sie wollten Radbruch tatsächlich willenlos machen. Darum dieses ganze Spektakel. Wahrscheinlich beabsichtigten sie, ihn einer Gehirnwäsche zu unterziehen.

»Seien Sie doch nicht so negativ, Andresen«, sagte Winkler neben ihm, als könnte er seine Gedanken lesen. »Machen Sie sich einfach frei in Ihren Gedanken und vertrauen Sie uns. Die Inspiration ist ein heiliges Gut, das nur dann verinnerlicht werden kann, wenn man offen ist.«

»Liebe Gemeinschaft!«

Andresen zuckte zusammen, als er Kohnkes Stimme vernahm.

»Es ist ein guter Tag, denn wir sind heute nicht nur zusammengekommen, um die Zeremonie für unser neues Mitglied zu feiern. Wir dürfen auch einen weiteren Gast begrüßen.«

Kohnke räusperte sich, dann fuhr er fort.

»Sein Gerechtigkeitssinn und sein Wille, sich für die Opfer dieser Gesellschaft einzusetzen, haben mich persönlich tief beeindruckt. Deshalb freue ich mich, dass Birger Andresen heute anwesend sein wird, wenn wir mit Gottes Hilfe den Propst als einen der unsern aufnehmen und ihn auf den rechten Pfad führen werden. Lasst uns für den Kommissar beten!«

Andresen spürte, wie sich sein Magen verkrampfte und ein Würgereiz die Speiseröhre hinaufkletterte. Wenn er nicht langsam etwas unternahm, würden sie auch ihn schon bald in einen hypnoseähnlichen Zustand versetzen, um ihn von der Besessenheit des Bösen zu befreien.

»*Hallelujah!*«

Wieder setzte Stimmengewirr ein. Die Männer hatten sich erneut von ihren Stühlen erhoben und bereiteten sich auf die Rückkehr in den Trancezustand vor.

»Stehen Sie bitte auf!«, forderte ihn Winkler plötzlich auf. Er beugte sich zu ihm herüber und befand sich mit seinem Kopf nur noch eine Armlänge von ihm entfernt. Von den anderen unbemerkt presste er die Waffe in Andresens Seite. »Wir werden jetzt mit Radbruchs Aufnahme in unsere Gemeinschaft beginnen.«

»Was haben Sie vor?«

»Sie werden gleich erfahren, wovon ich spreche.«

Winkler führte ihn ans hintere Ende des Tisches, wo ihn zwei Frauen in Empfang nahmen. Radbruch befand sich jetzt direkt neben ihm. Als Einziger im Raum saß er noch immer auf seinem Stuhl. Das Gemurmel der Übrigen versiegte wieder. Eine der Frauen reichte Radbruch und ihm einen kleinen Tonbecher mit einer Flüssigkeit. Andresen sah, dass Kohnke und Samuelsson am anderen Kopfende ebenfalls Becher in den Händen hielten.

»Stoßen Sie mit uns an!«, rief Kohnke. »Lasset uns Gott für diesen Tag danken und auf ihn trinken!«

Andresen führte den Becher an den Mund, hielt jedoch noch einmal inne und roch an der dunklen Plörre. Augenblicklich kehrte der Brechreiz zurück. Diesmal kostete es ihn erheblich mehr Mühe, sich nicht auf die lange Eichenholztafel zu erbrechen. Mit der linken Hand hielt er sich die Nase zu, mit der rechten setzte er schließlich an, das widerlich stinkende Gebräu seine Kehle hinunterzuschütten.

In dem Moment, in dem die Flüssigkeit mit seinen Geschmacksnerven in Kontakt trat, wusste er, dass er einen Fehler begangen hatte. Er hätte wissen müssen, dass sie ihn betäuben würden.

Angeekelt vergrub Andresen sein Gesicht im Fell der Winterjacke, die er noch immer trug. Winkler quittierte dies mit einem höhnischen Lachen.

»Sehr gut«, sagte Kohnke. »Das war der Beginn der Aufnahmeprozedur. Schon bald werden Sie ein neuer Mensch sein.«

Andresen spürte die Wirkung des Getränks bereits in seiner Mundhöhle. Wangen und Zunge fühlten sich betäubt an. Die Wirkstoffe des Gebräus entfalteten sich in seinem Körper wie der Rauch einer Nebelmaschine auf einer Tanzfläche. Er musste aufpassen, dass sein Verstand nicht abglitt.

Die plötzliche Aufregung im Raum nahm Andresen nur noch durch einen weißen Schleier wahr. Irgendetwas musste passiert sein. Aus dem monotonen Gemurmel war ein lautes Durcheinander aus Fragen und Anweisungen geworden.

Andresen hatte Probleme, sich auf den Füßen zu halten, stemmte sich jedoch mit aller Kraft gegen den Verlust seiner Sinne. Dann zogen ihn zwei starke Arme vom Tisch weg. Während er vorbei an der Gruppe durch die Diele geschleift wurde, verlor er langsam das Bewusstsein. Die letzten Worte, die er mitbekam, gaben ihm jedoch zumindest ein Fünkchen Hoffnung. Gleichzeitig machten sie ihm aber auch Angst.

Jemand hatte durch den Raum gerufen, dass Boris Roloff verschwunden sei.

24

Andresen wachte auf, als die Tür der kleinen Kammer ins Schloss fiel. Die Wirkung der betäubenden Flüssigkeit hatte nur wenige Minuten angehalten. Zum Glück war er so geistesgegenwärtig gewesen, den Großteil des betäubenden Getränks in das Innenfutter seiner Jacke zu spucken, ohne dass es jemand gemerkt hatte.

Seine Zunge hing ihm wie ein Lappen Fleisch aus dem Mund. Er spürte einen kalten Windzug um die Beine, als er sich langsam aus der Waagerechten aufrichtete. Im nächsten Moment bemerkte er die kühle Hand in seinem Gesicht. Überrascht schrak er hoch und sah einem Mann in die Augen, dessen Anblick ihn jetzt nicht mehr verwunderte. Das rundliche Gesicht des Propstes zeigte denselben sorgenvollen Ausdruck wie einige Tage zuvor, als er unerwartet auf dem Gang der Mordkommission gestanden hatte.

»Herr Kommissar? Hören Sie mich?«

Andresen versuchte gar nicht erst zu antworten. Zunge und Lippen waren noch nicht wieder in der Lage, Laute, geschweige denn Worte zu formen.

»Warten Sie, ich helfe Ihnen hoch. Ich bin so froh, Sie hier zu sehen. Ich hatte mich schon damit abgefunden, hier …« Radbruch brach ab.

Andresen taumelte, als er endlich wieder auf beiden Beinen stand. Dann überkam ihn ein Hustenanfall, der ihn erneut auf die Knie zwang.

»Haben Sie Roloff gesehen?«, fragte Radbruch. »Er hat offenbar den Wachmann überwältigt. Ich bin mir nicht sicher, ob er es geschafft hat.«

»Roloff ist ein harter Bursche«, nuschelte Andresen. »Um den mache ich mir keine Sorgen.«

Er richtete sich erneut auf, streckte seine Arme in die Luft und verharrte augenblicklich in dieser Position, als er sah, dass Radbruch und er nicht allein waren. Rechts hinten in der Kammer kauerte eine Frau mittleren Alters. Der Schreck, der Andresen in diesem Moment in die Glieder fuhr, resultierte weniger aus der

Tatsache, dass sie auch eine Frau in ihre Gewalt gebracht hatten, sondern vielmehr aus dem erbärmlichen Zustand, in dem sie sich befand. Sie sah verwahrlost aus und war so weit abgemagert, dass die Haut über den Fingern und Handgelenken bereits aufgeplatzt war.

»Sie war schon vor mir hier«, sagte Radbruch. »Sie hat noch kein einziges Wort gesagt, seitdem man mich hier eingesperrt hat. Als wenn man sie unter Drogen gesetzt hätte.«

»So wie bei mir vorhin. Haben Sie nichts von diesem Gebräu getrunken?«

»Zum Glück nicht. Roloffs Flucht kam zum richtigen Zeitpunkt, ich hatte den Becher schon am Mund.«

Andresen nickte, sagte aber nichts. Im nächsten Moment fiel sein Blick auf etwas, das ihm bekannt vorkam. Unter einer braunen Stoffdecke lugte die linke Gesichtshälfte des kleinen Teufels von St. Marien hervor. Es war also nicht Radbruch, sondern einer der »Inspirierten« gewesen, der die Bronzefigur von ihrem Platz auf dem Teufelsstein vor der Marienkirche entwendet hatte.

Andresen ging zur Tür und inspizierte sie eingehend.

»Sie hatten also recht mit Ihrer Vermutung. Wir haben es tatsächlich mit einer Gruppe religiöser Fanatiker zu tun«, sagte er plötzlich. Noch immer hatte er Probleme, Zunge und Lippen zu kontrollieren. »Sie haben es die ganze Zeit gewusst, weshalb waren Sie sich so sicher?«

Radbruch fasste sich in die wenigen Haare, die auf seinem runden Schädel einen verlorenen Eindruck machten.

»Pastor Boysen hat sich mir vor einigen Monaten anvertraut«, brach es schließlich aus ihm hervor. Es war, als fiele eine große Last von ihm ab. »Ich musste ihm allerdings versprechen, niemandem etwas davon zu erzählen.«

Andresen sah ihn fragend an.

»Er hatte Angst, dass diese Verrückten dahinterkommen.«

»Wohinter?«

»Dass er an ihnen zweifelt. Sie wollten, dass er einer von ihnen wird, aber es hat nicht funktioniert. Er hat sich mit all seinen Kräften gewehrt, auch wenn er selbst beinahe daran zerbrochen wäre.«

Kohnke und Boysen, dachte Andresen. Er musste an seinen Besuch bei den beiden denken. Diese seltsame Atmosphäre, die während ihres Gesprächs geherrscht hatte. Die Schweigsamkeit von Boysen, jetzt kannte er den Grund dafür. Wahrscheinlich hatte Kohnke ihm zu diesem Zeitpunkt bereits offen gedroht, falls er sich nicht unmissverständlich ihrer Gruppierung anschloss.

»Weshalb musste er sterben?«

Radbruchs Antwort blieb aus. Andresen drehte sich zu dem Propst um und blickte in ein trauriges, beinahe schmerzverzerrtes Gesicht. Der Mord an Boysen und die Ereignisse in seiner Fischerhütte nahmen ihn offenbar schwer mit.

»Was ist gestern Abend geschehen, als Sie versucht haben, mich zu erreichen? Pastor Boysen war zu diesem Zeitpunkt doch bereits tot.«

Radbruch atmete schwer durch, bevor er zu reden begann.

»Sie müssen die Eingangstür aufgebrochen haben, auf jeden Fall standen Samuelsson und seine beiden Helfer plötzlich vor mir. Ich habe noch versucht, mich im Schlafzimmer zu verstecken, aber sie waren schneller. Dann ging alles ganz rasch. Sie zogen mich in den Flur, wo mir jemand eine Flüssigkeit einflößte. Leider verlor ich nicht schnell genug das Bewusstsein und musste mit ansehen, wie sie ...«, Radbruchs Stimme wurde zittrig, »... sie hatten Boysen in einem blauen Müllsack verstaut und schleppten ihn ins Wohnzimmer. Alles war voller Blut ...«

»Sie brauchen nicht weiterzureden«, unterbrach ihn Andresen. »Ich habe Boysens Körper in Ihrem Haus gefunden. Er hing am Kronleuchter im Wohnzimmer. Seinen Kopf hatte man einige Stunden zuvor vor meiner Haustür abgelegt.«

Radbruch sah ihn an, als könne er nicht glauben, was er gerade gehört hatte.

Andresen musste an etwas anderes denken und wechselte das Thema.

»Sie haben ja auch mit Norman Winkler zusammengearbeitet, wie geht es Ihnen denn jetzt?«

»Ich glaube, ich verstehe Ihre Frage nicht«, antwortete Radbruch.

»Sie und Winkler haben das Ganze hier mitfinanziert«, stellte Andresen nüchtern fest. »Haben Sie sich nie gefragt, wer und was tatsächlich hinter diesem angeblichen Langzeitarbeitslosenprojekt steckt?«

»Es war ausschließlich Winklers Idee«, sagte Radbruch hastig. »Ich habe ihm freie Hand gelassen, immerhin war es sein Geld. Die Mariengemeinde hat keinen Cent dazugetan. Wir waren nur Schirmherr.«

»Darüber wird noch zu sprechen sein«, entgegnete Andresen ernst. »Jetzt ist es erst einmal wichtiger, dass wir aus diesem Loch hier herauskommen. Ich glaube nicht, dass wir uns dabei auf Boris Roloff verlassen können.«

Wieder machte sich Andresen an der Tür zu schaffen. Es war keine Massivtür, sondern lediglich ein Bretterverschlag, ähnlich einer Stalltür. In der Regel war es ein Leichtes, den Riegel einer solchen Tür zu knacken.

»Und wenn da draußen einer dieser Verrückten auf uns wartet?«

»Vermutlich nicht nur einer«, murmelte Andresen und fingerte in seiner Jackentasche nach dem Draht, den er immer bei sich trug. Alles, was er fand, war ein gebrauchtes Taschentuch. Nicht nur Waffe und Handy, selbst seinen Allzweckhelfer hatte man ihm abgenommen.

»Verdammt!«

»Fluchen Sie nur, das hilft.« Der Galgenhumor in Radbruchs Stimme klang bereits nach Aufgabe.

»Wie oft wird die Tür aufgeschlossen? Nur zu den Mahlzeiten?«

»Welche Mahlzeiten? Meinen Sie etwa diesen Haferschleim?« Radbruch zeigte auf eine Schüssel Getreidepulver und einen Krug Milch, die neben der Tür an der Wand standen.

Ein plötzliches Geräusch von draußen ließ Andresen innehalten. Auf zwei dumpfe Schläge folgte ein Schleifen, das er nicht deuten konnte. Dann hörte er, wie sich jemand an der Verriegelung der Tür zu schaffen machte. Er schnappte sich den Propst und trat ein paar Schritte zur Seite. Es knackte erneut an der Tür. Im nächsten Moment wurde sie aufgerissen, und Kalle Hansen stand vor ihnen.

Sie sprachen kaum ein Wort miteinander, stattdessen hakten sie die apathische Frau unter und hasteten aus der Kammer. Vorbei an den niedergeschlagenen Wachmännern über einen schmalen Flur hinaus auf den schneebedeckten Hof. Erst jetzt bemerkte Andresen, dass sie sich nicht im Haupthaus, sondern in einem angrenzenden Gebäude befunden hatten.

Der Schnee peitschte mittlerweile noch stärker über die freien Flächen zwischen den Gebäuden. Die einsetzende Dämmerung warf ein unwirkliches Licht auf den Hof.

»Bleiben Sie hier und passen Sie auf die Frau auf!«, befahl Andresen Radbruch, nachdem sie sich etwas abseits unter einem Dachvorsprung eines der Schuppen untergestellt hatten.

»Und was werden Sie unternehmen?«

Andresen hatte sich vor dieser Frage gefürchtet, da er selbst nicht wusste, wie er vorgehen sollte. Mit Hansen an seiner Seite fühlte er sich zwar sicherer, aber auch zu zweit konnten sie es unmöglich mit den Fanatikern aufnehmen.

»Deine Kollegen sind jeden Moment hier«, sagte Hansen, ohne eine Miene zu verziehen. »Wir sollten nichts mehr riskieren. Oder befindet sich noch jemand in ihrer Gewalt?«

Andresen sah zu Radbruch herüber, der mit den Schultern zuckte.

»In Ordnung, wir warten hier. Wahrscheinlich wird das MEK gleich kommen.« Dann wandte er sich wieder Hansen zu. »Woher wusstest du eigentlich, dass ich hier bin?«

Hansen lachte kurz auf, dann schüttelte er den Kopf. »Mein Lieber, es ist mein Job, solche Dinge herauszufinden. Ich habe mich an Roloffs Fersen geheftet und bin schließlich nach einer wilden Odyssee durch halb Schleswig-Holstein, einer Schießerei auf der Autobahn und dem Überfall auf dich hier gelandet.«

Im Nachhinein wusste Andresen nicht mehr, ob es das ferne Dröhnen der Motoren gewesen war, das ihn aufhorchen ließ, oder das schwache Rauschen aus Richtung des Hauptgebäudes. Doch mit einem Mal ging alles ganz schnell.

Während die Martinshörner immer näher kamen, stieg plötzlich dichter Rauch aus einem der Fenster des Haupthauses. Dann rannte Radbruch unvermittelt los, quer über den Hof hinüber zu den parkenden Autos vor dem Haus.

Andresen schob die unbekannte Frau in einen Türeingang. Obwohl er nicht das Gefühl hatte, dass sie ihre Umwelt wahrnahm, redete er beruhigend auf sie ein und bat sie zu warten, bis Hilfe käme. Dann lief er hinter Radbruch her, gefolgt von Kalle Hansen, dessen massiger Körper nur schwer in Fahrt kam.

Andresen beobachtete, dass mehrere Männer aus dem Haus geeilt kamen. Am Treppenabsatz vor den Autos trafen sie auf den Propst, der wie ein Hundertmetersprinter den lang gestreckten Hof überquert hatte. Einer der Männer – Andresen glaubte Norman Winkler zu erkennen – drängte Radbruch rüde beiseite und redete drohend auf ihn ein. Die vier anderen stiegen in den schwarzen Geländewagen ein: Kohnke, Samuelsson und zwei weitere Männer, die mit an der langen Tafel gesessen hatten.

Radbruch versuchte Winkler aufzuhalten, indem er geschickt seinen untersetzten Körper einsetzte. Der Geländewagen fuhr an und schlidderte rückwärts über den schneebedeckten Schotterbelag.

Die Faust Winklers traf den Propst mit voller Wucht am Kiefer. Radbruch fiel wie ein Fass Bier zur Seite. Augenblicklich war der weiße Schnee mit feinen roten Flecken gemustert. Blut tropfte aus Radbruchs aufgeplatzter Unterlippe wie Wasser aus einem undichten Waschmaschinenschlauch.

Andresen kam zu spät. Winkler hechtete in den Wagen und zog die Beifahrertür hinter sich zu. Die verdunkelten Fenster ließen das Auto wie eine uneinnehmbare Festung wirken. Beinahe hätte der Wagen Kalle Hansen voll erwischt, als er mit durchdrehenden Reifen vom Hof fuhr.

Das schwarze Gefährt sah aus der Nähe noch bedrohlicher aus. Andresen konnte plötzlich nachvollziehen, dass Stephan Böhmert es mit der Angst bekommen hatte, als das Fahrzeug in seinem Rückspiegel aufgetaucht war. Er ging zu Radbruch und half ihm vorsichtig auf die Beine.

»Was sollte denn das? Die Aktion hätten Sie sich auch sparen können«, schimpfte Andresen.

Radbruch war nicht in der Lage zu antworten. Schmerzverzerrt hielt er sich die blutende Lippe.

Andresen stieg die rauschgeschwängerte Luft in die Nase. Nur wenige Meter von ihm entfernt drang noch immer dunkler Qualm aus einem der Fenster. Ganz in der Nähe der Diele, in der er von Samuelsson und Kohnke empfangen worden war.

»Und jetzt?«, keuchte Hansen, während er sich mit beiden Händen auf den Knien abstützte und in den Schnee spuckte.

»Hoffen, dass meine Kollegen den Wagen aufhalten.«

Andresen hörte die immer lauter werdenden Martinshörner. Allzu weit konnte das MEK nicht mehr entfernt sein.

Plötzlich wurde die Tür des Haupthauses aufgestoßen, und jemand stürzte fluchtartig aus dem Gebäude. Boris Roloff stolperte die vereiste Treppe hinunter. Sein Gesicht war schwarz vor Ruß, auf seiner Stirn prangte eine Platzwunde. Obwohl er kaum noch ein Bein vor das andere setzen konnte, funkelten seine grünen Augen in wilder Entschlossenheit. Die Rache für seinen Bruder trieb ihn voran und setzte offenbar Kräfte frei, die er unter normalen Umständen nicht hätte abrufen können.

In seiner linken Hand hielt Roloff etwas Glitzerndes. Er richtete den Arm auf den Lexus, der noch immer vor dem Haus stand, und betätigte die Fernbedienung.

»Lass mich fahren«, sagte Hansen unwirsch, als er sah, dass Roloff sich hinter das Steuer setzen wollte. »Du kannst dich ja kaum noch auf den Beinen halten.«

»Was ist da drin los?«, fragte Andresen besorgt.

»Ich glaube, das wollen Sie gar nicht wissen.« Roloffs Worte klangen bedrohlich.

»Wer hat den Brand gelegt?«

»Niemand. Die Fackeln sind … Egal, wir müssen los, sie werden gleich die Dielentür aufgebrochen haben.«

In dem Wissen, dass die Kollegen jeden Moment hier sein mussten, riss Andresen Roloff den Schlüssel aus der Hand und warf ihn zu Hansen. Dann wuchtete er Radbruch auf die Rückbank neben Roloff und nahm selbst auf dem Beifahrersitz Platz. Ihn überkam ein seltsames Gefühl bei dem Gedanken daran, ausgerechnet zusammen mit Boris Roloff Jagd auf die Mörder von dessen Bruder und Pastor Boysen zu machen. Ausgerechnet mit dem Mann, mit dem er erst vor zwei Tagen aneinandergeraten war und mit dem ihn eine jahrelange Rivalität verband.

Hansen startete den Motor und setzte den Wagen zurück. Im

nächsten Augenblick sah Andresen die Lichter der beiden Zivilwagen der Kripo auf den Hof einbiegen.

»Halt an!«, rief Andresen. »Die wissen nicht, dass wir hier drinsitzen!«

Hansen stellte sich quer zu den herankommenden Autos. Andresen erkannte den Passat von Kregel und stieß die Beifahrertür auf.

»Ist euch denn nicht der schwarze Geländewagen entgegengekommen?«, fragte Andresen aufgeregt.

»Nein, vielleicht haben sie einen Schleichweg genommen oder sind querfeldein gefahren«, antwortete Kregel. »Wenn er aufs Festland will, muss er irgendwann aber wieder die Hauptstraße nehmen.«

Andresen nickte und gab seinem Kollegen ein Zeichen, den Hof verlassen zu wollen und die Verfolgung des Geländewagens aufzunehmen. Obwohl Hansen im zweiten Gang anfuhr, brach das Heck der Limousine auf dem spiegelglatten Untergrund aus. Sie schlingerten über den Hof, ehe Hansen auf Höhe der Einfahrt den Wagen wieder unter Kontrolle bekam und voll aufs Gas drückte.

Doch der Blick nach vorne verriet nichts Gutes. Trotz der aufkommenden Dunkelheit erkannte Andresen die pechschwarzen Wolken am Himmel, die sich von Süden näherten und weiteren heftigen Schneefall ankündigten.

»Fahr Richtung Süden!« Roloffs Stimme war kaum mehr als ein Röcheln. »Sie wollen die Insel verlassen.«

»Woher …?«

»Machen Sie einfach!« Es war Radbruch, der sich plötzlich einmischte und trotz seiner Verletzung Roloffs Worten Nachdruck verlieh.

»Weshalb sind Sie sich so sicher, dass Kohnke und seine Leute aufs Festland wollen?«

»Heiligenhafen«, stöhnte Roloff schmerzverzerrt.

»Was ist in Heiligenhafen?«, fragte Andresen ungeduldig.

Roloff antwortete nicht.

»Raus mit der Sprache!«

»Sie haben dort eine Art Büro«, brach es aus Radbruch heraus. »Mitten in der Innenstadt. Es wird nur von der Führungsriege genutzt.«

Andresen wandte sich um und sah Radbruch an. Woher wusste er von dem zweiten Versteck der »Inspirierten« in Heiligenhafen?

»Vorsicht!«, schrie Radbruch plötzlich.

Andresen sah wieder auf die Straße und hätte um ein Haar Hansen ins Lenkrad gegriffen. Doch gerade noch rechtzeitig, bevor der Wagen aus der Kurve geschleudert wurde, schaffte es Hansen, die Limousine in der Spur zu halten und auf die größere Straße abzubiegen.

»Ganz ruhig, Birger, ich hab alles unter Kontrolle. Guck lieber mal, was da vorne so fährt. Wenn das mal nicht unsere Freunde sind. Wollen wir doch mal sehen, ob wir nicht schneller sind als sie.«

Andresen sah Hansen von der Seite an, wusste jedoch sofort, dass es absolut sinnlos war, ihm zu widersprechen. Im Seitenspiegel erkannte Andresen Kregels Passat. Er hatte zu ihnen aufgeschlossen. Andresen kam eine Idee.

»Kalle, hast du dein Handy dabei?«

»Ja, natürlich.«

»Dann her damit!«

Hansen griff in seine Jackentasche und reichte Andresen sein Telefon. Angestrengt versuchte Andresen sich Kregels Handynummer ins Gedächtnis zu rufen. Nach zwei gescheiterten Versuchen bekam er endlich ein Freizeichen.

»Ben, hörst du mich?«

Trotz eines fürchterlichen Rauschens in der Leitung erfuhr Andresen von seinem Kollegen, dass das Mobile Einsatzkommando aus Kiel unterwegs war. Genau wie mehrere Rettungswagen und ein Löschzug der Feuerwehr.

»Sie sollen die Brücke absperren und sich auf der Festlandseite positionieren. Der gesuchte Wagen ist eine dunkle Mercedes GL-Klasse mit fünf Personen an Bord.« Andresen gab rasch das Kennzeichen und eine Beschreibung der Insassen durch. »Sie sind höchstwahrscheinlich auf dem Weg nach Heiligenhafen. Wir müssen sie vorher abfangen.«

»Was ist auf dem Hof passiert?«, rief Kregel ins Telefon.

»Ich glaube, das willst du gar nicht wissen«, zitierte Andresen Roloff. »Schick den Löschzug und die Krankenwagen direkt zum

Hauptgebäude. Sie werden dort gebraucht. Wir reden später weiter.«

Andresen beendete das Gespräch, als er sah, dass der mächtige Mercedes nur noch wenige Meter vor ihnen fuhr. Sie hatten Petersdorf hinter sich gelassen und befanden sich jetzt kurz vor der B 207. Nicht mehr lange, und die Fehmarnsundbrücke würde aus der dunklen Wolkenmasse herausragen.

»Hier!« Hansen warf Andresen seine Waffe in den Schoß. »Immer auf die Reifen!«

»Danke für den Hinweis«, entgegnete Andresen grimmig.

Sie bogen auf die B 207 ab. Hansen beschleunigte erneut und kam dem Mercedes so nahe, dass er aufpassen musste, auf der rutschigen Fahrbahn nicht in dessen Heck zu krachen. Andresen ließ sein Fenster herunterfahren und wurde sofort von einer heftigen Schneeböe erfasst, die ihm einen Moment lang die Sicht nahm.

Als er die Augen wieder öffnete, sah er, dass jemand auf ihn zielte. Der Mann im Wagen vor ihm hing mit dem Oberkörper aus einem der Fenster und feuerte los. Andresen tauchte ab, gerade noch rechtzeitig, ehe Windschutzscheibe und Seitenspiegel getroffen wurden.

Während der Spiegel durch die Wucht des Schusses abgerissen wurde und nur noch an losen Kabeln hängend hin und her baumelte, war die Scheibe zum Glück nur von einem Querschläger getroffen worden. Sie trug nur einen kleinen Riss davon, nicht größer als nach einem Kieselschlag.

Hansen drosselte das Tempo und versuchte den Schüssen auszuweichen, indem er das Lenkrad wild herumriss. Dabei schlingerte er so bedrohlich auf den Straßengraben zu, dass Andresen erneut die Augen schloss und ein kurzes Stoßgebet gen Himmel schickte.

Doch Hansen hielt den Wagen auf der Straße und folgte dem Mercedes in einem Abstand von fünfzig Metern. Einen präzisen Schuss konnte Andresen aus dieser Entfernung unmöglich abgeben, zumal in diesem Moment ein Schneegestöber einsetzte, das Andresen so noch nie erlebt hatte. Sie steuerten auf eine weiße Wand aus Schneeflocken zu, die aus dem dicken Wolkeneinerlei herabfielen.

Der Mercedes geriet außer Sichtweite. Andresen erahnte irgendwo zwischen den tanzenden Eiskristallen den Bogen der Sundbrücke. Allzu weit konnte sie nicht mehr entfernt sein. Er hoffte, dass das MEK schon Stellung bezogen hatte.

Andresen schaute sich noch einmal um. Er glaubte, Kregels Wagen im Windschatten des Lexus erkannt zu haben.

Sein Blick fiel auf die Rückbank ihres Wagens. Was er dort sah, war weniger schön. Boris Roloff kämpfte damit, nicht das Bewusstsein zu verlieren. Wahrscheinlich hatte er sich durch das Feuer in der Diele eine Rauchvergiftung zugezogen. Auch Radbruch machte mit seiner blutenden Lippe keinen allzu fitten Eindruck.

Wieder beschleunigte Hansen. Diesmal fuhr er schräg hinter dem Mercedes auf die Gegenfahrbahn, um nicht erneut Zielscheibe des aus dem rechten hinteren Wagenfenster schießenden Manns zu werden.

»Ich hoffe, die Straße ist schon abgesperrt«, sagte Hansen mit tiefen Sorgenfalten auf der Stirn. Die Souveränität und sein betont lässiges Auftreten waren verschwunden.

Als Andresen erneut aus dem Seitenfenster sah, hoffte er einen Moment lang, dass das Auto, das sie gerade rechts überholte, nur eine optische Täuschung war, hervorgerufen durch die milliardenfach umherfliegenden Schneeflocken.

Aber es war keine Täuschung. Kregels Passat fuhr zügig an ihnen vorbei und nahm die direkte Verfolgung des Geländewagens auf. Im letzten Augenblick erkannte Andresen, dass Kregel ihm im Vorbeifahren ein Zeichen gegeben hatte. Offenbar plante Kregel, den Mercedes von zwei Seiten einzukeilen und ihn so zum Anhalten zu zwingen. Wahrscheinlich hatte Kregel noch gar nicht mitbekommen, dass aus dem Geländewagen auf sie geschossen worden war.

»Setz dich neben den Passat!«, rief Andresen Hansen zu, während er Kregel verzweifelt mit Handzeichen zu verstehen geben versuchte, mehr Abstand zum Vordermann zu lassen und nicht zu weit rechts zu fahren.

»Hoffentlich funktioniert die Zangentaktik bei diesem Wetter auf der Brücke. Sie ist ziemlich schmal. Zwei Autos nebeneinander mögen ja noch gehen, aber drei …«

»Wir befinden uns bereits auf der Rampe zur Brücke«, antwortete Hansen. »Ich befürchte, es wird tatsächlich etwas eng werden.«

»Versuch es!«, rief Andresen. Er spürte, dass das Heck ausbrach, als Hansen noch stärker Gas gab. Sie hatten fast wieder zu Kregel aufgeschlossen. Der Mercedes war nur noch etwa zwanzig Meter entfernt. Unter ihnen zeichnete sich das aufgewühlte Wasser der Ostsee ab. Sie hatten bereits ein Drittel der Brücke hinter sich gebracht.

Plötzlich sah Andresen, dass sich Barbara mit einer Waffe in der Hand aus dem Seitenfenster des Passat lehnte. Das winzige Mündungsfeuer im Lauf ihrer Pistole wirkte im Zusammenspiel mit den Schneeflocken alles andere als bedrohlich.

Doch die Realität war weitaus weniger romantisch. Mit einem lauten Knall platzte der rechte Hinterradreifen des Mercedes. Barbara hatte mit einem einzigen Schuss den breiten Pneu des Geländewagens durchschossen. Obwohl er kaum schneller als hundert fuhr, hatte der Mercedes auf der verschneiten Spur keine Chance. Er drehte sich längs, schleuderte quer über die Fahrbahnen und prallte gegen die flache Begrenzungsmauer, die die Straße vom Radweg trennte. Der Einschlag war so heftig, dass der Wagen die Mauer durchbrach und erst am äußeren Brückengeländer zum Stehen kam.

Hansen trat voll auf die Bremse, doch es war fast so, als reagiere der Wagen überhaupt nicht. Um ein Haar wären sie mit dem außer Kontrolle geratenen Mercedes kollidiert, erst im letzten Moment riss Hansen das Steuer noch nach links. Als sie endlich zum Stehen kamen, sah Hansen im Rückspiegel die nächste Gefahr in Form des heranrauschenden Passats auf sie zukommen. Kregel schaffte es nicht mehr, auszuweichen, und fuhr in das Heck des Lexus.

Obwohl der Aufprall nicht stark war, gingen die Airbags in Kregels Wagen auf. Andresen und Hansen rollten sich aus dem Lexus und rannten in Richtung des aus dem Motorraum qualmenden Geländewagens. Obwohl äußerlich kaum Schäden an dem Fahrzeug zu erkennen waren, war es offensichtlich nicht mehr in der Lage, weiterzufahren.

Alle vier Türen des Mercedes standen offen. Andresen blinzelte und versuchte, Einzelheiten durch den Schneefall zu erkennen. Aber von den schwarz gekleideten Männern war weit und breit nichts zu sehen. Stattdessen glaubte er, jemanden unweit des verunglückten

Wagens stehen zu sehen. Direkt am Brückengeländer, den Blick auf das Meer unter ihnen gerichtet. Augenblicklich realisierte Andresen den Grund dafür, dass er die Person nicht sofort wahrgenommen hatte. Das helle Leinengewand des Mannes war in den Schneeflocken kaum zu sehen gewesen. Es war ohne Zweifel Jakob Samuelsson.

Andresen ging ein Stück näher an ihn heran, hielt jedoch genügend Abstand für den Fall, dass sich Samuelsson umdrehen und ihn angreifen würde. Noch immer war Andresen unbewaffnet. Er konnte nur hoffen, dass auch Samuelsson keine Schusswaffe trug.

Plötzlich wandte sich der Kuttenmann zu ihm um und sah ihn mit leeren, blutunterlaufenen Augen an. In der Mitte seines Körpers breitete sich ein großer dunkelroter Fleck auf dem hellen Leinenstoff aus. Der stählerne Dolch, den Samuelsson in der Diele in den Holztisch gerammt hatte, steckte tief in seinem Bauch. Sekunden verronnen, in denen sie sich regungslos gegenüberstanden. Dann fiel Samuelsson in sich zusammen wie ein Klappmesser und schlug mit dem Rücken auf das Brückengeländer. In einem letzten verzweifelten Kraftakt wandte er sich um und stürzte sich kopfabwärts ins Meer, das ihn wie ein gefräßiges schwarzes Loch verschlang.

Andresen hatte keine Zeit, zur Brüstung zu stürzen und in der eisigen Ostsee nach Samuelsson Ausschau zu halten. Er wurde unsanft von Kregel weggezogen.

»Komm mit! Hier, nimm die Waffe! Die Männer flüchten an Land, wir müssen sie aufhalten.«

Andresen hörte ein Geräusch durch die kalte Winterluft hallen. Etwas, das wie ein Schuss klang. Dann gab es ein metallisches Klicken, dessen Ursprung nur wenige Meter entfernt zu liegen schien. Sein Blick wanderte hektisch hin und her, bis er sah, was passiert war. Boris Roloff hatte sich aus dem Lexus herausgerobbt und zielte mit einer Pistole auf einen der Stahlbögen, die die Brücke stützten. Andresen lief in Richtung Brückengeländer und ging auf die Knie, um nicht von einem Querschläger getroffen zu werden. Im nächsten Augenblick entdeckte er den Mann, der sich hinter dem Brückenbogen, jenseits des Geländers, auf einem Vorsprung eines Brückenpfeilers versteckt hatte. Norman Winkler presste seinen Rücken an den kalten blaugrauen Brückenstahl.

Andresen gab Kregel ein Zeichen, dass er sich zusammen mit Barbara und Hansen um Kohnke und die beiden anderen Männer kümmern sollte. Er selbst wollte sich Winkler vorknöpfen, musste allerdings aufpassen, dass Roloff ihm nicht in die Quere kam.

Andresen war jetzt keine zehn Meter mehr von Winkler entfernt. Sein Blickwinkel war mittlerweile so ungünstig, dass er nur noch dessen Schatten erahnen konnte. Er musste noch näher herankriechen, um ihn ins Visier zu nehmen.

Ein weiterer Schuss fiel. Andresen schreckte zusammen und duckte sich, sodass sein Gesicht beinahe den Schnee berührte. Roloffs schriller Schrei klang hysterisch. Hier oben, zwanzig Meter über dem Meeresspiegel in der zugigen Schneeluft, wirkte der Schrei noch beängstigender. Roloff hielt sich die linke Schulter, an der ihn Winklers Schuss getroffen haben musste. Er kauerte schmerzverzerrt im Schnee und hatte seine Waffe fallen lassen.

Irgendwo aus der Ferne vernahm Andresen Martinshörner, während er in der einbrechenden Dunkelheit und dem anhaltenden Schneefall seine nähere Umgebung kaum noch wahrnahm. Plötzlich hörte er ganz deutlich Atemzüge. Winkler war hinter dem Brückenbogen hervorgetreten und über das Geländer zurück auf den Fahrradweg geklettert. Er schien ihn noch immer nicht bemerkt zu haben.

Ohne lange nachzudenken, nutzte Andresen die Chance, die sich ihm bot. Er sprang auf, stürzte sich auf Winkler und schlug ihm die Waffe aus der Hand. Seine Rechte landete genau unterhalb Winklers Auge. Benommen fiel er zu Boden.

»Gehen Sie aus dem Weg!«

Andresen blickte sich abrupt um und sah in Roloffs leere Augen. Er hatte sich aufgerichtet und fuchtelte mit seiner Pistole vor Andresen herum.

»Machen Sie keinen Scheiß! Das bringt Ihren Bruder auch nicht wieder zurück!«

»Was wissen Sie denn? Diese Schweine haben Sandro auf dem Gewissen. Sie werden ihre gerechte Strafe bekommen.« Roloff trat einige Schritte zurück und zielte jetzt auf Winkler.

»Mord ist niemals eine gerechte Strafe. Es wird Ihnen nicht besser gehen, wenn Sie ihn umbringen. Also nehmen Sie verflucht noch mal dieses Ding runter!«

Andresen stellte sich vor den noch immer am Boden liegenden Winkler. In der rechten Hand hielt er etwas verdeckt seine eigene Waffe. Er wollte sie nur einsetzen, wenn es keinen anderen …

Begleitet von einem dumpfen Geräusch fiel Roloff plötzlich vornüber. Andresen sah die dunkelrot getränkte Jacke, Winklers Schuss von vorhin hatte offenbar dessen linken Oberarm getroffen. Erst dann bemerkte er den Grund für Roloffs Zusammenbruch. Hinter ihm tauchte Propst Radbruch aus der Dunkelheit auf. Er hatte Roloff mit einem gezielten Handkantenschlag in den Nacken außer Gefecht gesetzt.

Die Martinshörner wurden lauter. Winkler und Roloff lagen noch immer am Boden und rührten sich nicht. Andresen hörte Schritte durch den Schnee stapfen. Mit einem Mal stand Barbara vor ihm. Sie war von der Seite auf ihn zugekommen, aus der Richtung, in die die anderen Männer geflohen waren. Er sah sofort die Erleichterung auf ihrem Gesicht.

»Es ist vorbei, wir haben die drei geschnappt«, sagte sie erschöpft. »Sie wollten zurück an Land, aber Ben hat kurzen Prozess mit ihnen gemacht.«

Andresen sah sie erschrocken an.

»Nicht, wie du denkst. Er hat die beiden Helfer ausgeschaltet. Na ja, und Kohnke … er ist schließlich ein alter Mann.« Barbara schüttelte den Kopf. »Friedbert Kohnke«, wiederholte sie fassungslos. »Ich kann nicht glauben, dass er der Kopf dieser Sekte ist.«

»Nicht nur du, da kannst du dir sicher sein«, entgegnete Andresen. »Wo bleiben denn Ben und die anderen?«

»Sie müssten gleich hier sein. Die Rettungswagen sind auch schon unterwegs.«

»Kannst du die beiden übernehmen? Ich muss noch eine Sache erledigen.«

Andresen stieg über Winkler und Roloff hinweg und sah sich irritiert um. Der Propst, der ihn eben noch vor einer unüberlegten Aktion von Boris Roloff gerettet hatte, war verschwunden. Einzig das unwirkliche blaue Licht der heranrasenden Polizei- und Rettungswagen und die tanzenden Schneeflocken flackerten in der Dunkelheit.

Obwohl es vorbei war, beschäftigte ihn noch immer etwas. Es

war ihm wieder eingefallen, als er quer über den Hof der »Insel der Harmonie« hinter Radbruch hergelaufen war. Etwas, das ihn schon einmal stutzig gemacht hatte, ehe er gesehen hatte, was sie mit Radbruch angestellt hatten.

Es blieb diese eine Frage: Weshalb hatte ihn der Propst anrufen können, nachdem man ihn aus seiner Fischerhütte verschleppt hatte? So wie er Kohnke und seine Leute kennengelernt hatte, hätten sie ihm niemals die Möglichkeit dazu gegeben.

25

Eine Woche später

Die Playtaste des Rekorders schnalzte hoch, als die Kassette durchgelaufen war. Seit knapp einer Stunde redete Norman Winkler bereits, lediglich unterbrochen von einigen Zwischenfragen von Andresen und Kregel. Im Gegensatz zu Friedbert Kohnke, der bislang nur über seinen Anwalt mit der Kripo und der Staatsanwaltschaft kommuniziert hatte, hatte sich Winkler dazu entschieden, zu reden. Er nahm kein Blatt vor den Mund und schreckte nicht davor zurück, seine Partner zu verraten, vermutlich in der Hoffnung, seine eigene Haut retten zu können. Kohnke hatte sich hingegen nur zu belanglosen Dingen geäußert. Immer wenn Andresen auf Details zu sprechen gekommen war, hatte er geschwiegen und seinem Anwalt das Feld überlassen.

Die anfängliche Ungläubigkeit Andresens über das, was Winkler zu erzählen hatte, war nach und nach in tiefe Wut übergegangen. Wut darüber, dass die »Inspirierten« sich bei der Rekrutierung ihrer Mitglieder auf sozial schwache und psychisch labile Menschen konzentriert hatten. Wut über die Skrupellosigkeit, mit der Kohnke, Winkler und Samuelsson vorgegangen waren, als sie Sandro Roloff und Pastor Boysen umgebracht und auf perfide Art und Weise ihre Körper zur Schau gestellt hatten. Und schließlich auch Wut darüber, dass sie all das im Namen Gottes getan hatten.

Die Anfänge der »Inspirierten« reichten mehr als zehn Jahre zurück. Kohnke, damals noch als Pastor in der Mariengemeinde tätig, und Samuelsson hatten sich irgendwann zu dieser Zeit kennengelernt. An den genauen Tag konnte sich niemand mehr erinnern. Aber Winkler betonte, dass diese erste Begegnung mit Samuelsson für Kohnke einschneidend gewesen war.

Jakob Samuelsson – er warf noch immer die größten Fragen auf. Am Wochenende hatte man seinen Leichnam in der Nähe von Großenbrode an einem einsamen Strand gefunden. Aber außer dem aufgeschwemmten Körper und seinem Namen gab es kaum etwas, das sie über den seltsamen Mann mit dem Leinengewand und dem langen weißen Bart in Erfahrung bringen konnten. Winkler hatte zu Protokoll gegeben, dass Samuelsson der Prediger innerhalb der Gemeinschaft gewesen war. Seine Fähigkeit, andere Menschen in seinen Bann zu ziehen, hatte sich besonders in der Anfangsphase als Erfolgsfaktor und wahrer Glücksfall für die sich allmählich formierende Gruppierung erwiesen. Samuelsson war derjenige gewesen, der für die Indoktrination der Gruppe zuständig gewesen war.

Ein weiterer Kommentar Winklers war bei Andresen hängen geblieben und hatte ihn wieder daran erinnert, was Barbara über die Radikalen Pietisten recherchiert hatte. Winkler glaubte sich zu erinnern, dass Samuelsson eines Tages erwähnt hatte, er sei in den Vereinigten Staaten geboren und groß worden. Womöglich hatte er dort bereits in frühester Kindheit Erfahrungen mit religiösen Gemeinschaften gemacht, vielleicht war er sogar in einer solchen aufgewachsen. Kommunen ähnlich der, die einst Johann Georg Rapp ins Leben gerufen hatte, gab es in den Staaten zahlreich. Auch und gerade heute noch.

2003 trafen Kohnke und Samuelsson schließlich auf Norman Winkler. Kurze Zeit später gründeten sie ihre eigene kleine Gemeinschaft und nannten sich fortan die »Inspirierten«. Auf der Insel Fehmarn entstand dann später die »Insel der Harmonie«.

Andresen war in den letzten Tagen ins World Wide Web abgetaucht und hatte bergeweise Material über Hintergründe und die Geschichte der »Inspirationsbewegung« recherchiert, die gegen Ende des 17. Jahrhunderts aus dem Radikalen Pietismus hervorgegangen war und viele Berührungspunkte mit Erweckungsbewegungen und der heute verbreiteten Pfingstbewegung hatte. Sein Unbehagen über diese Form des christlichen Glaubens war von Tag zu Tag größer geworden. Der Begriff »Sekte« schien ihm im Zusammenhang mit den »Inspirierten« keinesfalls mehr deplatziert zu sein. Allen unterschiedlichen Ausprägungen der »Inspirationsbewegung« gemeinsam war die Orientierung an einer sehr engen, teils wörtlichen, teils mystischen Auslegung der Schrift. Ihre eigentliche Besonderheit war die sogenannte Zungenrede. Außer an die Worte der Bibel glaubten die »Inspirierten« auch an die direkte Inspiration mancher Gemeindemitglieder durch Gott. Diese Gemeindemitglieder, die auch als »Werkzeuge« bezeichnet wurden, äußerten sich während der Gottesdienste in sogenannten »prophetischen Aussprachen«.

Ein weiteres Merkmal der »Inspirierten« war das sehr intensive Gemeindeleben, das insbesondere in den Auswanderergemeinden oft christlich-frühkommunistische Formen angenommen hatte.

Nicht selten, so hatte es Andresen gelesen, versuchten die Anführer der Gemeinden ihre Doktrin durch Unterdrückung ihrer Mitglieder durchzusetzen. Es war die Rede von repressivem Gruppenzwang und hohem Konformitätsdruck. Starke Selbstdisziplinierung, Triebunterdrückung und Askese waren die Vorgaben der führenden Prediger. In den Glaubensgemeinden der »Inspirierten«, die selbst eine pazifistische Lebenseinstellung predigten, dominierten oftmals autoritäre Unterdrückung, Machtverlangen und handfeste finanzielle Forderungen seitens der Anführer.

Und dann war ihm wieder Rapp in den Sinn gekommen. Dessen autoritärer, diktatorischer Führungsstil, die Vorwürfe, ein Tyrann gewesen zu sein und seinen eigenen Sohn umgebracht zu haben – all diese historischen Fakten wiesen deutliche Ähnlichkeit zu dem Vorgehen der »Inspirierten« auf der »Insel der Harmonie« auf.

Winklers Biographie lieferte Rückschlüsse auf die Hintergründe seines Engagements innerhalb der Gemeinschaft. Andresen hatte in den Unterlagen gelesen, dass er, als Kind zur Adoption freigegeben, in einem evangelisch-freikirchlichen Kinderheim in Hamburg aufgewachsen war.

»Was war es, das Sie letztendlich veranlasst hat, in die Gemeinschaft einzutreten?«, hatte Andresen nachgehakt. »Warum wollten Sie sich in einer fanatischen Gruppierung engagieren?«

Winkler hatte sich zurückgelehnt und ihn angegrinst. Dann hatte er versucht, es ihm zu erklären.

»Was wissen Sie von Gemeinschaft, Andresen?«, hatte er provokant begonnen.

Andresen hatte die Frage ignoriert und Winkler aufgefordert weiterzuerzählen.

»Gemeinschaft, wie ich sie erlebt habe, ist ein hohes Gut. Wenn Sie mich fragen, das höchste in unserer heutigen Gesellschaft.« Er hatte sich geräuspert.»Meine Mutter hat mich zur Adoption freigegeben, als ich vier Monate alt war. Meine Pflegeeltern haben mich nicht ertragen können und ins Heim gesteckt, als ich fünf war. Ich sei ein kleiner Teufel und würde ihre leiblichen Kinder tyrannisieren, haben sie argumentiert. Vier Monate vergingen, und man hatte auch im Heim genug von mir. Wieder war ich zu aufmüpfig.« Winkler malte Gänsefüßchen in die Luft und schüttelte lachend den Kopf.»Ich war fünf, und niemand wollte mehr etwas von mir wissen. Als Kind denkt man nicht daran, sich selbst etwas anzutun, aber glauben Sie mir: Hätte mich jemand vor die Wahl zwischen Leben und Tod gestellt, ich hätte den Tod gewählt. Das Jugendamt wusste auch nicht mehr, was es noch mit mir anstellen sollte, und steckte mich in das nächste Heim. Die ›Arche‹ war ein evangelischfreikirchliches Kinderheim und wurde vorwiegend von Männern geführt. Es dauerte nicht lange, und ich fühlte zum ersten Mal in meinem Leben ansatzweise das Gefühl, ein Zuhause zu haben. Die ›Arche‹ stand für ein beispielloses Miteinander, und das alles unter Gottes Obhut. Nicht das Individuum als solches zählte, sondern die Souveränität der Gnade Gottes.«

»Und das war Ihnen als Fünfjähriger natürlich voll bewusst«, stellte Kregel sarkastisch fest.

»Hier hatte ich meine beste Zeit«, entgegnete Winkler. »Der Glaube und die Gemeinschaft haben aus mir das gemacht, was ich heute bin. Ein erfolgreicher Unternehmer, der an Gott und die richtigen Werte im Leben glaubt.«

»Wie passt das zusammen, erfolgreicher Unternehmer zu sein und gleichzeitig Teil einer religiösen Gruppierung mit kommunistischen Prinzipien?«

»Sie sind auf dem Holzweg, Andresen. Das eine schließt das andere nicht unbedingt aus. Unsere ›Insel der Harmonie‹ verfolgte das Ziel, über kurz oder lang autark existieren zu können. Dazu bedurfte es eines gewissen ökonomischen Verständnisses. Und das konnte ich hervorragend in die Gruppe einbringen.«

»Aber wieso dieses Doppelleben?«

»Sie wollen es wirklich ganz genau wissen, was? Ich erkläre es Ihnen.« Winkler trank einen Schluck Wasser, ehe er fortfuhr.»Nach meiner Zeit im Heim war ich plötzlich wieder auf mich allein gestellt. Keine Gemeinschaft mehr, keine tägliche Konfrontation mit Gott. Ich beendete die Schule, begann ein Studium, brach es wieder ab und irrte ziellos umher. Schließlich hatte ich eines Tages diese Geschäftsidee, integrierte Software für Hochschulen zu entwickeln. Ich holte mir zwei Programmierer dazu und setzte sie einfach um. Drei Jahre später war ich Millionär und konnte mir plötzlich alle meine Träume erfüllen. Aber es dauerte nicht lange, und ich geriet in die nächste Krise. Ich sehnte mich zurück nach diesem Gemeinschaftsgefühl, das ich als Kind in der ›Arche‹ kennengelernt hatte.«

»Und dann lernten Sie Kohnke und Samuelsson kennen«, resümierte Andresen.

Winkler nickte, sagte aber nichts. Stattdessen fuhr er mit seinen Ausführungen chronologisch fort.

Friedbert Kohnke, der als Pastor mittlerweile in den Ruhestand getreten war, und Samuelsson hatten ein halbes Jahr später mit Winklers Geld den landwirtschaftlich betriebenen Hof auf Fehmarn gekauft und ihn schnell zur »Insel der Harmonie« umfunktioniert. Laut Winkler war es vor allem Kohnke gewesen, der darauf gedrängt hatte, unabhängig von Kirche und Staat zu agieren und den christlichen Glauben auszuleben. Er war der Kopf der Gruppe gewesen und zeichnete sich für die strategischen Entscheidungen verantwortlich. Seine starke Position innerhalb der Mariengemeinde war ihm immer wieder hilfreich gewesen, wenn es darum ging, ihre Aktivitäten zu vertuschen.

Andresen wechselte die Kassette. An dieser Stelle musste er dringend einhaken und auf eine weitere Person zu sprechen kommen.

»Welche Rolle hatte der Propst inne? Immerhin wusste er ja von dem Kauf des Hofes.«

»Radbruch«, antwortete Winkler verächtlich. »Wir hätten ihn …«
Er brach ab, aber es war deutlich geworden, was er dachte. »Wissen Sie was, Andresen? Ich verrate Ihnen jetzt mal etwas: Radbruch war einer von uns.«

Andresen lehnte sich auf seinem Holzstuhl zurück. Winklers Antwort war wie ein Faustschlag, und dennoch überraschte sie ihn nicht. Die ganze Zeit über hatte er vermutet, dass mit dem Propst etwas nicht stimmte.

»Er war über alles informiert, was auf der Insel geplant wurde. Er hat das Ganze sogar nach außen verkauft.«

Als Langzeitarbeitslosenprojekt, fuhr es Andresen durch den Kopf. Er erinnerte sich daran, dass Radbruch Winkler als vorbildliches Gemeindemitglied bezeichnet hatte. Der Propst hatte den Unternehmer verteidigt, anstatt ihn zu verraten.

»Wenn Sie wirklich zusammengearbeitet haben, weshalb hat er sich dann vor Ihnen verstecken müssen?«, fragte Andresen.

»Paranoia, genau wie Boysen. Angst, dass wir ihm etwas antun.«

»Radbruch hatte allen Grund dazu«, konterte Andresen. »Samuelsson hat ihn verfolgt. Letzten Endes wurde er sogar aus seiner Hütte entführt. Und was mit Pastor Boysen angestellt wurde, das brauche ich Ihnen ja wohl nicht zu sagen.«

»Boysen ist eine andere Geschichte. Für die Morde an ihm und Roloff war ausschließlich Samuelsson verantwortlich. Friedbert und ich hätten so etwas niemals zugelassen, geschweige denn getan.« Winkler hustete und verlangte nach einem Glas Wasser. Nach einem kräftigen Schluck sprach er weiter. »Im Übrigen wurde Radbruch nicht entführt. Er ist freiwillig mitgegangen, weil er eingesehen hatte, dass es keinen Weg zurück gab.«

Andresen zog die Augenbrauen hoch. Winkler bemerkte seine Zweifel und schob eine weitere Bemerkung hinterher.

»Leider ist er eingeknickt, sodass er für die Gemeinschaft nicht länger tragbar war.«

»Radbruch hat mich mehrfach angerufen. Er klang panisch und hat um Hilfe gebeten.«

»Wie gesagt, er wusste nicht mehr, was er wollte. Wir haben ihm sein Handy erst nach dem Anruf abgenommen.« Winkler zuckte mit den Schultern und schnitt eine entschuldigende Grimasse.

»Und weshalb standen Sie am Tag danach so früh vor meiner Tür und haben mich über Radbruch ausgequetscht? Sie wussten doch am besten über seinen Aufenthaltsort Bescheid.«

»Ein kleiner Test«, grinste Winkler ihn an. »Wir waren uns an dieser Stelle nicht mehr sicher, wie viel Sie über Radbruch und uns bereits in Erfahrung gebracht hatten. Aber da haben Sie sich ja nicht von mir ins Bockshorn jagen lassen.«

Andresen musste erneut an das Verhalten des Propstes denken. Wie um alles in der Welt sollten sie bloß mit ihm umgehen?, überlegte er angestrengt. Er hatte sich nicht direkt strafbar gemacht, das stand fest. Aber er hatte von den Plänen der »Inspirierten« gewusst und war sogar Teil von ihnen gewesen. Folglich mussten sie auch ihn zur Rechenschaft ziehen. Und trotzdem, Radbruch war auch derjenige gewesen, der sie überhaupt erst auf die Spur der Gruppierung um Kohnke und Samuelsson gebracht hatte, nachdem er die Gefahr erkannt hatte und untergetaucht war. Sollten sie ihn also als Opfer oder doch als Mittäter behandeln? Die Vernehmung von Radbruch war für den morgigen Tag festgesetzt, bis dahin musste er sich eine Strategie zurechtgelegt haben.

»Was war Ihre Vision?«, begann Andresen aufs Neue und wechselte das Thema. »Was wollten Sie mit der ›Insel‹ erreichen?«

Diesmal lachte Winkler und schüttelte den Kopf. »Vision?«, fragte Winkler sichtlich amüsiert. »Denken Sie etwa allen Ernstes, dass wir von Fehmarn aus die Welt missionieren wollten? Gesundes Wachstum war unsere Devise«, antwortete er in Unternehmerdeutsch. »Unser Augenmerk galt nicht nur Langzeitarbeitslosen und sozial Schwachen, sondern auch einflussreichen Menschen, um unser Netzwerk zu erweitern und die Führungsriege zu stärken. Darum hätte es uns umso mehr gefreut, wenn wir …«

»Wie?«, fuhr Andresen dazwischen.

»Ich glaube, ich verstehe Ihre Frage nicht.«

»Wie haben Sie es angestellt, den Willen der Menschen zu brechen?« Andresen stand von seinem Stuhl auf und lehnte sich über den Tisch. »Man hat mir eine Droge verabreicht, falls Sie sich erinnern.«

Die Kollegen vom K 6 hatten auf dem Hof auf Fehmarn Reste des Getränkes sicherstellen können, das Andresen am Tisch in der Diele zu sich genommen hatte. Es war ein toxisches Gemisch aus starken Psychopharmaka und Schlafmitteln gewesen, das ihn bei vollständigem Genuss für mehrere Stunden, wenn nicht gar Tage, außer Gefecht gesetzt hätte. Andresen musste an den gestrigen Anruf von Dr. von Heideloff denken. Ihm war es gelungen, Reste derselben Mischung auch in Sandro Roloffs Körper nachzuweisen.

»Die Zeremonie war ebenfalls Samuelssons Sache, mir war sie auch nie ganz geheuer.«

»Was meinen Sie mit Zeremonie?«

»Na ja, der Exorzismus, von dem sprechen wir doch, oder nicht?« Andresen wich zurück und blieb wie angewurzelt stehen. Er tauschte einen raschen Blick mit Kregel, der neben ihm auf einem Holzstuhl saß. Auch dessen Gesichtsausdruck verriet Fassungslosigkeit.

»Es war ja keine Teufelsaustreibung im klassischen Sinne«, redete Winkler weiter. »Samuelsson war immer darauf bedacht gewesen, die Individuen gestärkt aus dem Prozess der Gottesfindung hervorgehen zu lassen. Er hat es geschafft, ihnen Selbstbewusstsein einzuflößen und dennoch die völlige Unterwerfung unter Gott und das System der Gemeinschaft zu verordnen.«

»Gottesfindungsprozess?«

»Teufelsaustreibung klingt so negativ. Letztendlich geht es doch darum, das Böse in uns zu bekämpfen und dafür zu sorgen, dass es für immer außen vor bleibt. Samuelsson war sehr vertraut mit den Techniken des Exorzismus. Er hat seine eigene Form kreiert, weil er überzeugt davon war, dass dies der beste und effektivste Weg sei, neue Mitglieder für die Gemeinschaft zu gewinnen. In der Regel waren wir ja auch erfolgreich damit.«

»Mit zwei Ausnahmen«, hakte Andresen ein. »Sandro Roloff und die aus der Psychiatrie in Heiligenhafen entlaufene Frau, die in der Kammer auf Ihrem Hof gefangen gehalten wurde. Habe ich recht?«

»Drei«, korrigierte Winkler. »Es gab noch eine Krankenschwester, die sich uns anschließen wollte. Sie hat es leider auch nicht geschafft.«

»Was heißt das, sie hat es nicht geschafft?«

»Samuelsson hat sie …« Winkler räusperte sich. Andresen wusste, was er sagen wollte, und streckte ihm seine flache Hand entgegen, als Zeichen dafür, dass er Winklers Worte nicht hören wollte.

»Wo ist sie?«, fragte er mit belegter Stimme.

»Schwer zu sagen. Samuelsson war nie sonderlich gesprächig. Wahrscheinlich liegt sie irgendwo auf der ›Insel‹ vergraben. Mit dem Mord an ihr hat er eine neue Qualität in unsere Gemeinschaft gebracht. Nicht unbedingt zur Begeisterung eines jeden.«

»Was heißt das? Samuelsson hat wohl kaum auf eigene Faust gehandelt?«, hakte Kregel nach.

»Gewissermaßen schon. Samuelsson war ein Einzelgänger, er
hatte zwei Gefolgsleute, die er mit in die Gruppe gebracht hat. Sie
haben ihn bei den Morden unterstützt. Die beiden sind Ihnen ja
mittlerweile bekannt.«

Natürlich sind sie das, dachte Andresen. Es waren die beiden
Männer gewesen, die auch auf Radbruchs Foto zu sehen gewesen
waren. Sie waren ihnen auf der Fehmarnsundbrücke ins Netz gegangen.

»Wie schon erwähnt, Friedbert und ich konnten mit seiner Form
der Konfliktbewältigung wenig anfangen. Unser Glaube war pazi-
fis…«

»Sie haben mich mit einer Waffe bedroht und Samuelssons Handeln stillschweigend hingenommen«, schrie Andresen Winkler
plötzlich an. »Hören Sie mit diesen lächerlichen Behauptungen auf!
Unterdrückung und Gewalt gehörten zu den elementaren Prinzipien Ihrer Kommune.«

»Reines Druckmittel«, antwortete Winkler ruhig. »Ich würde
niemals einen Menschen töten. Das war nicht die Devise unserer
Gemeinschaft. Friedbert und ich akzeptierten die Meinung der
Ungläubigen, indem wir sie ignorierten und nicht in unseren Kreis
ließen. Wir beließen es bei sanften Drohungen. Samuelsson war da
anders gestrickt.«

»Warum mussten Roloff und Boysen auf diese grausame Art
und Weise sterben? Was wollte Samuelsson damit zum Ausdruck
bringen? Durch die öffentliche Zurschaustellung der Opfer hat er
ihre Gemeinschaft doch unnötig in Gefahr gebracht.«

Winkler stockte. Zum ersten Mal in diesem Verhör. Offenbar
suchte er nach den passenden Worten, die ihn möglichst nicht be-
lasteten.

»Jakob Samuelsson war ein Mann mit Prinzipien«, sagte er nach
einer Weile. »Für ihn gab es nur die Wahl zwischen ›mit ihm‹ oder
›gegen ihn‹. Jeder, der sich ihm und seinen Ideen verweigerte, war
sein Feind. Ich weiß selbst nicht, was Samuelsson in seinem Leben
widerfahren ist, dass er derart rigoros vorgehen musste. Er hat immer gesagt, man müsse den anderen zeigen, was mit ihnen gesche-

hen würde, wenn man sich nicht der Gemeinschaft und Gott unterwerfe. Deshalb sei Abschreckung der einzig wahre Weg. Je aufsehenerregender, desto besser, sagte er. Auf diese Weise wollte er Boysen, Radbruch und am Ende auch Sie weichkochen. Sie können mir glauben, dass sein Vorgehen in der Gemeinschaft kontrovers diskutiert wurde. Wir wussten schließlich, wie riskant das Ganze für uns war.«

»Warum diese Enthauptungen?«, wollte Kregel wissen. »Hatten sie einen religiösen Hintergrund?«

»Diese Frage hätte Ihnen Samuelsson sicherlich besser beantworten können, aber ich glaube, ich kann es Ihnen erklären.« Winkler fuhr sich durch die Haare und schien es zu genießen, Andresen und Kregel an seinem Wissen teilhaben zu lassen. »Samuelsson war ein glühender Anhänger von Johannes dem Täufer. Wie Sie vielleicht wissen, wurde er auf Befehl von Herodes enthauptet. Es heißt, dass Herodes den Kopf des Täufers noch lange aufbewahrt und gelegentlich mit einem Dolch seine Zunge durchstochen habe. Herodes war geradezu die Inkarnation des Bösen. Samuelsson wollte mit gleicher Münze zurückzahlen, wie er immer sagte. Die Ungläubigen hätten nichts anderes verdient.«

Andresen merkte, dass er geschichtstheologisch überfordert war, und wechselte wieder das Thema.

»Erzählen Sie von Sandro Roloff! Was genau ist mit ihm passiert?«

»Das wissen Sie doch längst, Herr Kommissar. Sie haben es mir doch selbst erzählt. Der Mord an Roloff war die einzige Möglichkeit, diesen Irren aufzuhalten. Er war zwischenzeitlich auf einem guten Weg, er hätte uns mit Sicherheit helfen können.«

»Warum besaß er einen Band der Berleburger Bibel? Und was hatte das eingeritzte Kreuz auf seiner Brust zu bedeuten?«

»Wie gesagt, er gehörte zu uns. Roloff war nicht der Einzige, der seinen Glauben auf diese Weise bekräftigt hat. Aber letztlich war seine Psyche dann doch zu schwach, um dem Bösen die Tür zuzusperren. Am Schluss hat er sich für den falschen Weg entschieden.«

»Und musste deshalb sterben«, ergänzte Andresen.

»Er war nicht mehr bei Sinnen, hat uns allen gedroht. Es war purer Hass, den er empfunden hat. Gegen Gott, Jesus Christus, die Kirche, einfach alles, was mit unserem Glauben in Verbindung steht.

Und was dann in Wismar geschehen ist, wissen Sie ja selbst. Und schließlich die Sache in St. Marien. Ich frage Sie ganz ehrlich, wäre es Ihnen lieber gewesen, die Bombe wäre dort hochgegangen? Ich glaube wohl kaum.«

Andresen ließ sich nicht aus der Ruhe bringen.

»Was hatte es mit dem kleinen Teufel auf sich?«

»Das Symbol allen Übels«, antwortete Winkler verächtlich. »Fand selbst Radbruch. Auch wenn wir als ›Inspirierte‹ gut ohne die Kirche auskommen, aber was hat ein Teufel bitte schön vor einem Gotteshaus zu suchen?«

»Und dann haben Sie ihn einfach weggeschafft?«

»Samuelsson«, fuhr Winkler dazwischen. »Er wollte ihn mit allen Mitteln entfernen, was ihm ja schließlich auch gelungen ist. Ich war gar nicht dabei.«

Andresen rief sich die Vorfälle an jenem Morgen noch einmal genau in den Sinn, ehe er mit seiner Befragung fortfuhr.

»Weshalb ist die Bombe auf Ihrem Grundstück explodiert? War es ein Versehen, als Sie sie beseitigen wollten?«

»Bravo! Sie werden immer besser.« Winkler sah ihn wieder mit einem breiten Grinsen an, ehe er fortfuhr: »Samuelsson und seine Leute klingelten in aller Herrgottsfrühe bei mir. Sie wussten nicht, wohin mit dem Paket, schließlich wollten wir alle ja nicht, dass die Marienkirche in die Luft fliegt. Also kamen sie auf die glorreiche Idee, die Bombe im Mühlenteich zu entsorgen. In der Hoffnung, niemand würde Wind von der Sache bekommen. Das war natürlich völliger Schwachsinn, aber wir hatten ja kaum Zeit. Das Ding konnte schließlich jeden Moment in die Luft gehen.«

»Und als die Bombe dann explodiert ist und versehentlich Ihr Grundstück verwüstet hat, haben Sie es mit der Angst bekommen, dass ein Nachbar die Detonation gehört haben könnte und die Polizei ruft. Deshalb haben Sie die Polizei gerufen und sich unwissend gestellt«, rekonstruierte Kregel noch einmal den Morgen, an dem alles angefangen hatte.

»Sie haben mir die Geschichte ja auch geglaubt«, sagte Winkler, noch immer grinsend. »Ich war froh, dass niemandem etwas passiert ist. Das Ding lag noch auf dem Steg, als es explodierte. Sie haben ja gesehen, wie mein Garten aussah.«

»Wie ging es weiter?«, fragte Andresen ungeduldig.

»Das meiste wissen Sie bereits«, redete Winkler ruhig weiter. »Pastor Boysen war ein schwieriger Fall. Ich hörte, dass auch Sie ihn kennengelernt haben.«

Andresen musste wieder an seinen ersten Besuch im Marienwerkhaus zurückdenken. Diese merkwürdige Stimmung, die zwischen Boysen, Kohnke und ihm geherrscht hatte. Damals hatte er die Zusammenhänge noch nicht verstanden.

»Boysen war ebenfalls eingeweiht. Wir haben es aber einfach nicht geschafft, ihn vollständig auf unsere Seite zu ziehen. Kohnke hat sich an ihm die Zähne ausgebissen. Samuelsson war der Meinung, uns bliebe nichts anderes übrig, als ihn aus dem Weg zu räumen, wenn wir nicht riskieren wollten, dass er uns eines Tages auffliegen lässt.«

»Er wusste also von all dem?«, fragte Andresen.

»Natürlich. Er und Radbruch sollten doch Eckpfeiler unserer Gemeinschaft werden.«

»Wo wurde er umgebracht? Es kann unmöglich in Radbruchs Fischerhütte passiert sein, außer Radbruch hätte nicht die Wahrheit gesagt.«

»Na, auf unserem Hof«, antwortete Winkler. »Anschließend hat man den Kopf vor Ihrem Haus platziert, um Sie einzuschüchtern. Mit dem Rumpf wollte Samuelsson dann dem guten Propst einen weiteren Schreck einjagen. Wir hatten die Hoffnung noch nicht aufgegeben, dass er sich uns anschließt. Im Nachhinein muss ich sagen, dass Samuelsson vieles falsch gemacht hat. Die Morde haben nichts gebracht, stattdessen ist die Idee unserer ›Insel der Harmonie‹ fürs Erste zerstört.«

Andresen schüttelte den Kopf. Eine seltsame Gleichgültigkeit umgab den erfolgreichen Unternehmer. Winkler glaubte offenbar immer noch, dass ihre Gemeinschaft irgendwann eine Zukunft hatte.

»Mich interessiert noch etwas anderes«, wechselte Andresen noch einmal das Thema. »Was ist in Wismar vorgefallen? Wer hat die Reifen meines Wagens aufgeschlitzt?«

»Ach das. Nichts weiter als eine kleine Warnung. Wir hatten herausgefunden, dass Sie Nachforschungen in Wismar betreiben. Eine kleine Abreibung erschien uns sinnvoll.« Winkler blickte Andresen zufrieden an. »Aber dass Sie dann ausgerechnet auch noch mit diesem Kellner in Kontakt kommen, war wirklich ein bedauerlicher Zufall. Zumindest für ihn.«

»Wer saß in dem Wagen, der Stephan Böhmert von der Fahrbahn abgedrängt hat?«

»Ich kann Ihnen lediglich sagen, wer nicht dabei war. Kohnke und meine Wenigkeit hatten mit diesem Vorfall nichts zu tun.«

»Natürlich nicht«, platzte Kregel plötzlich heraus. Er stand auf und beugte sich jetzt ebenfalls über den Tisch, bis sein Gesicht nur noch Zentimeter von dem Winklers entfernt war. »Genauso wenig wie mit den Morden. Sie haben wohl für alles eine Ausrede!«

»Lass ihn, Ben. Es wird ihm nichts bringen.« Andresen war ungewohnt ruhig, beinahe schon gelassen. Er war froh darüber, dass sie endlich größtenteils Klarheit darüber hatten, was vorgefallen war.

»Nicht für alles«, sagte Winkler mit einem Mal. »Erinnern Sie sich an den Abend, als Sie mit diesem Schnüffelschwein unterwegs waren? Erst vor dem ›Daddy‹ und später im Schatten der Marienkirche?«

»Natürlich«, entgegnete Andresen. »Wie könnte ich ihn vergessen.«

Winkler verzog seinen Mund erneut zu einem breiten, erwartungsvollen Grinsen. Fast so, als rechne er damit, dass Andresen von selbst darauf käme, was er ihm zu sagen hatte.

»Ich habe Sie ganz schön ausgeknockt, was? Ehrlich, es tut mir leid, das müssen Sie mir glauben. So schwer wollte ich Sie gar nicht treffen, aber als Sie da an mir vorbeiliefen, war mir irgendwie danach.«

Andresen schloss die Augen und dachte einen Moment lang nach. Er verspürte keine Wut auf Winkler, vielmehr versuchte er einen losen Gedanken zu fassen zu bekommen. Er war sich plötzlich sicher, dass der Mann, der hier in diesem fensterlosen, miefigen Zimmer vor ihm saß, längst nicht mehr zurechnungsfähig war. Eine letzte Frage brannte ihm noch auf der Zunge.

»Diese Exorzismuszeremonie, von der Sie gesprochen haben«, begann er zögerlich. »Musste sie jedes Mitglied ihrer Gemeinde durchlaufen?«

»Selbstverständlich, erst dann war man vollkommen vom Bösen befreit«, antwortete Winkler.

»Das heißt, auch Sie haben die Zeremonie durchlebt?«

»Ja, natürlich. Samuelsson und Kohnke haben mich auf den rechten Pfad gebracht. Weshalb fragen Sie?«

»Weil ich wissen wollte, welche Rolle Sie denn nun tatsächlich eingenommen haben. Jetzt weiß ich, dass Sie nicht zu den Anführern gehörten, sondern nur ein Teil des Ganzen waren.«

Epilog

»… war positiv.«

Andresen sah Wiebke exakt drei Sekunden regungslos an. Dann sprang er auf, rannte um den Restauranttisch herum und fiel ihr so euphorisch um den Hals, dass sie aufschrie und sich reflexartig an den Bauch fasste.

Andresen fuhr zurück und vollführte eine Art Freudentanz direkt neben ihrem Stuhl. Die anderen Gäste im Restaurant reckten bereits ihre Hälse nach ihm, doch in diesem Moment war ihm alles andere egal. Das Strahlen in seinem Gesicht wurde von einem ungläubigen Juchzen begleitet.

»Ist das wirklich dein Ernst? Welche Woche?«

»Ganz ruhig, Birger. Setz dich doch erst mal. Die Leute gucken ja schon.«

»Na und? Es kann ruhig jeder wissen, dass du …«

»Psst, ich bin doch gerade erst in der fünften Woche, da kann noch alles Mögliche passieren«, versuchte Wiebke ihn zu beruhigen. »Kannst du dir denn überhaupt vorstellen, noch einmal Vater zu werden? Ich meine, das mit Ole liegt zwanzig Jahre zurück.«

»Welch eine Frage!«, sagte Andresen etwas zu laut, sodass sich erneut einige Gäste umdrehten. »Ein Kind mit der Frau, die ich liebe. Was kann es denn Besseres geben? Die Jahre nach der Scheidung waren die schlimmsten in meinem Leben. Seit ich dich habe, hat endlich wieder alles einen Sinn.«

Wiebke wurde rot und blickte verschämt auf ihren Vorspeisenteller.

»Emilie wird sich bestimmt freuen. Und Ole mit Sicherheit auch.«

Andresen war noch immer wie berauscht von der Nachricht, die ihm Wiebke gerade mitgeteilt hatte. Doch an ihrem Gesichtsausdruck erkannte er, dass ihr noch etwas anderes auf dem Herzen lag.

»Raus mit der Sprache, was gibt es noch?« Andresen lachte, obwohl er etwas verunsichert war.

»Ich weiß nicht so recht, wie ich es dir erklären kann, aber …«

Andresen wurde plötzlich misstrauisch. Wiebke hatte wie in einer Szene aus einem Film oder einer dieser Daily Soaps geklungen. Was wollte sie ihm sagen? Etwa, dass mit dem ungeborenen Kind etwas nicht in Ordnung war? Die eben erst entfachte Euphorie kippte in einen Zustand der Sorge.

Wiebke sah ihn erschrocken an. Sie verstand sofort, dass Andresen ihre Worte in den falschen Hals bekommen hatte.

»Ich glaube, du denkst gerade in die vollkommen falsche Richtung«, versuchte sie ihn zu beruhigen. »Ich wollte dich doch lediglich fragen, ob du … ob du dir vorstellen kannst, für unser Kind eine Zeit lang deinen Beruf an den Nagel zu hängen.«

Jetzt war Andresen baff. Sein chronisches Misstrauen, das sich mit voller Wucht zurückgemeldet hatte, war offenbar vollkommen unbegründet gewesen.

»Du weißt doch, wie sehr mir mein Job bei der Rundschau am Herzen liegt. Ich möchte momentan einfach nicht schon wieder für einen längeren Zeitraum aussteigen.«

»Aber wie …?«

»In den ersten sechs Monaten würde ich natürlich zu Hause bleiben. Bis zum Abstillen«, erklärte Wiebke. »Aber könntest du dir vorstellen, anschließend für unser Kind da zu sein?«

»Puhh!« Andresen schnaufte so laut durch, dass sich ein älterer Mann am Nachbartisch genötigt fühlte, seinen Unmut mit einem lang gezogenen Räuspern zu bekunden. Andresens Gemütszustand schwankte zwischen Erleichterung darüber, dass mit dem Kind alles in Ordnung war, und Überrumpelung durch Wiebkes plötzlichen Vorschlag zur zukünftigen Berufs- und Familienplanung. Im nächsten Moment war er selbst von sich überrascht, als ihm unvermittelt ein »Klar, warum eigentlich nicht?« über die Lippen kam. Er schüttelte ungläubig über seine eigenen Worte den Kopf und hob sein Weinglas.

»Ich liebe dich«, flüsterte er. »Auf uns zwei.«

»Drei«, korrigierte sie ihn, tätschelte ihren noch flachen Bauch und warf Andresen einen Luftkuss über den Tisch zu.

Nachwort

Die Entscheidung, religiösen Fanatismus zum Thema dieses Buches zu machen, ist mir doppelt schwergefallen. Nicht nur setzt man sich leicht der Gefahr aus, Befindlichkeiten vieler Menschen zu verletzen. Dass die Geschichte in meiner wunderschönen Wahlheimat, der Hansestadt Lübeck spielt, macht es nicht leichter.

Mir war es ein Anliegen, dieses Thema aufzugreifen und vielleicht auch zum Nachdenken anzuregen. Was ich nicht möchte: Kirche, Religion und Glaube zu diffamieren. Außerdem möchte ich erwähnen, dass in keiner Weise Ähnlichkeiten mit real existierenden Personen in Lübeck existieren. Ganz im Gegenteil: Mein Dank geht an Dr. Bernd Schwarze, Pastor in St. Marien, der in Zusammenarbeit mit der Bücherstube Rex aus Lübeck tolle Krimiabende im Krimi-Café der Lübecker St. Petri-Kirche auf die Beine stellt.

Darüber hinaus geht mein Dank an das Team des Emons Verlags in Köln, insbesondere an Stefanie Rahnfeld, die mir mit ihrem professionellen Blick sehr geholfen hat.

An Christoph Ernst und Dietmar Lykk, meinen beiden Autorenkollegen aus dem Emons Verlag, mit denen ich einige schöne gemeinsame Lesungen hatte.

Außerdem auch an den von mir sehr geschätzten Autor Norbert Horst, der mir durch sein Wissen als Kriminalkommissar der Bielefelder Polizei weiterhelfen konnte.

Und selbstverständlich danke ich dir, Alex – dieses Jahr wird ganz schön aufregend!

Jobst Schlennstedt

Jobst Schlennstedt
TÖDLICHE STIMMEN
Broschur, 208 Seiten
ISBN 978-3-89705-561-2

»Eine psychologisch ausgefeilte Geschichte.« Radio ZuSa

»›Tödliche Stimmen‹ ist ein Krimi, der diese Bezeichnung verdient.« Lübecker Nachrichten

www.emons-verlag.de

Dietmar Lykk
TOTENSCHLÜSSEL
Broschur, 416 Seiten
ISBN 978-3-89705-586-5

»Für jeden Schleswig-Holsteiner und alle, die packende Kriminalromane lieben, ist der ›Totenschlüssel‹ ein absolutes Muss.« Moin Moin

»Die Spannung steigert sich bis zum Schluss.«
Der Nordschleswiger

www.emons-verlag.de